Collection dirigée par Glenn Tavennec

L'AUTEUR

Jeanne Ryan a vécu aux quatre coins du monde, avec ses onze frères et sœurs. Après une enfance passée à Hawaii, elle a successivement habité en Corée du Sud, dans le Michigan, ainsi qu'en Allemagne. Avant de se lancer dans l'écriture, Jeanne a travaillé aussi bien à la réalisation de jeux de simulation de guerre que dans la recherche en psychologie de l'enfant. Elle a fini par se rendre compte qu'il était beaucoup plus amusant de concevoir des histoires que des études statistiques...

Toujours très attachée à Hawaii, Jeanne Ryan a néanmoins trouvé son équilibre sous les ciels changeants du nordouest des États-Unis. *Addict* est son premier roman pour jeunes adultes, et son deuxième est en cours d'écriture.

Retrouvez tout l'univers de
Addict
sur la page Facebook de la collection R :
www.facebook.com/collectionr

Vous souhaitez être tenu(e) informé(e)
des prochaines parutions de la collection R
et recevoir notre newsletter ?

Écrivez-nous à l'adresse suivante,
en nous indiquant votre adresse e-mail :
servicepresse@robert-laffont.fr

Jeanne Ryan

ADDICT

traduit de l'anglais (États-Unis) par Fabien Le Roy

roman

Titre original : Nerve
© Jeanne Ryan, 2012
Traduction : © Éditions Robert Laffont, S.A., Paris, 2013

ISBN 978-2-221-13410-8 ISSN 2258-2932
(édition originale : ISBN 978-0-8037-3832-4, Dial Books, an imprint of Penguin
Group (USA) Inc., New York.)

Pour James, mon Grand Prix à moi

PROLOGUE

Elle avait attendu trois jours, et le dimanche, à quatre heures du matin, la rue en face de chez elle s'était finalement vidée de tous les Observateurs. Apparemment, même les fous ont besoin de dormir de temps en temps. Ça ne lui ferait pas de mal non plus, mais elle avait soif de liberté plus que de sommeil. Presque une semaine qu'elle n'était pas sortie.

Elle griffonna un mot pour ses parents, chargea son équipement dans la voiture, et démarra en direction des Shenandoah, les yeux rivés au rétroviseur jusqu'à la sortie de la ville et durant les deux heures de trajet. Elle avait si souvent emprunté cette route en famille ! Des kilomètres remplis de chants, de jeux, de vidéos, ou même de rêves éveillés. Cette fois-ci, c'était avec une angoisse sourde qui ne faisait que monter.

Elle ne se signala pas auprès des gardes forestiers lorsqu'elle entra dans le parc naturel, passant outre aux précautions martelées par ses parents pendant des années, puis alla se garer à l'écart, près d'un sentier de randonnée quasi invisible. Elle s'engagea avec assurance sur le chemin à demi masqué par le feuillage abondant. Il lui faudrait trouver où poser la tente en début d'après-midi, mais pour le moment, elle n'avait qu'une envie : se perdre dans la nature. Si jamais elle parvenait à semer les Observateurs, toute cette verdure pourrait lui apporter enfin un peu d'apaisement. Pour quelques jours tout du moins.

Son sac à dos faisait sentir son poids à mesure qu'elle s'élevait à flanc de montagne, mais elle montait à bonne allure, piétinant les fougères sur son passage et récoltant sur ses vêtements la rosée qui ne s'était pas encore évaporée. Le grondement de plus en plus audible lui fit presser le pas. Elle rêvait d'arriver à la cascade. À coup sûr, cela l'aiderait à mettre de côté ces constantes ruminations qui l'avaient empêchée de dormir ces vingt-trois derniers jours… Saloperie de jeu !

Elle écarta une branche basse, faisant pleuvoir sur elle feuilles mortes et gouttes d'eau. Peu importe, ce n'était pas comme s'il y avait quelqu'un pour voir ses cheveux et son visage constellés de fragments de feuillage. Mais à cette pensée d'une éventuelle présence, des images insistantes s'invitèrent dans son esprit, loin d'être les bienvenues. Des peurs aussi. Des peurs qui rôdaient à la lisière de sa conscience et semblaient prendre une terrible consistance. En l'occurrence sous la forme de pas légers derrière elle.

Elle s'arrêta net, à l'affût, priant pour que cela n'ait été qu'un tour de son imagination. Son cerveau la trahissait souvent ces derniers temps. Stop ! Concentre-toi. Réfléchis.

Les bruits de pas cessèrent un instant avant de reprendre, plus pressés cette fois. Oui, il y avait bien quelqu'un qui la suivait. Que faire ? Se cacher dans un buisson et attendre que la personne la dépasse ? Il s'agissait sans doute d'un randonneur, comme elle, en quête de solitude. Mais il valait quand même mieux se cacher, par précaution. Elle piqua alors un sprint pour se donner un peu d'avance et se glissa dans un massif touffu de rhododendrons.

Les pas se rapprochaient déjà à vive allure, et leur lourdeur suggérait quelqu'un de plutôt corpulent. Était-ce là la « conséquence » dont l'avaient menacé ces connards qui dirigeaient le jeu, si elle se soustrayait au regard des fans ? De quel droit pouvaient-ils attendre d'elle qu'elle fasse ami-ami avec tous ces imbéciles qui l'appelaient à n'importe quelle heure ? Avec tous ces pervers qui la suivaient jusqu'aux toilettes ? Ou ces malades qui géraient ce site terrifiant où son visage, et celui des autres joueurs, apparaissaient dans la cible d'un viseur ? Quand elle était tombée dessus, elle s'était inventé une maladie et était restée cloîtrée chez elle toute une semaine. Mais elle ne pouvait pas demeurer enfermée sa vie durant. Et ce n'était pas comme si elle pouvait s'offrir une injonction de mise à distance contre tous les habitants de la planète...

Sa respiration s'accéléra à mesure que son poursuivant se rapprochait. Une démarche rythmée et cadencée. Peut-être n'était-elle pas celle d'un humain ? Marrant comme la perspective d'un grizzly l'effrayait moins que celle d'un marcheur solitaire. Il y avait même une chance que ces bruits de pas ne soient pas réels. Encore un rêve éveillé qui la manipulait sournoisement tout comme elle l'avait été pendant sa participation au jeu, et même après... Il lui devenait de plus en plus difficile de faire la part des choses. À l'exemple de ce

Post-it qu'elle avait trouvé dans un magazine feuilleté lors de sa dernière sortie au centre commercial :

Chère Abigail, le jeu ne sera terminé que lorsque nous l'aurons décidé.

Comment quelqu'un aurait-il pu deviner qu'elle se rendrait dans cette boutique en particulier et qu'elle jetterait un œil à cette revue ? Et pourtant, le temps qu'elle épluche tous les autres magazines du présentoir, afin de voir si d'autres messages y étaient cachés, elle avait perdu la trace de l'inquiétant Post-it, comme s'il n'avait jamais existé. Sans doute avait-il été volé par l'un des « nous » qui l'épiaient incognito en permanence. Car c'était bien là le pire : ne pas savoir à quoi ressemblait son ennemi, alors que son visage à elle demeurait accessible à tous, livré en pâture au public, comme ceux que l'on trouve sur les cartes à collectionner.

Les bruits de pas sinistres furent bientôt rejoints par un sifflement, et en dépit d'une imagination fertile, elle avait du mal à concevoir un scénario dans lequel un animal serait capable de siffloter l'air de « Somewhere Over the Rainbow ». Des larmes lui montèrent aux yeux alors qu'elle s'accrochait désespérément à l'idée que le siffleur ne soit qu'un randonneur guilleret et inoffensif.

Tout d'un coup, les pas s'arrêtèrent. Elle se fit alors toute petite dans son buisson, à l'écoute des bruissements du feuillage.

— Je sais que tu es là, annonça une voix de basse.

À ces mots, elle crut se liquéfier sur place et se pressa contre l'arbre dans son dos, se reprochant mentalement de ne pas y avoir grimpé. Il n'y avait pas âme qui vive à des kilomètres à la ronde, et un coup d'œil rapide à son portable lui indiqua qu'il ne captait pas. Rien d'étonnant à cela : son téléphone ne lui apportait que des mauvaises nouvelles ces derniers temps...

Soudain, les branchages du rhododendron s'écartèrent et laissèrent apparaître un homme au faciès de pitbull et à l'haleine fétide. Putain, ne pas savoir à quoi ressemblaient ses tortionnaires avait en fait du bon ! Ce visage hanterait désormais ses cauchemars pour le restant de ses jours, même s'ils ne devaient pas être nombreux.

Les grosses mains de l'homme repoussèrent davantage les branches.

— Allez, ma petite chérie, sors de là ! Ça nous facilitera la tâche, à toi comme à moi !

Aussitôt ses muscles se contractèrent et ses genoux faillirent la lâcher. La terreur insane qui lui tordait les boyaux se révélait pire encore que lors du dernier round du jeu, lorsqu'elle s'était retrouvée dans une pièce grouillant de serpents. Et dire que ces reptiles avaient été sa pire phobie !

Malgré le tremblement incontrôlable qui s'était emparé de son corps, elle trouva la force de bafouiller :

— Laisse-moi tranquille, connard.

Il eut un moment de recul.

— Holà, pas la peine d'être vulgaire ! Je suis ton plus grand fan depuis le début.

Tremblante, elle jeta un rapide coup d'œil circulaire pour jauger le terrain. Elle n'avait guère qu'une seule option : elle laissa glisser à terre son sac à dos et s'élança vers la trouée la plus proche. Cela ne l'empêcha pas de se faire griffer par les doigts crochus des branches qui la séparaient de la piste. Malheureusement, l'homme bloquait déjà la direction dans laquelle se trouvait sa voiture, elle choisit donc de s'enfoncer plus profondément dans la forêt à flanc de colline.

Il ne mit que quelques secondes à reprendre sa poursuite. Les bruits de leur course furent bientôt absorbés par le rugissement de la cascade, et c'est le visage battu par les fines gouttelettes qu'elle arriva à la palissade branlante surplombant les chutes d'eau. Sa seule échappatoire désormais : dévaler la pente raide de la falaise, sur des rochers glissants de mousse. Et derrière elle, toujours ce sifflement perçant qu'elle percevait malgré le vacarme ambiant. Elle se retourna alors pour faire face à son agresseur dont les multiples poches pleines laissaient deviner un arsenal digne du Cluedo. Non pas que cet homme aux bras noueux ait besoin d'un chandelier ou d'un poignard... Mais que lui voulait-il ? Faisait-il partie de ces fans enragés qui lui avaient fait louper la veille au soir la diffusion en direct de l'« épilogue » avec les autres joueurs ? Elle avait regardé la vidéo en ligne, une main devant la bouche, tandis que les participants plaisantaient et riaient malgré les spasmes qui leur parcouraient le visage et les cernes bleuâtres de fatigue. Après coup, aucun d'entre eux n'avait répondu à ses textos, comme si toute communication avec elle était plus risquée que la menace que représentaient ceux qui tiraient les ficelles. De la folie pure ! Lorsqu'elle avait signé pour le jeu, personne ne lui avait soufflé mot de ces vidéos diffusées plus tard sur le Net, ni de ces malades qui lui tourneraient autour en permanence...

Elle se hissa par-dessus la palissade, prenant garde de ne pas laisser glisser ses doigts sur le métal mouillé. Elle se demandait avec anxiété si elle parviendrait à atteindre la rivière sans se rompre le cou.

— Pas la peine de faire tout ça, Abigail…, grogna l'homme en plongeant une main dans une de ses poches. Tu n'as qu'à collaborer avec moi. On va filmer quelque chose qu'aucun des participants n'a encore fait, histoire de gagner mille crédits.

Des crédits ? C'était donc l'un de ces dingues à la recherche de vidéos exclusives des joueurs. Tout ça pour obtenir le respect des autres Observateurs, un respect qui se mesurait en nombre de likes ou de crédits… S'il y avait des points accordés pour le degré de terreur provoquée, ce mec toucherait facilement le jackpot ! Les pervers prennent leur pied avec ça. Mais est-ce que ce type pousserait le jeu encore d'un cran dans l'horreur ? Sa gorge se serra douloureusement. Respire un grand coup. Concentre-toi sur les moyens de t'échapper.

L'homme inclina légèrement la tête, comme s'il étudiait la lumière et la composition. Était-il possible qu'il ne veuille qu'une photo ? Elle le regarda retirer un objet de sa poche avec lenteur et faillit s'étrangler de peur, se demandant au passage pourquoi elle ne voyait pas déjà sa vie défiler devant ses yeux. À la place, lui revint à l'esprit un vieux film qu'elle avait vu en classe de sixième : *La Jeune Fille ou le Tigre*. Elle se rappela avoir été agacée par le dénouement qui n'en était pas un. Une question demeurait en effet en suspens : la princesse avait-elle préféré livrer son amant en pâture au tigre, ou le jeter dans les bras de sa rivale ? Le réalisateur aurait quand même pu choisir une vraie fin !

Et voilà qu'en face d'elle, un inconnu était en train de sortir soit un appareil photo, soit une arme à feu… Tout dépendait de ce qu'il voulait prendre : sa photo ou sa vie ? Dans un sanglot, elle se rendit compte qu'une partie d'elle-même penchait pour la seconde option, option qu'elle n'aurait jamais envisagée avant sa participation au jeu, juste pour que le cauchemar qu'était devenue sa vie disparaisse.

L'homme sortit la main de sa poche. Il tenait une minuscule caméra noire qui lui fit penser à un mignon petit scarabée. Elle lâcha un long soupir de soulagement. Il allait donc lui tirer le portrait. Avec un peu d'effort, elle parviendrait peut-être à lui servir un sourire factice et ce serait terminé. Elle dévalerait ensuite la piste, rentrerait chez elle pied au plancher, et se cacherait dans sa chambre pour le reste de la journée. Voire plus longtemps… Les Observateurs finiraient bien par se lasser d'elle, surtout lorsqu'un nouveau round du jeu commencerait, avec sa fournée de joueurs frais.

— Fais-moi un beau sourire, lui enjoignit l'homme.

Elle le fixa tout en essayant de relever la commissure de ses lèvres. Une goutte de sueur perla le long de son front, rapidement suivie d'une autre. Quelques secondes encore et tout cela serait terminé.

Clic.

Elle prit une profonde inspiration. OK, si ce n'était qu'une photo exclusive qu'il voulait, ça irait. En tout cas, elle y survivrait…

Avec un sourire de travers, l'homme plongea alors la main dans une autre poche.

1.

C'est moi la fille en coulisses. Littéralement. Mais après avoir levé le rideau pour l'acte deux, j'aurai quarante minutes à tuer : plus de changements de costumes ni de maquillage à superviser, à moins qu'un acteur n'ait besoin d'une retouche express. Je peux enfin souffler. Pour une soirée d'ouverture, tout s'est passé comme sur des roulettes. Ce qui m'inquiète aussi un peu. Il y a forcément un raté lors d'une première. La tradition l'exige.

J'hésite entre rejoindre la loge des filles, où à coup sûr la conversation portera sur les garçons, et rester postée dans le couloir qui mène à la scène où je risque d'en croiser un, et pas n'importe lequel. Puisque le garçon en question a une réplique prévue dans dix minutes, je choisis le couloir et sors mon téléphone, bien que Mme Santana, notre prof de théâtre, nous ait interdit « sous peine de mort » de les utiliser pendant la représentation.

Rien de neuf sur ma page ThisIsMe. Pas vraiment surprenant puisque la plupart de mes amis sont soit sur scène, soit assis dans la salle. Je poste alors un message :

RESTE QQS TICKETS POUR LES 2 PROCHAINES REPRÉSENTATIONS, ACHETEZ-EN UN SI C'EST PAS DÉJÀ FAIT !

Voilà, j'ai rempli mon devoir.

J'ajoute en pièce jointe une photo de Sydney, ma meilleure amie et star de la pièce, et de moi, prise juste avant le spectacle. Cette photo aurait toute sa place dans un exercice sur les opposés pour élèves de maternelle : Sydney avec ses cheveux blonds Barbie et son bronzage parfait penchée au-dessus de moi, la poupée Blythe au teint pâle et aux cheveux sombres, avec des yeux un peu trop grands pour son visage. J'ai au moins réussi à en faire ressortir le bleu grâce au fard métallisé que j'ai emprunté dans la trousse à maquillage de la troupe.

Une pub pour Fring'sur'Mezure s'affiche sur mon écran, promettant de me prouver que je serais la plus belle dans l'une de leurs robes d'été. C'est vraiment prendre ses désirs pour des réalités que de penser vêtements d'été à Seattle, surtout en avril ! Mais le modèle lavande avec jupe longue est trop craquant pour que je résiste. J'envoie alors une photo de moi, entre ma taille : 1,63 m ; et mon poids : cinquante kilos et des poussières. Pendant que je me tâte pour savoir si je précise mes autres mensurations, un rire familier éclate dans la loge des garçons, bientôt suivi de son auteur, Matthew. Il vient s'adosser au mur à côté de moi, si près que nos épaules se touchent. Enfin, disons plutôt que mon épaule repose contre son bras musclé de footballeur américain.

Il se penche jusqu'à ce que ses lèvres effleurent presque mon oreille et me susurre :

— 85 B, c'est ça ?

Argh, comment a-t-il fait pour lire mon écran si vite ? Je l'écarte de son champ de vision.

— Mêle-toi de tes affaires !

Je fais plutôt du 80 A de toute manière, surtout ce soir où je porte un petit soutien-gorge léger qui ne fait pas vraiment de miracles.

Il se remet à rire.

— T'allais partager cette info avec des inconnus, pourquoi pas me le dire à moi ?

J'éteins l'écran.

— C'était juste pour une pub stupide, pas pour quelqu'un en vrai !

D'un coup d'épaule, il se décolle du mur pour me faire face, les mains posées de chaque côté de ma tête, et me souffle d'une voix de velours :

— Allez, j'aimerais vraiment te voir dans cette robe...

Je m'empresse de cacher mon portable derrière mon dos.

— Vraiment ?

Ce mot s'est échappé de mes lèvres comme un couinement trop aigu. Génial... maintenant, je me sens ridicule.

Il m'attrape le bras et me prend le téléphone des mains.

— ... Ou peut-être dans quelque chose d'encore plus sexy, me dit-il en pianotant à toute vitesse sur le clavier.

Puis il se remet contre le mur et me montre une photo où mon visage apparaît collé sur un mannequin en lingerie fine, la poitrine beaucoup plus généreuse qu'en réalité, flirtant avec des bonnets D.

Aussitôt je sens le rouge me monter aux joues.

— Très drôle. Et si on faisait pareil avec toi maintenant ?

— Je peux même le faire en direct, si tu préfères,
réplique-t-il en commençant à déboutonner sa chemise.

L'air devient soudain irrespirable dans ce couloir. Je
m'éclaircis la gorge.

— Hmm, il faut que tu gardes ton costume, pourquoi
on ne commencerait pas par le « toi » virtuel ?

Waouh, ce n'est pas cette année que je serai élue Miss
Réplique !

Une lueur d'amusement dans ses yeux les rend
encore plus verts que d'habitude.

— Bien sûr, dès qu'on aura fini d'habiller la Vee vir-
tuelle.

Pendant qu'il fait défiler les différents choix de petites
culottes et de bikinis, j'en profite pour me coller un
peu plus contre lui. À chaque fois que je tente de lui
reprendre mon téléphone, il l'éloigne et rigole. J'opte
alors pour une autre tactique : la fausse nonchalance.
Et je suis à deux doigts de réussir, mais il le met à nouveau hors de ma portée. Au moins j'aurai réussi à fermer
la fenêtre du site de vêtements. Elle est automatiquement remplacée par une publicité pour ADDICT, le nouveau jeu en ligne qui vient de sortir. Une sorte d'Action
ou Vérité, sans le côté Vérité. Sous une bannière qui
proclame « VENEZ VOIR QUI JOUE ! » s'affichent trois
images de jeunes en train de mener à bien diverses mis-
sions.

— Allons voir la vidéo de cette fille, son défi est de
faire semblant de voler dans un magasin ! s'enthousiasme Matthew.

Il tourne sur le côté l'écran de mon portable pour que la vidéo s'affiche en plein écran, et on découvre alors une jeune fille couverte de piercings glissant des flacons de vernis à ongles dans son treillis. Mouais, même si c'est « pour de rire », je pense que de fourrer de la marchandise dans son pantalon constitue déjà un délit. Et comment fait cette fille pour passer les contrôles à l'aéroport avec toutes ces épingles de nourrice sur le visage ? Juste à ce moment-là, et comme si la joueuse avait entendu mes pensées terre à terre, elle se tourne vers la caméra et la gratifie d'un doigt d'honneur. L'image zoome alors sur ses traits de prédatrice et un frisson me parcourt le dos. Puis, un rictus moqueur aux lèvres, elle sort tranquillement du magasin et, arrivée sur le parking, se trace au vernis trois grands X cramoisis sur le front.

Le clip prend fin et Matthew clique en dessous pour lui attribuer quatre étoiles sur cinq.

— Mouais... Je lui aurais mis un trois maximum, et encore ! Le défi était de faire semblant de voler, pas de le faire vraiment ! Quel genre d'abrutie voudrait se laisser filmer en train d'enfreindre la loi ?

Matthew rit de mon agacement.

— Joue pas ta rabat-joie, faut quand même en avoir une sacrée paire pour faire ça. En plus, je vois pas qui irait se plaindre qu'elle ait été au-delà de sa mission. Je parie qu'elle sera fun à regarder dans les rounds en direct.

— Houlà, ne va surtout pas mentionner ça à Sydney. Elle mourait déjà d'envie de s'inscrire au jeu ce mois-ci, jusqu'à ce qu'elle découvre qu'il était programmé le même soir que la dernière représentation.

— Quoi ? Ça ne lui suffit pas d'avoir le premier rôle dans la pièce ? s'étonne Matthew, arquant un sourcil.

Je me dandine maladroitement d'un pied sur l'autre. Il m'arrive de charrier Sydney en l'appelant la diva, mais jamais derrière son dos.

— C'est pas avec une pièce de théâtre de lycée qu'elle va remporter des super prix…

Il hausse les épaules et reporte son attention sur mon téléphone.

— Hé, mate ça, Vee ! Il y a la vidéo d'un chien qui lape de la soupe directement dans la bouche de son maître.

— Dégueu !

Matthew leur décerne malgré tout cinq étoiles. À peine a-t-il voté qu'un nouveau slogan s'affiche : « ENVOYEZ-NOUS VOTRE PROPRE VIDÉO POUR AVOIR UNE CHANCE DE PARTICIPER SAMEDI À NOTRE JEU EN DIRECT. IL N'EST PAS TROP TARD ! »

Il agite le portable sous mes yeux.

— Tu devrais en faire une, ma petite Vee !

— Je te rappelle que je dois te maquiller samedi, au cas où t'aurais oublié.

— Je parlais juste des défis préliminaires, histoire de se marrer un peu. Et si jamais tu te retrouves qualifiée pour le round en direct, je suis sûr que quelqu'un pourra se charger du maquillage à ta place.

À l'évidence, il pense que je n'ai aucune chance d'être sélectionnée. En même temps, même si je devais l'être, n'importe qui est capable d'étaler un peu de fard sur des visages. Je me sens soudain toute petite.

Nerveuse, je tire sur ma jupe.

— À quoi bon ? De toute manière, je ne jouerai jamais pour de vrai.

Le mois dernier, lors du premier épisode du jeu, mes amis étaient venus chez moi pour regarder l'émission en direct sur le Net. Le rôle d'Observatrice était déjà carrément excitant. Mais de là à se mettre dans la peau de ces joueurs de la côte Est et rester une demi-heure les doigts de pied recroquevillés sur le rebord d'un toit ? Très peu pour moi, malgré les cadeaux de rêve à la clé ! Je ne suis pas kamikaze.

Matthew continue à naviguer sur le site d'ADDICT.

— Ça y est, j'ai trouvé une liste de défis que tu pourrais essayer : manger avec les doigts dans un resto chic, aller dans une épicerie chinoise et demander s'ils ont des testicules grillés…

— Je ne relèverai pas de défi ! Point barre.

Il tapote encore un peu sur mon clavier.

— Je sais bien. Je te taquine juste, t'es tellement mignonne quand tu rougis.

Greta, préposée aux accessoires, déboule des coulisses en courant et lui tape sur l'épaule.

— Matthew, c'est à toi dans deux minutes.

Il me rend mon téléphone et s'est déjà éloigné lorsque je m'aperçois qu'il a changé mon statut sur ma page ThisIsMe de *célibataire* à *en bonne voie*. Mon cœur célèbre ça d'un petit bond dans ma poitrine. Bien qu'il me reste presque une demi-heure d'ici le baisser de rideau, je décide de le suivre en coulisses. Il entre en scène sous le feu des projecteurs, et prend sa place sur la gauche au côté de Sydney. Après la joute verbale et la dispute viendra le baiser, puis la chanson annonçant la fin du spectacle.

Pour l'instant, Sydney est seule maîtresse sur scène, auréolée d'une gloire de lumière. Une bouffée de fierté m'assaille à la vue de sa beauté que j'ai su sublimer grâce à mon savoir-faire. Bien sûr, j'ai passé plus de temps penchée sur Matthew, caressant du pinceau et de la houppette chaque parcelle de son visage irrésistible. Même à dix mètres, le reflet du spot dans ses yeux verts me fait trembler des genoux.

Je récite les répliques avec les acteurs pendant le quart d'heure suivant jusqu'à la scène finale où les amants maudits sont enfin réunis. Matthew prend alors le visage de Syd à deux mains et leurs bouches s'unissent pour un baiser qui dure une, deux, trois secondes pleines. Je me mords la lèvre, réprimant un pincement de jalousie, même si Syd insiste souvent sur le côté superficiel de Matthew. Elle pense toujours savoir ce qui est le mieux pour moi, ce qui m'agace parfois.

La troupe revient maintenant sur scène pour reprendre en chœur le chant final avec le couple vedette, puis c'est à mon tour de baisser le rideau. Puisqu'ils tireront leur révérence sur l'avant-scène, mon travail est fini pour ce soir et je pars dans les loges ramasser les costumes. Celle réservée aux filles sent fort la laque, et un magnifique bouquet de roses rouges trône au centre de la coiffeuse. Je vérifie l'étiquette. Elles sont adressées à Syd. Bien sûr. À elle la gloire. Quelques minutes plus tard, cette dernière arrive en compagnie des autres filles, en gloussant et dansant.

Instinctivement, je serre ma meilleure amie dans mes bras.

— T'as été formidable, et regarde ce que quelqu'un t'a déposé !

Elle lâche un petit cri de plaisir et ouvre la carte accrochée au bouquet. Ses yeux s'écarquillent.

— Ça vient d'un fan anonyme.

Ce stratagème classique m'arrache un grognement.

— Il va rester anonyme deux minutes avant de venir faire son coq...

Elle plonge le nez dans les fleurs, puis me sourit, habituée qu'elle est à ce genre d'attentions.

— T'as réussi à faire changer d'avis tes parents pour ce soir, Vee ?

Je sens une boule se nouer dans mon estomac.

— Non. Mais au moins, ils m'ont promis de me laisser sortir de prison pour la fête de la dernière représentation !

Après m'être forcée à suivre à la lettre les règles parentales ces cinq derniers mois, j'ai réussi à les convaincre de m'accorder un peu de liberté. Ce sera la première fois que j'aurai le droit de ressortir avec mes amis, excepté bien sûr les soirées de travail avec la troupe ou les heures passées à travailler en bibliothèque. Première sortie depuis l'« incident », qui n'en est un que dans l'imagination de mes parents. Même si mes dénégations répétées ne les ont toujours pas convaincus.

— Ben alors, j'y vais pas non plus, me soutient Syd.

Je lui donne un faux coup de poing dans l'épaule.

— Sois pas bête. T'as largement mérité une bonne fête. Essaie juste de ne pas trop picoler : malgré mes talents de maquilleuse, je suis pas certaine de pouvoir dissimuler d'éventuelles poches sous tes yeux.

Elle tente de défaire son corset.

— T'es sûre ? Pour la fête, je veux dire. J'ai une foi aveugle en tes talents de maquilleuse !

Je l'aide à dénouer les rubans dans le dos de sa robe.

— Mais oui. Tu me raconteras tout, ou encore mieux, tu posteras des photos, d'accord ?

Une fois que les filles se sont changées, je récupère les costumes, vérifiant qu'il n'y a ni accrocs à recoudre, ni taches à nettoyer pour la représentation de demain soir. Sydney me donne une accolade rapide avant de s'éclipser avec Greta et les autres.

Quelques minutes après, Matthew passe sa tête dans l'embrasure de la porte.

— Comment va mon audacieuse petite Vee ?

J'essaie de garder mon sang-froid malgré les picotements qui m'envahissent le ventre à sa vue et continue d'inspecter l'air de rien une veste en tweed.

— Ça roule.

Franchement, quel besoin d'aller à une fête alors que j'ai la possibilité d'avoir quelques minutes en tête à tête avec lui avant mon couvre-feu ? Mon statut a décidément bien l'air en bonne voie.

— Syd et toi, vous allez chez Ashley ? me lâche-t-il.

— Elle, oui, moi, non.

— Toujours interdite de sortie ? Sincèrement, ma petite Vee, va falloir te mettre au boulot !

Comme la plupart de mes amis, Matthew croit que la sévérité de mes parents est liée à mes mauvais résultats scolaires. Il n'y a que Sydney qui connaisse la vérité.

— J'ai quand même obtenu le droit de venir à la fête de clôture. Avec permission de minuit, s'il vous plaît !

Peut-être qu'en le tenant informé de ma prochaine libération, il m'aidera à trouver comment occuper « au mieux » mon samedi soir…

Il désigne alors le bouquet de roses du menton.

— Elle a deviné de qui elles viennent ?

À ces mots, j'oublie de respirer une seconde.

— Comment tu savais qu'elles étaient anonymes ?

Il me répond d'un clin d'œil.

— J'ai mes sources. On se voit demain.

Un petit hochement de tête, un long regard, et une dernière phrase avant de partir :

— Hmm, c'est vraiment du gâchis qu'une fille mignonne comme toi reste planquée en coulisses.

Alors c'est tout ? C'était notre chance de nous retrouver seul à seul et lui, il part ? J'en ai l'estomac noué. Et c'était quoi cet intérêt soudain pour les fleurs ? J'essaie de ne pas tirer de conclusion hâtive, mais dresse quand même une liste mentale des possibilités. Peut-être qu'un de ses amis est amoureux de Sydney, et a envoyé Matthew tâter le terrain ? Pourtant, l'inflexion de sa voix avait eu quelque chose d'incertain, une vulnérabilité avait pointé. Et si c'était lui qui avait apporté les roses ? Syd et lui partagent la tête d'affiche, mais quand même. Dans ce cas, mon unique et maigre consolation est que, si c'est bien Matthew qui le lui a acheté, Syd n'a pas pris la peine d'emporter le bouquet avec elle.

Je rumine cette sombre histoire tout en prenant dans mon sac à main la petite clé de l'armoire qui recèle l'arme secrète de toute bonne costumière : un vaporisateur contenant un mélange d'eau et de vodka, un bon moyen pas cher pour redonner de la fraîcheur aux costumes.

Mme Santana m'a bien répété que j'étais la première élève à qui elle confiait cette tâche sans supervision de sa part. Ça fait plaisir qu'au moins un adulte me fasse confiance ces jours-ci, mais si je racontais ça à mes parents, ils demanderaient qu'elle soit virée sur-le-champ.

J'entends des pas, et cette fois c'est Tommy Toth, responsable des décors et de la partie technique, qui passe la tête à la porte.

— On a bien assuré ce soir, hein ?

Je vaporise machinalement l'intérieur d'une robe lourdement ornée, un peu distendue.

— Ouais, tout s'est super bien passé.

— Les autres sont déjà partis. Je t'accompagne à ta voiture dès que t'as fini.

S'il existait un prix décerné aux parents enseignant la politesse à leurs enfants, ceux de Tommy le gagneraient haut la main. Déjà en sixième, quand c'était notre tour de prendre en charge le passage piéton devant le collège, il se proposait toujours pour porter le panneau « Stop ».

Direction la loge des garçons maintenant, pour m'occuper des costumes masculins.

— T'inquiète pas, je suis garée juste à la sortie.

Il m'emboîte le pas.

— Vee, ça va ?

J'attrape le pantalon de Matthew sur le dossier d'une chaise et le replie en m'appliquant.

— Bien. Ça a juste été une semaine dure.

Il s'étire ostensiblement pour montrer son accord.

— Tu m'étonnes ! À nous deux, on fait le travail de toute une équipe technique.

Eh oui. Nous sommes la colonne vertébrale. Mais pas d'applaudissements pour nous. Pas de roses non plus, d'ailleurs. Je chasse d'un clignement de paupières les larmes qui menacent de monter et me retourne pour lui faire face.

— T'as vraiment fait du super boulot, Tommy. Personne n'aurait pu réaliser des décors comme les tiens.

La scène passe en effet d'un village afghan en ruine à un intérieur de boîte de nuit à Tokyo en moins d'une minute montre en main. Notre pièce est du genre multiculturel.

Il hausse les épaules, comme si c'était peu de chose.

— Tommy, ne sois pas si modeste, tu mérites autant de compliments que les acteurs.

— Oh, il y a des avantages à ne pas occuper le devant de la scène.

Mes sourcils doivent avoir disparu sous ma mèche tellement je les arque.

— Par exemple ?

— Le respect de la vie privée.

Je laisse échapper un petit rire à mi-chemin entre le reniflement et le grognement.

— Et c'est un avantage, ça ?

Il hausse à nouveau les épaules, dubitatif cette fois. Le temps que je finisse de ranger les costumes, mon téléphone se met à vibrer : un texto de ma mère, me rappelant que je dois être rentrée d'ici quarante minutes maximum. Soupir. Un petit coup sec sur ma laisse, comme si j'avais pu oublier... Après avoir effacé le message, je découvre que Matthew ne m'a pas déconnectée du site d'ADDICT, ce jeu auquel je ne participerai jamais.

— Dis Tommy, tu trouves que je suis une fille audacieuse ?

Il recule d'un pas, interloqué.

— Audacieuse ? Euh… j'en sais rien. En tout cas, t'as beaucoup de charisme. Tu te souviens il y a deux ans quand tu avais revisité les paroles de l'hymne officiel du collège ?

C'est ça mon moment de gloire ? Des paroles paillardes qui rimaient à peine ? La grimace aux lèvres, je lui montre l'écran de mon téléphone.

— Tu t'inscrirais à ce jeu, toi ?

Il réfléchit un instant avant de me répondre :

— Peu probable. Trop risqué comme truc.

— C'est pas mon genre, c'est ça que tu veux dire ?

— J'ai jamais dit ça !

Avec Tommy à côté de moi, je me mets alors à naviguer sur le site jusqu'à ce que s'affiche la liste de défis que les gens peuvent relever dans l'espoir d'être sélectionnés pour les rounds en direct, le tout accompagné de pop-ups promettant une célébrité instantanée et d'une vidéo dévoilant les vainqueurs du Grand Prix du mois précédent assistant à la première d'un film. Deux des filles y font miroiter les bijoux qu'elles ont gagnés au fil des défis remportés. Sales petites chanceuses !

Je scanne rapidement la liste des yeux. La plupart des défis me semblent affreux, mais il y en a un où il suffit d'aller dans un café et de se renverser de l'eau sur la tête en criant : « Il n'y a que l'eau froide qui me mette en chaleur. » Plutôt débile, mais bien moins dangereux que de voler du vernis, même pour de faux. On dirait que je suis en train de me laisser tenter. Un coup d'œil à ma montre. C-Com-Café est à mi-chemin entre le lycée et la maison. J'ai le temps de le faire si je me décide tout de suite. Ça clouerait le bec à Matthew et ferait disparaître le mot « petite » de son vocabulaire, celui qui accompagne toujours mon prénom dans les textos qu'il a commencé à m'envoyer depuis le début des répétitions. Des messages mignons, mais qui deviennent à chaque fois plus chauds à mesure que la soirée avance.

Je regarde Tommy dans les yeux.

— Ça te dit de faire quelque chose qui sort de l'ordinaire ?

Le rose lui monte subitement aux joues.

— Me dis pas que tu veux t'inscrire à ce jeu ?

— Bien sûr que non. Il est de toute façon un peu tard pour être sélectionnée. Mais j'imagine que ça doit être marrant de relever un défi, non ? Juste pour voir ce que ça fait ?

— Euh… j'en suis pas si sûr.

Il papillonne des paupières comme si ses lentilles avaient une subite envie de se faire la malle.

— Tu te rends bien compte que le monde entier aura accès à cette vidéo ? Étant donné que c'est gratuit de regarder les défis préliminaires, ça pourrait faire un paquet de gens…

— C'est le but recherché, non ?

Il penche la tête de côté et me dévisage, l'air sérieux.

— T'es sûre que tu vas bien, Vee ?

Je repars mettre le vaporisateur sous clé.

— Très bien. Pas la peine de m'accompagner si tu le sens pas. Je pensais simplement qu'on pourrait s'amuser un peu…

— T'as peut-être raison.

Il hoche la tête, clairement en conflit avec lui-même, puis finit par lâcher :

— OK, je veux bien te filmer.

Ah oui, tiens, j'avais oublié qu'il fallait quelqu'un pour immortaliser le défi. J'attrape mon sac et lui passe devant, me sentant l'âme d'une Lara Croft.

— Génial. C'est parti alors.

Il se dépêche de me rattraper.

— On peut prendre ma voiture.

Ses parents lui ont offert pour son anniversaire une Audi qui pourrait figurer dans un film à gros budget.

— Non, on prend la mienne, tranché-je. C'est mon défi, après tout.

Il fait un peu lourd dehors, l'humidité a dû apparaître en cours de soirée. Et bien que je sois sur le point de me verser de l'eau sur la tête dans un café, je ne suis pas d'humeur à essuyer une averse. Tommy et moi piquons un petit sprint pour atteindre ma vieille Subaru dont le volant frémit à chaque fois que je freine. C'est ma voiture, et je m'y sens bien. Je m'installe au volant et ouvre la portière à Tommy.

J'essaie de fredonner le tube hip-hop qui passe à la radio, mais ma voix n'arrête pas de dérailler. Serais-je nerveuse ?

— Tu crois que les clients du C-Com-Café vont se douter que je suis là pour un défi d'ADDICT ?

Il semble perdu dans la contemplation du tableau de bord, dans l'espoir peut-être de trouver un meilleur sound system que mon antique autoradio décoré de l'autocollant « METS LE SON À DONF ».

— Vee, je pense pas que leurs clients soient dans la tranche d'âge ciblée par ADDICT.

Son emploi si naturel des mots « cible » et « tranche d'âge » me fait rigoler intérieurement, comme s'il bossait dans la pub. Le genre de phrase que mon père pourrait sortir. Un mauvais souvenir m'assaille alors : son visage blanc comme un linge lorsqu'il était à mon chevet il y a quelques mois à l'hôpital. Il n'avait pas arrêté de secouer la tête et de répéter que mon geste ne me ressemblait pas du tout. Les filles comme moi ne finissent pas au volant, enfermées dans leur garage avec le moteur qui tourne. Je lui avais dit que j'étais d'accord avec lui à cent pour cent.

Je m'extrais de ce souvenir déplaisant.

— Si je résume, je vais juste me ridiculiser devant un parterre de gens qui n'ont aucune idée que je fais ça pour un jeu. Parfait.

Le mois dernier, un des organisateurs du jeu avait posté en boucle que les joueurs avaient interdiction absolue de révéler à la foule qu'ils réalisaient un défi.

Les sourcils froncés de Tommy me laissent deviner ce qu'il pense de tout ça, mais il est bien trop poli pour le dire à voix haute. À la place, il me parle d'un documentaire qu'il a vu dans lequel des businessmen en herbe doivent chanter à un carrefour très passant afin de vaincre leurs inhibitions.

— Cette aventure va peut-être te faire du bien, me réconforte-t-il.

Je l'étudie du coin de l'œil. Il est encore plus beau gosse que je ne le pensais. Non pas qu'on soit autre chose que de bons amis. Avec ses traits finement ciselés, sa débrouillardise et ses parents bourrés aux as, il risque d'être élu dans dix ans à un poste politique avant même notre réunion des anciens élèves.

Je me rappelle soudain que je n'ai pas rempli la fiche de renseignements.

— Ça te dérangerait d'aller sur le site pour y rentrer mes infos perso ?

Il allume son portable et me lit les questions au fur et à mesure qu'il tape les réponses. Je lui donne mon adresse, mon numéro de téléphone, mon e-mail et ma date de naissance (le 24 décembre, pas top pour les cadeaux !). Pour la liste des gens à prévenir en cas d'urgence, ce qui me semble un peu bizarre pour un défi d'à peine deux minutes, je lui dis d'indiquer son prénom, celui de Sydney, puis de Liv, d'Eulie, et finalement de Matthew, histoire de rire un peu.

Cinq minutes plus tard, après avoir fait deux fois le tour du parking du café, je trouve enfin une place qui se libère. L'air s'est bien rafraîchi depuis le coucher du soleil, promettant un retour inconfortable dans la voiture après le défi. Enfin... si j'arrive à le remplir, ce dont je commence un petit peu à douter.

Je tends ma veste à Tommy.

— Tu peux me la tenir, ça me fera quelque chose de sec à me mettre sur le dos.

— Je peux prendre ton sac aussi, au cas où.

Sérieusement, quel autre garçon aurait pensé à garder la prunelle de mes yeux en lieu sûr ? Un petit frisson agréable me parcourt aussitôt.

— Bien vu.

Tommy porte mes affaires presque avec révérence, comme s'il avait peur de les abîmer, ce qui ne serait pas vraiment une catastrophe étant donné que j'achète quasiment tout à moitié prix à Vintage Love, la boutique où je travaille.

Nous entrons dans le café et soudain mon cœur s'emballe quand je réalise que l'endroit est plein à craquer. C'est une chose de sélectionner un défi sur une liste, c'en est une autre de le relever en public. Le public, voilà bien le problème. Celui qui m'a fait m'enfuir au beau milieu des auditions pour la pièce du lycée, ou qui m'a fait transpirer abondamment lors de mon exposé en cours de sciences politiques. Pourquoi donc quelqu'un comme moi décide-t-il de jouer à un tel jeu ? Serais-je suicidaire ?

Je me revois en coulisses, spectatrice impuissante du baiser de Syd et Matthew, et inspire un grand coup. À l'évidence, je fais cela pour me prouver quelque chose. Merci le cours d'introduction générale à la psychologie…

Tommy réussit à nous trouver une place à la grande table partagée au centre du café et y dépose nos affaires. Il tripote un peu son téléphone.

— Le site d'ADDICT dit que je dois filmer ça en live à partir de leur application, apparemment pour qu'on ne puisse pas monter la vidéo après. Je commencerai dès que t'es prête.

— OK.

Je m'avance à pas lourds jusqu'à la queue devant la caisse tout en tâchant d'ignorer l'étrange engourdissement qui m'envahit les jambes. C'est un effort extrême pour moi que de poser un pied après l'autre, comme si je progressais avec difficulté dans une piscine remplie de miel. Respire, respire, respire. Si seulement les odeurs de café torréfié ne me montaient pas à la tête. La ventilation est vraiment pourrie ici. Mes cheveux et mes vêtements vont empester quand je sortirai. Maman le sentira-t-elle ?

Le couple qui me précède est en plein débat sur le fait de boire ou non du thé indien le soir, tandis que le groupe de femmes devant eux bombarde la serveuse de questions sur le nombre de calories contenu dans chaque boisson. Leurs piaillements commencent à me taper sur les nerfs. J'ai envie de leur hurler que les gens qui font attention aux calories feraient mieux d'éviter un café où sont proposées une bonne douzaine de viennoiseries bien grasses.

Je fais signe à un serveur pour essayer de capter son attention. Il se contente de me sourire en lançant plusieurs espressos. L'horloge murale indique 21 h 37. Merde, il ne me reste plus que vingt-trois minutes jusqu'au couvre-feu, et je viens de me rendre compte que je dois raccompagner Tommy à sa voiture avant de pouvoir rentrer. Tant pis, je me fraye un chemin jusqu'au comptoir en jouant des coudes, ce qui me vaut des commentaires désobligeants. Peut-être qu'ils la fermeront une fois que j'aurais mené ma mission à bien. Personne ne vient chercher de noises aux déséquilibrés. J'avise un pichet rempli d'eau glacée au coin du comptoir, et une pile de gobelets à côté. J'en remplis un et me dirige vers Tommy en tâchant de ne pas le renverser, bien que je tremble comme une feuille.

21 h 39. Je prends une grande inspiration et fais un signe à Tommy. Il pointe alors son portable sur moi et me dit quelque chose que je n'arrive pas à comprendre. Quelques personnes nous foudroient du regard. Tommy me lâche un petit sourire et m'encourage d'un pouce levé, ce qui fait déferler en moi une vague de reconnaissance. Je n'y serais jamais arrivée toute seule. Peut-être que je n'y arriverai pas, du reste. Je tremble de plus belle et ravale les larmes qui menacent de monter. Mince alors, je suis vraiment une lavette. Pas étonnant que je bafouille à chaque audition.

Mes yeux se raccrochent à l'horloge, mon champ visuel se rétrécissant de manière inquiétante. Tout devient noir autour de moi, je ne vois plus que le cadran, égrenant les secondes comme les battements du *Cœur révélateur* d'Edgar Poe. Ça en devient risible. Ce n'est qu'un verre d'eau et une phrase d'une ligne, putain ! Je suis sûre que Syd, elle, se verserait le pichet entier tout en chantant in extenso son morceau favori de la comédie musicale *Les Misérables*. Mais il faut se rendre à l'évidence : je ne suis pas Syd.

Le rythme de mon cœur s'accélère jusqu'à devenir presque audible et j'ai la tête toute cotonneuse. On dirait que chacune des molécules de mon corps me supplie de partir. Ou de crier. Ou les deux. Je me force à calmer ma respiration. Le défi sera terminé en une minute. Je vais bientôt être sortie des griffes de cette terreur abjecte. Je m'essuie la joue. Lorsque l'horloge affiche 21 h 40, je m'éclaircis la gorge.

Suis-je capable de le faire ? La question tourne en boucle dans mon cerveau alors même que je lève le gobelet à bout de bras. Je constate avec surprise que celui-ci fonctionne encore. D'une voix qui dépasse à peine le murmure, je bredouille : « Il n'y a que l'eau froide qui me mette en chaleur ! » et me verse quelques gouttelettes sur le cuir chevelu.

Tommy louche, comme s'il ne m'avait pas entendue prononcer la phrase.

Je hausse alors la voix, qui sonne maintenant comme celle d'un canard enrhumé, et répète : « Il n'y a que l'eau froide qui me mette en chaleur ! » Et me verse le reste du verre sur la tête. Le choc de température me sort de ma torpeur. Oh mon Dieu ! Je l'ai fait ! Et maintenant me voilà trempée, rêvant plus que jamais de pouvoir disparaître d'un claquement de doigts.

Une femme à proximité sursaute et glapit :

— Doux Jésus !

— Désolée, dis-je, l'eau me dégoulinant le long du nez.

Je sais que je devrais faire quelque chose mais mon corps demeure comme paralysé. Sauf mes yeux qui enregistrent un million de détails à la seconde. Et tous semblent vouloir conspirer à me faire me sentir mal. Dans un effort conscient, je me force à rompre le charme et me passe le dos de la main sur le visage tandis qu'un type prend une photo de moi. Je le regarde méchamment et il en prend une nouvelle.

Tommy repose alors son téléphone et me regarde d'un air paniqué.

— Vee, euh... comment dire, ton chemisier..., bredouille-t-il en montrant ma poitrine.

Je commence à baisser les yeux lorsqu'un des serveurs accourt vers moi avec une serpillière. Il grimace en regardant la flaque qui s'est formée à mes pieds.

— Je vais le faire, dis-je en tendant le bras.

Pourquoi n'ai-je pas pensé à prendre des serviettes en papier ? C'est la seule inquiétude qui me traverse l'esprit, bien terre à terre si l'on songe à la situation.

Le serveur écarte la serpillière d'un geste brusque.

— Comme si je pouvais vous faire confiance. Poussez-vous ! Et si vous n'achetez rien, partez, s'il vous plaît !

Hé, oh ! Ce n'est pas comme si j'avais craché dans son mixeur.

— Désolée.

Je me dirige vers la sortie. L'air frais du dehors transperce mon chemisier trempé, me glaçant jusqu'à l'os.

Tommy me rattrape et me tend ma veste.

— Couvre-toi !

J'inspecte alors l'étendue des dégâts à la lumière de l'enseigne : je n'avais pas calculé avant de me verser de l'eau dessus que mon petit haut était en coton blanc. Ni que mon soutien-gorge était en fine soie légère. Moi, la costumière qui, en plus, bosse à temps partiel dans un magasin de vêtements, j'aurais peut-être dû anticiper la réaction de ces tissus au contact de l'eau. Je viens de m'autoproclamer Miss T-Shirt Mouillé. Aux yeux du monde entier ! Mais qu'est-ce que j'ai fait ?

2.

J'arrache le portable des mains de Tommy.

— Faut tout de suite effacer la vidéo !

— Impossible, elle a été relayée directement.

Ahurie, je resserre les pans de ma veste autour de ma poitrine.

— Pourquoi t'as pas coupé le film quand tu t'es rendu compte que je montrais mes... ?

— J'étais concentré sur le cadrage. J'ai rien remarqué jusqu'à ce que je pose le téléphone. Mais pas la peine de paniquer, OK ? Ça ne donnera pas forcément le même effet à l'écran. Tu sais, l'éclairage est différent à l'intérieur, et en plus mon appareil a pas une super résolution.

En même temps, il n'a pas l'air convaincu de ce qu'il dit.

— Y a moyen que tu vérifies ?

Pourquoi n'avais-je pas mis mon soutif rose, celui avec tous ces froufrous ?

— Non, mon téléphone ne sauvegarde pas les vidéos, ça prendrait trop d'espace mémoire.

Nous rentrons dans ma voiture et j'enfile avec maladresse ma veste en lui tournant le dos. Bien qu'une partie de moi souhaite rester un moment sur ce parking pour essayer de trouver une solution et mettre un terme à mon angoisse, je sais pertinemment que je dois être chez moi dans un quart d'heure dernier délai. Je démarre et enclenche le chauffage au maximum avant de prendre la direction de l'auditorium du lycée.

— Peut-être qu'on peut retirer la vidéo du site, me confie Tommy en naviguant sur son portable.

— Fais ça, oui, écris-leur que je ne donne pas mon accord pour la diffusion.

Après quelques minutes de silence, il se racle la gorge.

— Ils disent dans leurs conditions d'utilisation que toutes les vidéos soumises sont « leur propriété pleine et entière ». En t'inscrivant au jeu, tu as renoncé à tous tes droits à l'image.

J'en donne un coup de poing de frustration sur le tableau de bord.

On n'échange plus le moindre mot jusqu'à notre arrivée sur le parking.

— Dis-toi bien, Vee, qu'il y a des milliers de vidéos qui tournent sur ce site, et la plupart sont sans doute bien pires que la tienne. Les gens seraient prêts à faire n'importe quoi pour participer aux rounds en direct, essaie-t-il de me rassurer avant de sortir.

— J'espère que tu as raison, soupiré-je. Bon, écoute, il faut que je sois chez moi dans neuf minutes.

— Je te jure d'en parler à personne.

Il fait mine de cracher par terre, puis claque la portière.

Je mets les gaz pour rentrer. Je me sens complètement vidée. Comment ai-je pu être si stupide ? L'impulsivité n'a pourtant jamais fait partie de mes traits de caractère. Timide, travailleuse, fidèle, toutes ces conneries de Capricorne pas glamour pour un sou, c'est moi normalement. Je me surprends même à dépasser la vitesse autorisée pour la première fois de ma vie. Mais ce n'est pas encore suffisant. Il est vingt-deux heures deux quand j'entre dans le vestibule qui sépare le garage de l'arrière de la maison.

Maman m'y attend comme un officier des douanes.

— Où étais-tu ?

— À l'auditorium. Il y a eu un petit problème avec l'évier d'une des loges et je me suis fait asperger. J'ai essayé d'éponger le plus vite possible… Désolée d'être un tout petit peu en retard.

Ça me donne presque envie de vomir de mentir comme ça, mais dire la vérité ne ferait qu'empirer les choses.

— Tu avais promis d'être rentrée pour dix heures, me dit-elle, les bras croisés et le sourcil froncé.

— Maman, s'il te plaît. C'était qu'un accident !

À peine le mot sorti de mes lèvres, je réalise que j'ai gaffé. Même cinq mois après, la simple mention du mot « accident » les hérisse encore.

J'entends papa arriver de la cuisine.

— Tout va bien ?

Je suis à coup sûr la seule terminale du lycée dont les parents l'attendent à deux, à dix heures du soir !

Je m'enveloppe dans ma veste et me passe la main dans les cheveux.

— Oui, oui. Rien qu'une petite histoire d'eau. Je suis désolée.

— Pourquoi tu ne nous as pas appelés ?

Son ton se veut léger, mais il a la mine grave.

— Je pensais vraiment rentrer à l'heure. Mais je me suis pris un feu rouge de trop.

Je me demande s'il y a moyen pour eux de vérifier la fréquence des feux sur le trajet entre l'auditorium et la maison, histoire de peaufiner mon mensonge.

Papa va se ranger au côté de maman et ils échangent un long regard entendu. Pendant ce temps-là, je grelotte intérieurement et n'ai qu'une envie, celle de retirer mon haut mouillé.

— Tous mes amis sont en train de faire la fête. Moi, j'ai dû nettoyer des costumes et m'occuper d'un évier cassé. Vous ne trouvez pas que c'est une punition suffisante pour deux pauvres minutes de retard ?

Ils échangent un nouveau regard.

— C'est bon, ta mère et moi te croyons.

Une pointe de culpabilité me transperce alors le cœur, mais après tout, je n'ai rien à me reprocher. À part peut-être d'avoir exposé involontairement une partie intime de mon anatomie à Dieu sait combien d'internautes.

— Merci. Je vais me coucher. J'ai cours demain.

Je retiens mon souffle, espérant ne pas avoir joué la carte de la fille responsable de manière trop appuyée et donc suspecte.

— Bonne nuit, ma chérie, me souhaitent-ils à l'unisson avant de me prendre brièvement dans leurs bras.

Je me dis parfois que la vie serait tellement plus facile si je n'étais pas fille unique. Mais ils n'ont plus l'âge maintenant pour remettre le couvert… Berk ! Je chasse illico cette image de ma tête.

Dans ma chambre, je ressasse les événements de la soirée en enfilant mon pyjama. Pourvu que Tommy ait raison et que ma vidéo soit noyée dans le torrent de celles des autres joueurs. Je n'arrive pourtant pas à trouver le sommeil et décide de laisser tomber vers cinq heures du matin. Il me reste deux heures avant de devoir me préparer pour la journée de cours. La voix de la raison me dit qu'il faudrait que je rattrape mes devoirs en retard ou au moins que je me lance dans quelque chose de productif. Mais mon premier réflexe au sortir du lit, c'est de prendre mon téléphone. Tout bien réfléchi, ce sera plus rapide sur l'ordinateur. Je m'assieds donc à mon bureau et l'allume, les mains tremblantes.

Il me faut plusieurs minutes avant d'accéder au site d'ADDICT et de comprendre comment sont classées les vidéos. Pendant que je clique, un pop-up me rappelle qu'à la dernière session, un type a gagné un voyage d'une semaine en Italie pour s'entraîner avec une des équipes en lice pour le Tour de France, tandis qu'une des filles a décroché un entretien d'embauche à MTV. Les deux présentent un visage rayonnant sur les photos. Plutôt pas mal comme prix contre une nuit de terreur.

À mesure que je me balade sur le site, mon humeur s'améliore. Je découvre en effet que plus de cinq mille personnes ont envoyé leur vidéo des quatre coins du pays. Demain soir, samedi, ADDICT choisira des participants dans douze villes pour les épreuves en direct. La fois dernière, ils ont sélectionné les meilleurs joueurs de cette épreuve, la moitié d'entre eux s'envolant pour

New York tandis que l'autre moitié allait à Las Vegas, pour le round du Grand Prix qui se joue à quitte ou double.

Je suis presque prise de vertiges en remarquant que le défi dans le café est parmi ceux qui ont été les moins tentés. Sans doute parce qu'il avait l'air facile, comprenez « ennuyeux ». Génial. Je clique pour entrer sur la page et déroule le menu des vidéos jusqu'à ce que mon cœur manque s'arrêter.

C'est bien moi, là, la mine déconfite et scintillante d'eau ? Sous l'image, une petite jauge indique que ma vidéo a déjà dépassé les quatre-vingts commentaires. Oh oh. Plus du double que n'importe quelle autre pour ce défi.

Je prends une profonde inspiration afin de tenter de calmer ma nervosité et clique sur l'image pour lancer la vidéo. Me voilà, une expression chagrine sur le visage, les yeux alternativement braqués sur l'horloge murale et sur l'objectif du téléphone de Tommy. Une bouffée de honte m'envahit. J'ai vraiment l'air d'une idiote. Comment ai-je pu penser une seconde que ce serait une bonne idée de relever un défi ? Tout ça parce que Sydney avait reçu des fleurs et pas moi ? Ridicule. Je devrais y être habituée, depuis le temps.

J'entends alors la voix de Tommy qui commente :

— Voici la plus douce, la plus raisonnable des filles que je connaisse sur le point de s'aventurer bien au-delà de sa zone de confort. Ira-t-elle jusqu'au bout ?

Je ne m'étais pas rendu compte que Tommy assurait un commentaire. La Vee filmée semble hésiter, comme si elle répondait par la négative à sa question : « Bien sûr que non, elle n'ira pas jusqu'au bout ! » L'espace d'un instant, je me surprends à imaginer que cette soirée n'a été qu'un mauvais rêve. Mais voilà que la fille de la vidéo se verse le verre d'eau glacée sur la tête et marmonne quelques mots inaudibles. « Oh ! » se borne à commenter Tommy.

Le clip montre maintenant une fille trempée avec de tout petits seins et une chemise très transparente qui ne laisse plus rien à l'imagination. Mon pire cauchemar.

Je clique aussitôt sur les commentaires sous la vidéo, sentant une nausée irrépressible me monter de l'estomac. L'un des internautes a écrit : « Jolis œufs au plat ! » Et encore, c'est l'un des posts les plus sympathiques. Je referme illico mon ordi et m'ensevelis sous mes couvertures, emplie de honte.

Une heure plus tard, mon téléphone se met à vibrer, annonçant l'arrivée d'un message. Je l'ignore, ainsi que le suivant qui survient dans la foulée. Mes amis ont-ils vu la vidéo ? Je me cache la tête sous l'oreiller.

Il est sept heures et demie quand ma mère vient toquer à la porte.

— Tu es debout, chérie ? Dépêche-toi si tu ne veux pas être en retard.

— T'inquiète, je suis quasi prête, mens-je.

— Je peux entrer ?

— Attends un peu.

J'attrape à la hâte un jean et un T-shirt qui traînent et les enfile, puis ouvre la porte en étouffant un bâillement. Maman balaie la pièce du regard par-dessus mon épaule. La connaissant, elle cherche sans doute une pipe à crack.

— J'ai fait du potage aux asperges hier soir, tu veux en emporter pour ce midi ?

— Ouais, avec plaisir, merci.

Dès que j'ai refermé la porte de ma chambre, je me précipite sur mon téléphone. Les messages proviennent de Sydney et de Liv. Elles m'y racontent en gros la soirée d'hier en me disant que j'aurais « trop » dû venir. Le dernier texto vient de Tommy, il tient en deux mots : « Appelle-moi ! »

Ce que je fais immédiatement. Lorsqu'il décroche, je lui lance :

— Je l'ai vue. Affreux ! Et tu ne m'avais pas dit que t'avais commenté !

Non pas que ses propos m'aient gênée, c'est juste plus facile que de lui demander ce qu'il pense de ma poitrine.

— J'essayais seulement de rendre ça plus dynamique, et de te donner une excuse au cas où… tu sais.

— Au cas où je me serais dégonflée ?

— Au cas où tu aurais changé d'avis. Il n'y a pas de honte à ça.

Je me frotte la tempe.

— Eh bien, merci alors. En tout cas, tes commentaires étaient largement plus sympas que ce que les gens ont écrit. T'as vu comment certains étaient ignobles ?

Il s'éclaircit la gorge avant de reprendre la parole.

— Ignore-les. Il y a bien pire que ça. Ça monte jusqu'à trois cents commentaires dans la catégorie « baissage de slip ».

— Tu crois pas que je puisse les obliger à retirer la vidéo ? Je veux dire, c'est forcément illégal pour eux de diffuser un film où une mineure montre ses... euh, sa poitrine, non ?

— En même temps, personne n'a l'air de se plaindre de voir des mineurs les fesses à l'air. Et ADDICT ne fait que fournir des fiches d'inscription et un espace de stockage pour les liens des vidéos, avec aucun moyen de les contacter en direct. Je n'ai même pas réussi à remonter jusqu'à eux via le site qui les héberge. C'est comme s'ils étaient basés dans un autre pays et qu'ils changeaient régulièrement de serveur informatique.

Je porte ma main au front, un peu découragée.

— Merci Tommy, t'auras quand même essayé...

— Si on reste bouche cousue, il y a de bonnes chances pour qu'aucune de nos connaissances n'en entende parler. Et de toute façon, dès qu'ils vont passer aux rounds en direct demain soir, les gens vont vite reporter leur attention ailleurs.

J'ai très envie de le croire. Son raisonnement semble sain, sa voix est apaisante.

— OK, ce qui s'est passé dans les murs de C-Com-Café ne doit pas en sortir.

— Ça marche, Vee.

Je le remercie puis raccroche. Pendant le trajet en voiture, je suis tellement nerveuse que je ne peux m'empêcher de trembler des mains et des jambes. Pourtant, quand j'arrive au lycée, tout paraît normal. C'est bien la première fois que je remercie le proviseur de sa politique interdisant l'utilisation des téléphones portables dans l'enceinte du lycée, à part en cas d'urgence bien sûr. Je fais donc comme si de rien n'était et la matinée se passe sans accroc. À l'heure du déjeuner, ma panique a presque totalement disparu.

Quand je croise Tommy à son casier dans l'après-midi, je lui chuchote :

— Aucun problème pour le moment.

À la fin des cours, je me dépêche de rentrer faire mes devoirs, puis prends un dîner anticipé. Je n'ai pas trop d'appétit de toute façon. Je jure à Maman que je rentrerai à l'heure ce soir et repars à l'auditorium vers les cinq heures. Quand j'arrive sur place, l'excitation des soirs de spectacle est déjà palpable. Mon premier instinct me pousse à aller retrouver Tommy dans la cabine du régisseur, mais Sydney m'arrête pour me montrer un article de journal soulignant le talent prometteur de certains acteurs de notre lycée, la Chinook High School. La photo accompagnant l'article montre Sydney giflant Matthew.

— J'adore cette scène, me confie-t-elle, les yeux brillants.

Matthew nous rejoint à ce moment-là.

— Je dirais même que tu l'aimes un peu trop, dit-il en se frottant la joue comme s'il avait toujours mal.

Je scrute leurs visages tour à tour, tâchant d'y déceler la moindre trace d'alchimie amoureuse. Il n'y en a pas dans le roulement d'yeux dramatique de Syd. Matthew, lui, la suit un instant du regard avant de le poser sur moi.

Il me tapote le bout du nez.

— Prête à me maquiller, ma petite Vee ?

— Bien sûr, lui réponds-je en le précédant dans la loge des garçons pour le moment inoccupée.

J'attrape le fond de teint et remplis un verre d'eau au robinet. Matthew se tire les cheveux vers l'arrière et les maintient à l'aide d'un bandeau. J'humidifie une éponge et me mets au travail, penchée sur lui. Il en profite pour poser une main sur ma hanche. J'ai comme l'impression d'être brûlée au premier degré à travers le tissu.

— Tu m'as manqué hier soir chez Ashley, me susurre-t-il d'une voix rocailleuse.

Waouh, c'est bien la première fois qu'il me dit que je lui manque. Mon avenir est bel et bien en meilleure voie que je ne l'aurais pensé !

— Je sais, ça craint que je n'aie pas pu venir. Mais bon, c'était veille de cours et tout et tout. La fête de demain soir sera encore mieux !

— T'es sûre que tu peux pas te libérer ce soir ? Juste histoire de prendre un café ? me demande-t-il en me serrant un peu la hanche.

Un café ? Je déglutis avec difficulté. Il n'a pas pu voir la vidéo, si ?

— Ça me ferait super plaisir, mais on se retrouvera demain soir, OK ?

Mes gestes habituellement précis se font tout à coup maladroits et je descends un peu trop bas dans son cou. J'ai envie de l'interroger sur son soudain intérêt pour le café, mais voilà que d'autres acteurs entrent en loge et se dirigent derrière les rideaux pour s'y changer. Le temps que je finisse de préparer Matthew, la pièce s'est remplie et il n'y a plus moyen de poursuivre la conversation privée. Dès que j'ai fini de l'apprêter, les seconds rôles masculins se succèdent dans le fauteuil, puis je file ensuite chez les filles pour mettre la dernière touche à leur visage et à leur coiffure. Pas grand-chose à faire de ce côté-là, elles se débrouillent déjà très bien toutes seules. Il faut maintenant que je coure en coulisses pour assurer le lever de rideau imminent. Ils auraient quand même pu confier cette tâche à quelqu'un d'autre, mais bon, c'est vrai que toute l'équipe chargée des effets spéciaux et les accessoiristes sont sacrément occupés à fignoler les derniers détails du village afghan en ruine.

Une fois le rideau levé, j'attends en bord de scène pour vérifier une dernière fois le maquillage des acteurs sur le point d'entrer avant de repartir nettoyer le matériel. Au moment où je franchis la porte de la loge des filles, je surprends Ashley et Ria qui interrompent brutalement leur conversation. D'accord, on n'est pas les meilleures amies du monde, mais elles n'ont jamais réagi de manière aussi nerveuse en ma présence.

Je ramasse alors les éponges sales pour aller les nettoyer et, le plus naturellement possible, lance la discussion, histoire de tâter le terrain.

— Vous avez eu l'air de bien vous éclater hier soir. Je suis désolée que mes parents ne m'aient pas donné le droit de venir.

— Je comprends, dit Ashley en hochant la tête. (Elle se rajoute un pschit de laque dans les cheveux, bien qu'ils aient déjà une consistance de carton-pâte.) Et à part ça, Vee, tout va bien pour toi ?

Je sens mes épaules se raidir et le début d'une nausée familière monter. C'est la même question que j'ai dû supporter il y a cinq mois lorsque je suis sortie de ma semaine à l'hôpital. Ma réponse jaillit comme par réflexe :

— Parfaitement bien. Pourquoi cette question ?

— Oh, comme ça, t'as les traits un peu tirés...

Sympa, en langage d'adultes, c'est le code pour : « Tu fais vieille, ma pauvre ! » J'imagine que je ferais mieux de me maquiller, moi aussi. Je me fends d'un petit rire forcé et repars sans un mot dans la loge des garçons.

John et Max, qui y attendent leur tour, semblent aussi me lancer des regards louches. Je dois faire une petite crise de parano, rien de plus. De toute façon, ces mecs-là jettent toujours des regards louches. Je romps le contact oculaire, pose le matériel sale dans l'évier, et sors d'un pas décidé vers l'issue de secours, libérée de tout fumeur grâce aux lois antitabac ultrastrictes appliquées par la ville de Seattle.

Je tire alors mon portable de ma poche et me connecte au site d'ADDICT. Cent cinquante commentaires sur ma vidéo. Est-ce que j'ose les lire ? Je suis à moitié mortifiée... et à moitié flattée. Mais pas suffisamment pour les découvrir tout de suite. Je vais donc sur mon site de shopping favori et ajoute plusieurs soins des cheveux sur ma liste d'envies, même si j'aurais avant tout besoin d'une bonne coupe.

Prise d'un frisson, je suis tentée quelques secondes de ne pas aller baisser le rideau pour l'entracte. Et si je laissais quelqu'un d'autre s'en charger ? Non, évidemment, je vais y aller. Je suis une fille responsable, quoi qu'en croient mes parents.

Je respire un grand coup et me dirige d'un pas décidé vers les coulisses. Dès l'acte fini et le rideau baissé, je repars me réfugier vers l'issue de secours, mais Sydney m'intercepte.

— Il faut qu'on parle.

Oh oh. Elle me retient par le poignet.

— Matthew vient de me murmurer un truc comme quoi t'avais joué à ADDICT. Il parle de quoi au juste ?

Je me dégonfle comme une baudruche et m'affale lourdement contre le mur de brique.

— T'énerve pas, je vais tout t'expliquer, Syd. Voilà… c'est juste qu'hier soir, j'étais dégoûtée de ne pas pouvoir venir à la soirée chez Ashley. Alors je me suis consolée en relevant un tout petit défi préliminaire de rien du tout.

Le corps de Sydney semble alors littéralement décoller du sol.

— Tu as fait QUOI ?

— Je sais, je sais. C'était totalement stupide de ma part. Et en plus, ça s'est plutôt mal passé. J'ai dû me verser de l'eau sur la tête et, bien sûr, mon chemisier est devenu genre tout transparent, et j'ai… j'ai vraiment déconné.

Je me prends la tête à deux mains dans un accès de désespoir.

Sydney claque de la langue.

— Arrête ça tout de suite. On doit sans doute pouvoir empêcher le fiasco. Donne-moi ton téléphone !

Du coude, je lui montre ma poche, le visage toujours enfoui dans mes mains. Elle en tire le téléphone, puis je l'entends taper sur le clavier. En tant que fan d'ADDICT de la première heure, elle navigue sur le site comme une vraie pro. Pendant une seconde, je ressens la rare satisfaction d'avoir accompli quelque chose à l'insu de

Sydney. Mais ce bref instant de triomphe est vite balayé par l'idée que, contrairement à moi, elle n'aurait jamais été assez stupide pour laisser les choses prendre une tournure aussi ridicule.

— Alors, t'as choisi quel défi ?

— Celui dans le café, lui réponds-je à travers mes doigts.

Des bruits de touches qu'on enfonce.

— Ah oui. Quand même.

— Je t'avais prévenue, dis-je en abaissant mes mains.

Elle a la mine grave.

— OK, je vois. Réfléchissons un instant.

En plus d'être une superbe blonde, Syd a toujours fait partie de la tête de classe.

— C'est tout réfléchi pour moi, je veux rentrer à la maison.

— Au contraire, Vee, ta fuite ne ferait qu'enfler la rumeur. Et puis c'est pas comme si on te voyait vraiment nue. Il suffit de tourner l'affaire à ton avantage. Il y a des tonnes de stars qui ont lancé leur carrière avec des sex-tapes.

— Devenir vedette de téléréalité n'a jamais fait partie de mon plan de carrière…

— Je sais bien, mais l'important, c'est que ces filles ont su s'en sortir en gardant la tête haute. Donc la règle numéro un, c'est de ne pas t'excuser. Tu n'as qu'à sourire quand les gens t'en parlent, et tu hausses les épaules, du genre « oh, c'est bon, ça pourrait arriver à n'importe qui ! ».

Je lui reprends le téléphone des mains, et me lance cette fois dans la lecture des nouveaux commentaires.

Et bien sûr, l'un des derniers en date vient de Matthew :
« Sacrée Vee ! Je pensais pas que tu serais cap'! »

Charmant. Je ferme la fenêtre du site et consulte mes
e-mails. La plupart proviennent d'amis et contiennent
plus de points d'exclamation et d'interrogation que de
mots. Il y en a même un d'une fille que je ne connais
ni d'Ève ni d'Adam et dont l'objet s'intitule joliment
« SALOPE ». Comment a-t-elle pu se procurer mon
adresse ? J'efface le message sans même le lire avant
d'éteindre mon téléphone.

Syd m'attend à la porte.

— T'es prête ?

— On va dire que oui...

Je me redresse et lève le menton avant de la suivre
dans la loge des filles. Ma vision périphérique capte plusieurs paires d'yeux rivées sur moi. Syd prend directement la parole et proclame à la cantonade :

— Ma meilleure amie Vee a eu les couilles de relever
un des paris d'ADDICT !

Après une première réaction de surprise, les filles se
retournent vers moi. Je leur fais un grand sourire forcé
et hausse modestement les épaules. Elles se mettent
alors toutes à pouffer et à vouloir me taper dans la main.
Je rêve ? Elles me demandent si j'ai eu peur, si le coup
du chemisier transparent était prémédité, etc. Je
réponds sans mentir, en les regardant une à une dans
les yeux et sans me défiler. Et plus j'en parle, plus je
me sens à l'aise.

Matthew finit par arriver à son tour, un sourire
canaille au coin des lèvres.

— Alors, la star du café ! Je vais te prendre un mochaccino avec supplément crème fouettée !

Je ne résiste pas lorsqu'il me serre dans ses bras, malgré un certain embarras. Il en profite pour me glisser à l'oreille :

— Je t'avais dit que tu étais faite pour la scène !

Il finit par me relâcher, sort son téléphone et lance la vidéo. Tout le monde se presse autour de lui pour la regarder une nouvelle fois. Je rigole avec les autres, priant secrètement pour qu'il arrête ça tout de suite. Tête haute, Vee, tête haute. Avec un peu de chance, feindre d'assumer ce grand moment de solitude devrait devenir plus facile à la longue.

C'est au milieu du deuxième visionnage que Tommy fait irruption dans la pièce, l'air étonné.

— Hé, mec ! T'as vu le défi de Vee ? lui demande Matthew en lui tendant son téléphone.

— C'est Tommy qui a filmé et commenté, dis-je à l'assemblée.

Au milieu des cris de surprise et des acclamations, Matthew assène une grande bourrade dans le dos de Tommy.

— Chapeau bas l'équipe technique, on ne peut pas vous accuser de rester planqués en coulisses !

Nouvel éclat de rire général, nouveau visionnage de la vidéo. Tommy en profite pour m'interroger du regard, je lui réponds en haussant les épaules. Heureusement, la lumière s'éteint puis se rallume, signalant la fin imminente de l'entracte.

J'attrape Matthew par le bras avant qu'il ne sorte de la loge.

— Au fait, comment tu as eu la vidéo ?

— Ils me l'ont envoyée, me répond-il en repartant vers la scène.

Je reste un instant seule au milieu de la pièce, momentanément hors d'haleine comme si je venais de courir un cent mètres. Pourquoi le site a-t-il envoyé ma vidéo ? Et à Matthew qui plus est ? Il me revient alors qu'il faisait partie des personnes à contacter en cas d'urgence. Bizarre qu'ils ne l'aient pas envoyée à Syd ou à Tommy...

Bien que tentée de me réfugier encore près de l'issue de secours, je m'efforce de paraître le plus normal possible et vais me poster à la lisière de la scène pour réciter le texte avec les acteurs. « *The show must go on* », comme le dit la chanson de Queen. Et le spectacle continue donc sans accrocs. Lorsque vient le moment du baiser, je me surprends à m'imaginer à la place de Syd. Et j'ai la certitude que c'est moi que Matthew regarde avant de planter ses lèvres sur celles de ma meilleure amie. Une... deux... trois secondes, et leurs bouches se séparent. Peut-être que demain soir à la fête, ce sera mon tour.

À la fin de la pièce, mes amies Liv et Eulie viennent en coulisses féliciter tout le monde, et vérifier dans quel état d'esprit je me trouve. Aucun doute là-dessus puisqu'elles m'ont chacune écrit cinq textos pendant la représentation à propos de la vidéo qu'ADDICT leur a aussi envoyée. Je les rassure en leur disant que c'était juste histoire de m'amuser et que tout va très bien, merci. En tant qu'élèves super sérieuses, je sens qu'elles tiquent un peu plus que le reste de mes amis, mais elles finissent par laisser tomber le sujet.

— Tu peux venir traîner un peu avec nous avant de rentrer ? me demande Liv.

— J'aimerais bien, mais le temps que j'arrive chez toi, j'aurais genre dix minutes avant de devoir filer. Mais vous serez à la fête demain, hein ?

Ce sont elles qui ont conçu et réalisé l'affiche du spectacle, les flyers, et écrit une tribune dithyrambique sur la pièce dans le journal du lycée ; c'est pour cette raison qu'elles ont obtenu les places pour la fête de clôture.

— Liv va devoir m'y traîner, mais oui, on y sera, rigole Eulie en montrant ses belles dents.

S'il y a bien quelqu'un à qui je ferais un relooking complet, c'est elle. Son jean et son pull informes ne mettent pas du tout en valeur sa silhouette. Une touche de coaching pour les vêtements et juste ce qu'il faut de maquillage suffiraient à la faire passer pour la sœur de Syd. À part qu'Eulie est aussi timide que Syd est sociable. Elle va rejoindre Liv et féliciter les autres pendant que je m'occupe des costumes.

Matthew vient me voir et s'affale dans le fauteuil de maquillage, me gratifiant d'un long regard pénétrant.

— Ça te dit de faire le mur ce soir ? Je pourrais te filmer moi aussi.

— Ah ! Si j'ai ne serait-ce que cinq secondes de retard ce soir, je serai privée de sortie jusqu'à la nuit des temps. En revanche, il me reste trente-cinq minutes avant l'heure de mon couvre-feu. On peut en passer vingt ensemble, ici.

Il attrape son téléphone.

— Vingt minutes ? Ça nous laisse à peine le temps d'aller se chercher une bière…

— T'es sûr qu'on en a vraiment besoin ?

Il s'essuie le front d'un revers de main.

— Toi peut-être pas, mais moi je crève de soif. Et puis c'est pas comme si vingt minutes suffisaient.

— Tu dois avoir raison…

Ses amis l'appellent du couloir :

— Allez mec, qu'est-ce que tu fous ?

Il se lève et me dépose un baiser sur le front.

— J'ai hâte qu'on soit demain soir, Vee. Faudra qu'on accroche une pancarte « Ne pas déranger » sur la porte de la loge, hein ?

Waouh, j'ai comme l'impression que le film qu'il se fait va un peu plus loin que le mien.

— À plus, me contenté-je de répondre.

Sydney a troqué son corset contre une robe beaucoup plus révélatrice de ses formes que son costume de scène, et la voici qui revient flanquée de Liv et d'Eulie.

— Tu t'en es tirée à merveille, me confie-t-elle, un clin d'œil à l'appui.

— Grâce à toi ! Amusez-vous bien, les filles.

Il n'y a pas vraiment de fête prévue ce soir pour la troupe, mais on est quand même vendredi soir.

— Vivement que tu puisses de nouveau sortir ! soupire Syd.

— Plus qu'une journée à tenir !

— Alors pas de bêtises, s'il te plaît. Plus de défis non plus, d'accord ?

— J'espère que tu plaisantes ? Je finis juste ce que j'ai à faire, et zou, à la maison !

Elle me prend dans ses bras, puis c'est au tour de Liv et d'Eulie. Ensuite, je me retrouve seule pour tout ranger, comme la veille. Une fois le dernier costume sur un cintre, je m'assieds pour lire une bonne quinzaine de nouveaux messages. La plupart sont plutôt flatteurs. Ouf ! Vers la fin de la liste, je découvre qu'ADDICT m'a écrit. Je suis tentée de l'effacer, mais ça me servirait à quoi ? Peut-être qu'ils veulent juste me complimenter d'avoir reçu tant de commentaires pour un défi censé être pourri.

Mon rythme cardiaque s'accélère le temps que le courrier s'affiche.

HEY, VEE !
TU AS DES TONNES DE NOUVEAUX ADMIRATEURS !
NOUS AIMERIONS T'INVITER À UN NOUVEAU DÉFI DE QUALI-FICATION, LA COMPENSATION EN VAUT LA CHANDELLE ! CLIQUE ICI POUR VOIR.

Je m'exécute aussitôt et un lien s'ouvre sur un ins-tantané de moi pendant le défi à C-Com-Café, sauf qu'ils ont retouché l'image, me montrant chaussée d'une paire d'escarpins à se damner, justement ceux que j'ai ajoutés le mois dernier sur la liste d'envies de ma page ThisIsMe. Je sais qu'il y a une attente de trois semaines rien que pour les avoir en marron, et là ils me proposent en plus les roses qui sont en édition limi-tée. ADDICT doit posséder de sacrées relations ! Mais comment ont-ils su que j'en rêvais ? Je lis la suite du message :

POUR GAGNER CES CHAUSSURES, RETOURNE DANS LE MÊME CAFÉ QU'HIER SOIR. UN GARÇON QUI S'APPELLE IAN (IMAGE À VENIR) Y ENTRERA À 21 H 40 PRÉCISES. EXIGE DE LUI QU'IL TE PAYE UN CAFÉ AU LAIT. PENDANT QU'IL FAIT LA QUEUE, TU DEVRAS TE POSTER AU MILIEU DU CAFÉ ET CHANTER « DIX KILO-

MÈTRES À PIED, ÇA USE, ÇA USE... » LES YEUX FERMÉS, JUSQU'À
CE QU'IL TE RAPPORTE TA BOISSON.

Quoi ? ADDICT veut que je retourne sur les lieux de
mon humiliation pour à nouveau me ridiculiser ? Ils
sont fous ! De toute manière, je n'irai pas, j'ai promis
à Syd de laisser tomber.

Mais quelles chaussures sublimes !

Et en fin de compte, le premier défi s'est plutôt bien
passé, et il n'y a pas d'eau dans celui-ci... Il suffit de
chanter et de rencontrer un mec. Je suis tellement perdue dans mes pensées que je n'entends pas Tommy arriver. Je lui montre mon écran.

— Sans blague ! dit-il, soufflé.

Je consulte l'heure.

— Si je pars maintenant, j'aurai tout juste le temps
de le faire.

Tommy est si nerveux qu'il semble rebondir sur place,
comme s'il avait une crise d'épilepsie.

— Si tu veux vraiment t'impliquer dans ce truc,
attends demain pour t'inscrire comme Observatrice !

— Pourquoi je devrais payer pour regarder alors que
je peux être payée à jouer ? J'en ai marre d'être spectatrice dans la vie !

Ce que je ne lui dis pas, c'est que j'ai tellement envie
d'avoir ces chaussures que j'en sens déjà le cuir.

Nous nous dévisageons un instant comme deux cow-
boys de western. Deux cow-boys maigrichons qui ne sau-
raient ni monter à cheval, ni tirer un coup de feu, même
si leur vie devait en dépendre. Mais plus je pense au
nouveau défi, et plus le *pourquoi pas ?* gagne du terrain.

Tommy semble voir clair dans mes intentions.

— Bon, puisque je n'arrive pas à te dissuader, laisse-moi au moins faire le caméraman et le garde du corps.

Je me retiens de rire tout fort. Un garde du corps geek vaut toujours mieux que pas de garde du corps du tout. Et j'ai besoin de quelqu'un pour filmer. En plus, on forme une bonne équipe.

— Cette fois par contre, on prend chacun notre voiture, faut que je puisse rentrer fissa ensuite.

Sans perdre une seconde, Tommy et moi filons à nos véhicules tandis que je remplis d'une main quelques questions additionnelles pour ADDICT en lisant rapidement la liste des conditions générales. Je coche la case « lu et approuvé », puis verrouille l'écran de mon téléphone. J'ai le cou en sueur.

Avant de refermer ma portière, je demande à Tommy :

— Tu crois que les serveurs appelleront les flics s'ils me reconnaissent ?

Il fronce les sourcils avant de me répondre :

— Sans doute pas... enfin, pas tout de suite.

Je pousse un petit gloussement nerveux. Je ne sais pas pourquoi, mais sa réponse me met en joie. Il faudra faire avec le « pas tout de suite ».

3.

Je me gare sur le parking à 21 h 36 et vais chercher dans ma boîte mail la photo de Ian, mon partenaire pour ce défi. Barbe de trois jours, regard intense aussi noir que ses cheveux et pommettes bien dessinées. En bref, il est à croquer.

Je dois donc me faire offrir un café par un beau gosse et chanter en attendant ? Pas de souci pour la première partie du défi. En revanche, chanter en public me pose problème… À présent, il me semble plus sage de rentrer directement à la maison. Adieu les escarpins, certes, mais au moins, j'éviterais la mort lente et douloureuse par humiliation… D'un autre côté, je me répète que j'ai relevé un défi haut la main hier. Et que j'ai désormais beaucoup d'admirateurs. Ce sont certainement pour la plupart des geeks boutonneux qui n'ont rien de mieux à faire que de regarder en boucle des centaines de vidéos et de se repasser au ralenti des scènes de décolletés plongeants, mais quand même.

À l'intérieur du café, il n'y a pas encore trace du fameux Ian. Je fais donc mine d'inspecter mes ongles pendant que Tommy s'installe à la table centrale. Deux types en sandales et chaussettes entrent juste après nous, dévisageant anxieusement tous les clients du café jusqu'à ce qu'ils me voient. Ils s'asseyent ensuite sans me quitter du regard. Pour n'importe qui, ils ressemblent à des ados typiques de Seattle, avec juste des goûts vestimentaires très douteux. Mais à la vue de leurs téléphones pointés sur moi, je devine que ce sont des Observateurs missionnés par ADDICT pour immortaliser mon défi. Et merde. Je comprends bien qu'ils veulent voir comment je réagis sous la pression d'un public en direct. Mon estomac gargouille ; la voilà ma réaction !

Au bout de deux minutes passées à me triturer les ongles et à contempler le bout de mes chaussures, je me décide à fixer la porte. Il est l'heure et Ian n'est toujours pas arrivé. Le défi précisait bien 21 h 40. Les organisateurs d'ADDICT seraient-ils au courant pour mon couvre-feu, comme ils l'étaient pour les escarpins ? Je suis sûre de m'être plainte sur ma page ThisIsMe de mon manque de liberté. S'ils y ont accès, ils savent donc ça et une multitude d'autres choses… En même temps, ce n'est un secret pour personne.

Deux minutes après l'heure indiquée, Ian finit par entrer dans le café. Je vois bien qu'il m'a reconnue du premier coup d'œil, mais il ne dit rien. Il est suivi d'une jeune fille svelte, téléphone en main, qui se place à quelques mètres de lui. Lui aussi a sa garde du corps.

Lorsqu'il vient se poster devant moi, je croise les bras. Il est encore mieux que sur la photo avec ses belles joues rasées de frais et son jean seyant. Mais il pourrait quand même se fendre d'un sourire, non ?

— Salut, il faut que tu m'achètes un café au lait. À la noisette de préférence, l'interpellé-je de ma plus belle voix de diva.

— Et ? me répond-il laconique.

Hein ? C'est aussi son défi, non ? Peut-être que mon ton n'était pas assez « exigeant ».

Je me redresse, balaie la mèche de devant mes yeux et le toise :

— Quoi « et » ? Je veux un café au lait. Là, tout de suite !

Il se rapproche d'un pas et je dois lever les yeux pour voir son visage.

— Tu me prends pour qui ? me demande-t-il, glacial.

Je manque en tomber à la renverse.

— Tu es bien Ian, non ?

Chouette, voilà que je couine comme une souris de dessin animé.

— Ouais.

— Eh bien moi, je suis Vee.

Ses lèvres s'enroulent en une moue dédaigneuse.

— Et Vee, c'est le diminutif de quoi ?

— Quel est le rapport ?

Ça, c'est mon secret, et ça le restera.

Il hausse les épaules.

— Il y en a pas, j'imagine, répond-il, toujours sans esquisser le moindre mouvement vers le comptoir.

— Bon, ben c'est formidable. On va perdre tous les deux. À moins que ton défi soit de te comporter comme un pauv' mec.

Sur ces mots, je me dirige vers la sortie.

— Quoi ? Tu laisses déjà tomber ? me demande-t-il en me retenant par le bras.

Je m'arrête pour déchiffrer son visage, il joue à quoi exactement ?

— Putain, tu vas me l'acheter, ce café au lait, ou pas ?

— Qu'est-ce que ça te rapporte ?

Tout simplement les plus belles pompes du monde, crétin !

— Viens-en au fait…

Il se penche alors vers moi et me murmure à l'oreille :

— Une partie de mon défi dépend de toi.

— Comment ça ?

— Tu dois annoncer à tout le café que je suis un amant incroyable.

Il parle tellement bas qu'il me faut une seconde pour comprendre ce qu'il vient de dire.

— Quoi ? !

— Il faut que tu me dises à voix haute que je suis génial au pieu.

Est-ce que ça fait réellement partie de son défi ou est-ce qu'il se paie ma tête ? Peut-être est-ce cela son défi : se foutre de moi. Mais que se passera-t-il si j'annonce que c'est un super coup et qu'il ne me ramène pas mon café ? Il aura rempli son défi, et moi pas… Waouh, si ça se trouve, son défi est de me faire rater le mien. Oh là là, ce n'est que ma deuxième épreuve, et déjà mon esprit se met en mode théorie du complot. Serait-ce le but recherché par ADDICT ?

Une main sur la hanche, je plaque l'autre sur la poitrine de Ian, un geste que Syd utilise dès qu'elle a besoin de persuader quelqu'un.

— Va faire la queue pour mon café. Une fois que tu l'auras commandé, je déclarerai à tous ceux qui sont là combien tu es bon au lit.

Il m'étudie une seconde, sans doute en proie à ses propres craintes paranoïaques.

— Marché conclu.

Il prend sa place dans la file d'attente. Un certain sentiment de puissance m'envahit alors, jusqu'à ce que je me rende compte que la partie la plus dure de mon défi débute maintenant. J'inspire profondément et ferme les yeux, faisant abstraction de quelques rires moqueurs. Je suis soudain prise de légers vertiges, et mon cœur se met à battre à contretemps. C'est à ça que ressemble une attaque de panique ? Je sens déjà les chevaux de mon imagination partir au galop dans mon cerveau. Et si un autre joueur avait pour défi de me donner une grande claque derrière la tête ? Ou de me remonter la jupe ? Cette sensation de totale vulnérabilité me fait monter les larmes aux yeux. Arrête tes gamineries ! Reprends-toi, Vee ! Pas question de pleurer devant tout le monde ! Ils doivent s'en frotter les mains chez ADDICT. Soudain, à cette idée, une haine puissante pour ce jeu déferle en moi, chassant tout sentiment de panique. Bien. Concentre-toi maintenant sur cette colère et chante. J'ouvre la bouche, et étonnamment, des mots en sortent. Tremblotants, d'accord, et un peu faux, certes, mais l'essentiel est que je chante comme convenu.

Je suis sur le point de finir le premier couplet lorsque je réalise que je me trouve face à un autre dilemme. Les yeux fermés, je ne saurai pas quand Ian aura passé commande. Comment saurai-je à quel moment crier quel amant fougueux il est ? Si je le fais trop tôt, me paiera-t-il quand même le café ? Je continue d'égrener les kilomètres à pied en m'enfonçant les ongles dans les paumes.

Les rires se font plus francs autour de moi. Peut-être que le défi de Ian est de me renverser un espresso sur la tête ? J'ai un mouvement de recul involontaire en sentant quelqu'un s'approcher de moi.

— Ça y est, il vient de commander ta boisson, me chuchote Tommy en me glissant un mouchoir dans la main.

J'ai une envie incroyable de le serrer dans mes bras.

— Merci, lui glissé-je entre les paroles de la chanson, tout en m'essuyant les joues.

Ce n'est qu'à cet instant que je me demande pourquoi je n'ai même pas tenté de jeter un coup d'œil, et comment Tommy s'en est douté.

Une étincelle d'espoir vient alors me ragaillardir : j'ai presque fini mon défi. Ne me reste plus qu'à aider Ian à compléter le sien. Sauf si je me la joue perso. Mais ce n'est pas dans mes habitudes, je suis Capricorne après tout.

Je ferme les paupières encore plus fort et m'écrie :

— Ian, t'es vraiment le meilleur coup que j'aie jamais eu !

Cette fois, la salle entière éclate de rire. Les joues brûlantes, je me remets à la chanson.

J'en suis à quarante-trois kilomètres à pied lorsqu'une autre présence se fait sentir.

— Un café au lait pour la petite amie la plus géniale que j'aie jamais eue ! déclare bien fort Ian.

Puis il se met à entonner « Beautiful Girl » d'une superbe voix de ténor qui lui aurait assuré sans problème une place dans la pièce du lycée.

J'ouvre enfin les yeux et prends le gobelet de ses mains tandis qu'il me chante la sérénade. C'est presque aussi embarrassant que de chanter soi-même. L'un des types qui nous filme me signifie son approbation en levant le pouce. Quant à la fille qui est entrée dans le café avec Ian, elle rigole doucement en continuant de tourner. Pas loin d'elles, deux filles paraissent s'énerver sur leur clavier de téléphone. Est-ce qu'elles nous notent en direct ? Je fais appel à la Syd qui est en moi et leur adresse un petit salut de la main assorti de mon plus beau sourire. Non pas que j'aie envie de me qualifier pour les rounds en direct, je n'ai juste aucune intention de laisser filer ces escarpins. Je les ai amplement mérités.

Heureusement, la chanson de Ian touche enfin à son terme. C'est bon, défis remplis ! Ouf.

Je porte un toast à Ian avec mon gobelet :

— Bravo !

Il tire la révérence, puis prend la pose pour les Observateurs, tout particulièrement pour la créature de rêve qui est sans doute sa copine. C'est alors qu'il sourit. Waouh. Son visage en est totalement illuminé. Il a des dents blanches parfaites et des fossettes si larges qu'on pourrait faire tenir la salle dedans.

La mâchoire serrée, Tommy nous rejoint en scrutant Ian du coin de l'œil.

— Il est 21 h 49.

Je me tourne vers Ian.

— Faut que je file ! Merci pour le café. Et pour la chanson.

— Pardon d'avoir agi comme un connard. Ça faisait partie de mon défi. Il fallait que je réussisse à t'énerver avant de te demander de crier mes prouesses sexuelles à la face du monde.

— Ravie d'apprendre que ce n'était qu'un rôle de composition…

Il me jette un long regard, comme s'il essayait de me percer à jour, sans y parvenir.

— Tu as assuré comme une pro. Je suis impressionné.

Ma poitrine se gonfle de fierté. C'est vrai que j'ai été bonne.

— Toi aussi, t'as bien assuré.

Le serveur qui était venu éponger la veille nous dévisage d'un air furieux. Il est l'heure de quitter la scène.

— Bonne chance, Ian ! lui dis-je en partant vers la sortie, flanquée de Tommy.

Ce soir, l'air frais me fait un bien fou. J'ai réussi ! J'ai réussi ! Tandis que nous regagnons nos voitures à petites foulées, je manque perdre une de mes ballerines. Ironie du sort, puisque je me sens tout à fait dans la peau de Cendrillon à la sortie du bal.

4.

Tommy secoue la tête, l'air incrédule.

— Mes félicitations !

Je suis tellement contente que j'avance en pas chassés sur le trottoir. Cela fait combien d'années que je n'ai pas fait ça ? Depuis le CP, sans doute.

— Merci de m'avoir épaulée, Tommy. Sans toi, j'aurais jamais été jusqu'au bout. Si t'étais une fille, je te prêterais mes futurs escarpins !

Son sourire retombe un peu.

— Euh... merci ?

— Tu sais ce que je veux dire. T'es un mec formidable !

Je m'installe au volant de ma voiture.

— J'aurais vraiment aimé qu'on puisse fêter ça, mais mes parents... tu sais.

— Oui, oui, je sais. À demain, alors.

Il reste un moment figé, comme s'il attendait que je lui dise quelque chose de plus, puis, l'air embarrassé, referme ma portière.

Sur le chemin du retour, je mets la radio à fond et reprends le refrain d'une chanteuse country racontant comment elle se venge du type qui l'a maltraitée. Je me demande vraiment pourquoi je trouve cette chanson si jubilatoire. Quand la porte du garage se referme, il me reste même une minute d'avance. Parfait ! J'effectue quelques pas de danse avant d'ouvrir la porte du vestibule, me retenant de justesse de chanter « Tout va très bien, madame la marquise », mais ça éveillerait les soupçons de maman. Je la trouve assise en robe de chambre dans le salon, en train de faire semblant de lire un roman.

Je la prends dans mes bras en espérant ne pas trop sentir le café.

— La pièce s'est encore super bien passée.

— Merveilleux, chérie ! Papa et moi avons hâte d'y assister demain.

— C'est toujours la meilleure le troisième soir. Vous ne regretterez pas d'avoir attendu.

Je monte l'escalier en dansant et fredonne un air de *West Side Story* tout en me préparant pour la nuit. Je m'endors rapidement, le sourire aux lèvres.

Je suis tellement sur mon petit nuage que j'en oublie d'éteindre mon téléphone. Il me réveille donc à huit heures. Je l'ignore consciencieusement et me retourne dans mon lit, replongeant dans ma rêverie où figure Matthew, mais aussi un beau brun ténébreux dans un café.

Mon téléphone se met soudain à vibrer, une première puis une deuxième fois. Qui peut bien vouloir me parler si tôt un samedi matin ? J'ouvre enfin les yeux. Et si ça concernait mon défi d'hier soir ? Je me repasse le défi dans la tête. Normalement, il ne contient aucune scène embarrassante. Aucune de chez aucune.

La conscience aux abois, je me lève tout de même pour attraper mon portable. Le premier message provient de Sydney.

COMMENT AS-TU OSÉ FAIRE ÇA ?

Oups. C'est vrai que j'ai totalement zappé ma promesse faite à Syd de ne plus relever de défi. Mais je suis sûre qu'elle me pardonnera en voyant les escarpins ! Dommage qu'elle chausse deux pointures de plus que moi, les lui prêter aurait été le meilleur moyen d'apaiser sa colère.

Les messages suivants sont aussi d'elle. Et ils ne sont pas très sympathiques. Mais elle ne fait mention ni d'indécence de ma part ni d'une quelconque humiliation, à part peut-être que j'ai chanté faux. Pourquoi alors s'énerver comme ça ? C'est à ce moment que je comprends : elle voulait s'inscrire à ADDICT. Pour de vrai. Mes défis lui ont sans doute rappelé qu'elle ne pourrait pas le faire, pas ce mois-ci tout du moins. Ce n'est pas pour autant une raison d'être jalouse ! Il ne m'est jamais venu à l'idée d'être sélectionnée pour les rounds en direct. J'ai relevé ces défis simplement pour m'amuser… Bon, d'accord, plutôt pour remporter une paire de divins escarpins.

J'attends d'avoir pris un solide petit déjeuner avant de lui répondre par texto. Je joins au message ma photo avec les chaussures aux pieds. Elle m'appelle directement dès réception. Oh oh. Je décroche pour l'entendre me crier dans les oreilles :

— Je me contrefous de ton prix ! Tu m'as promis que tu ne jouerais plus ! Imagine qu'il se soit passé quelque chose de grave hier soir ? J'aurais pas été là pour recoller les morceaux comme après ton premier défi !

— Personne ne t'a jamais demandé de recoller quoi que ce soit. C'était juste un petit défi de plus. Sans chemise mouillée ou quoi ou qu'est-ce. Et au final, le type qui a joué avec moi s'est révélé plutôt sympa. Même s'il ne l'avait pas été, j'avais Tommy à mes côtés.

— Tu veux pas comprendre, hein. Qu'est-ce qu'il se serait passé s'ils avaient envoyé d'autres joueurs avec pour mission de te harceler ? T'as bien vu ce qu'ils ont fait à la fille qui avait des tocs, non ?

Je ne peux m'empêcher de réprimer un frisson.

— Mais ça s'est passé lors des rounds en direct. Écoute, Syd, personne n'a été blessé. J'ai gagné les chaussures dont je rêvais, et voilà : le jeu est terminé !

Je l'imagine parfaitement secouer la tête à l'autre bout du fil.

— Putain, des fois, Vee, je ne te cerne vraiment pas. À croire que tu as des pulsions d'autodestruction.

Cette remarque a le don de m'exaspérer.

— Qu'est-ce que tu sous-entends là ? Que j'ai déjà essayé de me faire du mal ? Tu sais mieux que quiconque combien j'étais crevée ce soir-là, à t'aider à apprendre tes répliques pour le spectacle de Noël. C'est vraiment mesquin de ta part de suggérer que j'ai pu faire exprès de laisser tourner le moteur pour me suicider !

— Je ne parlais pas de ça.

— Bien sûr...

S'ensuit un silence qui semble s'éterniser.

— Écoute, Syd, j'ai des trucs à faire, là.

On raccroche toutes les deux sans un mot. Il ne manquait plus que ça. Le jour de la dernière représentation, il faut que je m'engueule avec ma meilleure amie. Comment se fait-il d'ailleurs qu'elle ait été si vite au courant de mon défi ? A-t-elle été sur le site d'ADDICT dès le saut du lit, ou lui ont-ils envoyé la vidéo comme ils l'avaient fait à certains de mes amis après le premier défi ?

J'allume mon ordinateur et me connecte au site du jeu à la recherche des vidéos classées « Qualifications avancées ». Elles sont consultables gratuitement, sans doute afin d'aiguiser l'intérêt pour les rounds en direct, eux bel et bien payants. Je tombe vite sur la mienne. Le clip a déjà suscité plus de cent commentaires. Tant que ça ? Le défi ne me semblait pas si excitant… Je clique sur *play* et la vidéo commence sur la voix de Tommy qui explique combien Ian serait chanceux de pouvoir sortir avec une fille comme moi. Il est trop chou ! ADDICT a manifestement monté la vidéo, puisqu'il y a ensuite un fondu enchaîné sur Ian qui fait la queue, commenté par une voix féminine qui explique en détail ce qu'elle a envie de lui faire. Serait-ce la bombe blonde qui l'accompagnait ? Est-ce qu'ils étaient vraiment ensemble ou bien est-ce ADDICT qui la lui a assignée comme Observatrice ?

L'image se cale ensuite sur moi en train de chanter, l'air passablement effrayée. Mais je dois bien reconnaître que je dégage quelque chose. Et j'ai un peu honte de l'admettre, mais ça me donne aussi une certaine… innocence. Je parais sans doute d'autant plus fragile à côté du sculptural Ian. Si moi je suis photogénique, alors que dire de lui ? Il aurait toute sa place dans une superproduction hollywoodienne. Le dieu des pommettes saillantes ne l'a vraiment pas loupé !

Je parcours des yeux la liste des commentaires. Des vingtaines de filles supplient la production de les dépêcher sur place comme Observatrices si Ian est choisi pour les rounds en direct. Ça coûte pourtant trois fois plus cher que de les regarder de chez soi ! Bien sûr, les Observateurs présents sur les lieux du défi ont la possibilité d'empocher de très beaux cadeaux s'ils capturent des images que n'ont pas les autres, mais les chances de gagner paraissent bien minces.

Le reste des commentaires se partage selon les sexes : il y a les garçons qui commentent mon air de biche apeurée qu'ils trouvent super sexy, et les filles qui se vantent d'aller beaucoup mieux avec Ian que moi. Il a sacrément de quoi faire avec toutes ces groupies !

Eh bien, que la chance soit avec lui lors du vote de ce soir ! Pendant que je lui envoie mes vœux par télépathie, une pub pour ADDICT jaillit sur mon écran : « VENEZ VOIR QUI JOUE ! » accompagnée des clips des joueurs retenus pour la phase suivante à Tampa, en Floride, et à Washington D.C. Quelques secondes plus tard, un nouveau pop-up arrive : « VENEZ VOIR QUI OBSERVE ! » avec des photos de gens qui se sont inscrits comme Observateurs, soit via ordinateur, soit sur le terrain. J'imagine que même le public court après sa minute de célébrité…

Maintenant que j'ai déjà relevé deux défis, je suis tentée d'en regarder aussi. Si je m'écoutais, je me brancherais bien sur ADDICT en direct ce soir. Mais j'ai déjà des plans. Et c'est pas comme si le site allait disparaître du jour au lendemain. Là, ce que je désire avant tout, c'est être avec Matthew.

Allez, je me force à éteindre mon ordinateur et à faire ce que j'ai à faire. Je marque une pause entre mes devoirs de maths et le projet que je dois rendre pour le cours de mode et esthétique, et j'en profite pour cuisiner trois desserts destinés au buffet de la fête. Pourtant, j'ai l'impression que la journée traîne en longueur.

Dès que l'aiguille des secondes indique dix-sept heures, je saute dans ma voiture. Une fois au théâtre, je n'ai pas le temps de m'ennuyer avec toute la troupe qui se succède sur le fauteuil pour être maquillée. Chacun veut être sur son trente-et-un pour la dernière. Lorsque vient le tour de Syd, ça me fait un peu bizarre de la voir s'asseoir sur le siège. Elle a beau blaguer avec tout le monde, je remarque bien qu'elle évite de croiser mon regard. Et quand une des actrices se met à parler de mon deuxième défi et à dire que je suis hyper courageuse, Syd s'empresse de changer de sujet.

La loge exhale un lourd parfum de pivoines, encore un superbe bouquet destiné à ma meilleure amie… Malgré les cajoleries de certaines filles, elle refuse de nous dire qui les lui a offertes. À peine lui ai-je appliqué ses faux cils qu'elle quitte la pièce.

Heureusement, l'arrivée de Matthew me change vite les idées, d'autant qu'il pose sa main sur mon genou nu tout le temps que dure son maquillage. Il veut se repasser mes vidéos pendant que je travaille sur son visage, mais je lui enjoins d'arrêter de gigoter.

Il parvient néanmoins à me montrer une autre pub pour ADDICT.

— Ils viennent de commencer les rounds en direct à Austin. Je suis sûr que le chapeau texan et les éperons t'iraient à merveille. Alors, tu te sens l'âme d'une aventurière ce soir, ma petite Vee ?

— Je n'ai aucune intention de me verser à nouveau de l'eau sur la tête, si c'est ça que t'attends !

Je prie intérieurement pour que tel ne soit pas le cas, surtout que je tiens beaucoup à ma veste de brocart achetée d'occasion et à ma mini-jupe en soie. Dommage que je sois obligée de porter des ballerines dans le cadre de mes tâches en coulisses, des boots auraient été d'un bien meilleur effet. Pour compléter mon look, j'ai mis mon petit T-shirt *True Blood* et un badge de campagne de Jimmy Carter que j'ai trouvé à une brocante. Il apporte une petite touche d'éclectisme à ma tenue. Je sais que les garçons sont totalement imperméables à ce genre de détails, mais bon.

Une fois tous les acteurs fardés et costumés, je fais le tour de la troupe et de l'équipe technique que Tommy coordonne. La plupart me serrent le bras ou me tapent dans la main en me félicitant pour mes deux défis. Leur bonne humeur est communicative et me remet dans le bain de cette soirée de clôture, au cours de laquelle chaque seconde oscille entre nostalgie aigre-douce et la satisfaction du travail accompli. J'espère que je vais pouvoir me réconcilier avec Sydney avant la soirée. Ça devrait le faire, si je lui présente mes excuses…

Pour la troisième représentation d'affilée, la pièce se déroule sans anicroche. À croire que tous ces mois de répétitions ont porté leurs fruits, même s'il ne restera comme trace de tous ces efforts que quelques photos.

Pendant le troisième acte, je me mets à mon poste habituel sur le côté de la scène, savourant l'odeur des vieilles boiseries et du lourd rideau de velours rouge. Je penche un peu la tête pour apercevoir les premiers rangs et reconnais des visages familiers. Liv et Eulie sont venues pour le deuxième soir de suite et il me semble même voir ma mère de profil à l'autre extrémité de la salle. Ah oui, il y a aussi papa à côté d'elle, les yeux qui furètent de droite à gauche, comme s'il s'attendait à me voir tomber d'un balcon.

À nouveau je récite les répliques en même temps que les acteurs. C'est la dernière fois que je les prononce, à part peut-être pour une de ces soirées où les théâtreux s'amusent à déclamer des scènes entières. Finalement, au bout d'une heure et trente-deux minutes de spectacle, Matthew et Syd tombent dans les bras l'un de l'autre pour la scène d'amour finale que le public attend avec impatience depuis le début. Il lui prend le visage avec douceur entre ses mains, tandis qu'elle s'abandonne tout en volupté. Leurs lèvres tremblantes se rapprochent au ralenti jusqu'à se toucher. Au premier rang, une spectatrice soupire d'aise. Tout le monde soupire intérieurement, savourant ce langoureux baiser par procuration.

Une... deux... trois... quatre... cinq... Mais que se passe-t-il ? Les secondes continuent de s'égrener tandis que leur baiser gagne en fougue, dépassant largement en intensité ceux échangés lors des représentations précédentes. La petite flamme nichée au cœur de ma poitrine vacille. Sydney laisse maintenant les mains de Matthew la serrer si fort que je suis certaine qu'elle en gardera des marques.

Nerveuse, je fais courir mes doigts le long de la corde du rideau de scène, luttant pour ne pas la tirer d'un coup sec et mettre brutalement fin à la pièce. Quoique le théâtre est si vieillot que cela pourrait passer pour un accident... Mais bien sûr, une fille comme moi ne s'abaisse pas à ce genre de choses.

Syd et Matthew finissent par relâcher leur étreinte et, après un regard langoureux, se lancent dans leur duo final, bientôt rejoints en chœur par le reste de la troupe. Les acteurs me bousculent un peu pour aller prendre leurs marques sur scène. La poitrine de Syd s'enfle sur les hautes notes finales, jusqu'à ce qu'on n'entende plus que l'écho de la mélodie, suivi d'applaudissements nourris. Je baisse le rideau en me mordant la lèvre.

Tandis que tous les acteurs tirent leur révérence, je me précipite dehors via l'issue de secours. Au moins, il ne pleut pas, ce qui est un petit miracle pour un printemps à Seattle.

Ce n'est pas du tout comme ça que j'avais envisagé la soirée de clôture. Mais alors, pas du tout ! Après avoir tant travaillé à la coordination des costumes, passé des heures à maquiller et des après-midi entiers à aider Syd à apprendre son texte jusqu'à le savoir aussi bien qu'elle, et m'être cassé la tête à préparer trois desserts ? S'il y en a une qui méritait d'embrasser fougueusement Matthew ce soir, c'est bien moi !

Je m'affale sur les marches dont le froid glacé transperce aussitôt ma petite jupe, allume mon portable et vais changer mon statut sur ma page ThisIsMe de en bonne voie à ouverte aux propositions. Je poste également : La théorie du karma ne s'applique pas à moi.

Je devrais m'en aller maintenant. Tirer un trait sur cette fête stupide et ma première soirée de liberté. Ma soi-disant meilleure amie n'a donc pas pu supporter qu'on lui vole ne serait-ce qu'une partie de la vedette ? Pourtant, ce n'est pas comme si mes défis l'avaient soudain projetée dans l'oubli. Elle est la seule à avoir reçu deux bouquets ! Viennent-ils de Matthew ? Est-ce que leurs sentiments sont réciproques ? Je veux dire, vous avez vu ce baiser ? Il y a une différence entre jouer un rôle et... ça. Mon cerveau est proche de la surchauffe. Est-il possible qu'ils soient secrètement ensemble ? Une telle tromperie m'étonnerait énormément de la part de Syd, elle qui m'a défendue en CM2 au point de se faire casser le poignet par la brute qui se moquait de mon prénom. Mais ce baiser...

La porte s'ouvre derrière moi. Sydney serait-elle venue s'excuser ? Non, c'est Tommy qui cligne des yeux.

— Qu'est-ce que tu fais ici ?

Il s'assied une marche au-dessus de moi, et je sens flotter son odeur de pin.

— J'avais besoin d'air frais.

— Ça fait du bien, c'est vrai, me répond-il dans un sourire.

— Faut pas que tu supervises les techniciens de plateau, là ?

— Non, c'est demain qu'on démonte tout.

— Je dois envoyer une note aux acteurs pour qu'ils aillent faire nettoyer leur costume. Ils feraient mieux de ne pas me rapporter d'affaires qui puent.

— Sinon... ?

— Sinon j'accrocherai les vêtements coupables à leur casier avec un masque à gaz à côté !

Eh oui, la pièce incluait des masques à gaz.

Je vois les yeux de Tommy briller de malice.

— Je m'attendais pas à ça de la part d'une fille douce comme toi.

— Oh, tu sais, tout ce qu'on raconte sur la douceur est très surfait.

Et ça vaut aussi pour « responsable », « fidèle », et tous les autres adjectifs que vous trouverez griffonnés au dos de ma photo de classe.

Il me lance un regard interrogateur.

À travers la porte entrouverte, des éclats de rire étouffés nous parviennent des acteurs qui regagnent leur loge pour se changer. Je leur ai préparé des flacons de lait démaquillant et des mouchoirs en papier pour qu'ils se nettoient le visage, mais je parierais volontiers une semaine de mon salaire à Vintage Love que la plupart garderont leur maquillage pendant la soirée, tant ils adorent la profondeur que j'ai su donner à leur regard ou la manière dont j'ai fait ressortir leurs pommettes.

Je frissonne dans une bourrasque de vent d'avril, et sens poindre la migraine. Voir ma meilleure amie se jeter en public dans les bras du garçon sur lequel je craque a complètement déréglé mes circuits émotionnels, me laissant dans un état de torpeur.

Ou peut-être dans un état de stupidité, puisque les mots qui sortent alors de ma bouche sont les suivants :

— J'arrive pas à comprendre ce que vous lui trouvez à Sydney, vous les mecs...

En fait, cette phrase dépasse les bornes de la stupidité à deux titres : premièrement, ça me fait passer pour une fille jalouse qui n'a aucune confiance en elle, et deuzio, parce que la réponse va de soi... Syd a cette capacité de donner un sentiment d'importance à n'importe qui en dix secondes chrono. Il y a aussi son corps, parfaitement proportionné, qu'elle sait mettre en valeur avec ses petits pulls moulants et ses jeans taille basse. Sans parler du corset qu'elle porte tout du long du dernier acte et qu'elle portera jusqu'à ce qu'on le lui retire, ruban par ruban.

— Euh... tu sais, tous les mecs ne sont pas forcément attirés par elle ! Certains préfèrent les filles un peu moins... voyantes, dit-il en rougissant.

D'après lui, les petites brunes avec un penchant pour les vêtements rétro ne sont pas voyantes ? Dans le sens « invisibles » ? J'essaie pourtant de me distinguer un minimum...

La porte derrière nous vient alors heurter le mur dans un fracas métallique, secouant l'escalier. Mon cœur sursaute et moi avec.

Matthew apparaît, le feu aux joues ; il s'est à moitié démaquillé, ou quelqu'un l'a fait pour lui.

— Ah, ma petite Vee, je t'ai cherchée partout !

— C'est vrai ? couiné-je.

— Eh oui, c'est vraiment vrai, s'esclaffe-t-il.

À côté de moi, je vois Tommy lever les yeux au ciel. Je me lève et époussette ma jupe de la main.

— Alors, qu'est-ce que tu racontes ?

— Je me demandais si on pourrait pas aller dans un endroit un peu plus... privé.

À ces mots, je sens mon cœur qui menace de s'arrêter net.

— Ouais, faisons ça, réponds-je de l'air le plus nonchalant possible, réprimant mon envie de sauter sur place.

Matthew me prend la main et me précède à l'intérieur.

— À plus tard, Tommy, ai-je le temps de glisser avant que la lourde porte en métal ne claque.

Nous nous frayons un chemin à travers les grappes de membres de la troupe qui posent pour la photo souvenir avec leur famille et leurs amis dans une cacophonie de compliments. L'air est saturé d'eau de Cologne. Il me semble un instant reconnaître la coupe militaire grisonnante de mon père, mais elle disparaît aussitôt dans la masse. Ça doit être le père de quelqu'un d'autre. Qu'est-ce que papa viendrait faire en coulisses ? Me dire : « Superbe coordination des costumes, bravo, ma fille ! » ? Après tout, c'est ma soirée de liberté, ils vont me laisser respirer un peu, non ?

Matthew m'emmène à l'écart de la foule au bout du couloir jusqu'à un cagibi qu'on utilise comme loge d'appoint. Il n'y a personne à l'intérieur. Avant que j'aie le temps de protester, Matthew me prend par la taille et me fait tournoyer comme la fée Dragée du *Casse-Noisette* de Tchaïkovski.

J'en ris à perdre haleine tant je me sens légère.

Il finit par me reposer et me tapote le nez. La magie est revenue, comme s'il ne s'était rien passé sur scène. Il est possible que j'aie mal jugé le baiser entre Syd et lui. Ils étaient après tout complètement dans leur rôle.

— Tu as été excellent ce soir, lui dis-je, le cœur battant à cent à l'heure.

— C'est avant tout grâce à toi et aux autres membres de l'équipe.

Il me prend par l'épaule et nous amène devant le miroir.

— Tu as été une vraie petite fée, à voler sur tous les fronts ! Et la nourriture que tu as apportée a l'air délicieuse.

Je m'assois sur le dessus de la coiffeuse tandis qu'il prend place dans le fauteuil. Je tremble d'anticipation à l'idée qu'il m'attire sur ses genoux.

Il me prend la main.

— Est-ce que je peux te demander une dernière faveur ?

— Bien sûr, dis-je.

J'aurais dû me remettre du gloss.

— J'ai accidentellement fait baver mon maquillage. Tu peux me le refaire, s'il te plaît ? Sydney m'a dit que ça faisait ressortir mon côté mâle, et je pense que ça va être nickel pour la soirée !

Les bras m'en tombent. Il veut juste une retouche ? Tout ça parce que Syd lui a dit que ça le rendait plus viril. Je suis incapable de faire le moindre geste et reste plantée là à le regarder.

Il me montre ma trousse à maquillage qu'il a dû amener dans la pièce avant de venir me chercher. C'est bien la première fois que je le vois si organisé. Il tambourine sur mes genoux du bout des doigts en me faisant ses yeux de chien battu.

— Allez, juste un petit coup de pinceau vite fait, pas la peine de rentrer dans les détails.

Bien décidée à ne pas laisser transparaître ma déception, je respire un grand coup.

— OK, je m'occupe de toi.

J'ouvre ma trousse, en sors un crayon et du fond de teint. Dès que je me penche sur lui, il enlève ses mains de mes cuisses. Je lui affine la mâchoire et le nez, puis me mets au travail avec l'eye-liner. Il ne me reste que l'œil droit à maquiller lorsqu'un doute m'assaille : Matthew a-t-il été attiré par moi à un moment donné ? De la même manière que lui m'attire ? Ou s'est-il juste servi de moi pour se rapprocher de Sydney ?

Je manque lui enfoncer le crayon dans le sourcil, ce qui le fait tressauter.

— Désolée.

Ce petit dérapage me donne soudain une idée : et si je modifiais subtilement son apparence ? Il n'y a pas grand-chose qui sépare le look mâle ténébreux de celui d'un psychotique. Il suffirait d'un petit rien pour que les filles à la soirée se sentent mal à l'aise en le regardant. Je commence à légèrement lui rapprocher les sourcils. Mais quelque chose suspend mon geste. La même retenue qui m'empêche de faire une scène ou de me disputer avec qui que ce soit. Ravalant mes larmes, je mets un point d'honneur à rendre Matthew sexy comme il le désire.

Et jette les cotons-tiges à la poubelle.

— C'est bon, tu peux rouvrir les yeux.

Existe-t-il un moyen de recommencer du début ? De retrouver cette magie du flirt ? Je m'assieds sur un siège à côté de lui et remarque qu'il a une tache rouge sur le col, sans doute du rouge à lèvres.

Il fait pivoter son fauteuil pour se contempler dans le miroir.

— T'es vraiment la meilleure, merci ma petite Vee !

Je me sens tout sauf la meilleure en le regardant s'admirer. Il se lève et me donne un faux coup de poing sur l'épaule. Pas de bisou de remerciement. Pas de chorégraphie.

Il est sur le point de quitter la pièce lorsque je lui demande :

— C'est toi qui as offert les fleurs à Sydney ?

Il se retourne, un sourire satisfait aux lèvres.

— Sa page ThisIsMe annonce que roses et pivoines sont ses fleurs préférées. Pourquoi ? Ça a changé ?

— Non, non. Si c'est marqué sur sa page, c'est que ça doit être vrai, répliqué-je en fermant le zip de ma trousse de maquillage d'un coup sec.

— Cool. On se voit à la fête, lâche-t-il avant de filer.

Je n'ai aucune envie de faire la fête et déclare cette soirée officiellement pourrie. Plus tôt je serai partie et mieux ça vaudra.

Je retourne dans la salle des accessoires où j'ai laissé mon sac. Les costumes attendront bien demain. Une foule compacte se dressant entre l'auditorium et moi, je décide de m'échapper par l'issue de secours. En passant à côté de la loge des filles, je reconnais le rire cristallin de Sydney, la star du jour, entourée de sa cour d'admirateurs et de ses pivoines puantes. Je n'ai la force ni de fendre la foule, ni de supporter la scène qu'elle ne manquera pas de causer si je lui annonce que je ne reste pas. Elle finira bien par s'en rendre compte toute seule. Et le plus tard sera le mieux.

Je sors moitié en marchant, moitié en courant, retenant à grand-peine le torrent de larmes qui menace de déborder à tout moment. Quand enfin j'atteins l'escalier de secours, je m'efforce de respirer à fond, tâche compliquée entre un hoquet et deux sanglots. Comment ai-je pu être à ce point aveuglée par Matthew et le suivre comme un crapaud mort d'amour ?

Soudain j'entends la porte grincer. Matthew a encore fait couler son maquillage ?

Non, c'est Tommy qui sort la tête.

— Je te jure que je ne veux pas te harceler. Mais je t'ai vue dans le couloir et t'avais franchement pas l'air au mieux…

— T'inquiète, je vais bien, lui dis-je en me passant un doigt sous l'œil.

— Je peux aller te chercher un verre d'eau ou quelque chose ?

Décidément, il semble croire qu'on est fragiles, nous, les filles « invisibles ». Je me force à penser à Vidéo Gag pour garder le contrôle de mes larmes.

— Ça ira, merci.

Pour éviter de croiser encore son regard, je ressors mon téléphone bien que je l'aie consulté quelques minutes auparavant.

J'ai le souffle coupé en lisant le sujet du dernier message : ADDICT a choisi d'organiser un round en direct ici, à Seattle.

Et ils veulent que j'y participe !

Les épaules tremblantes, je lis le reste du texte.

— Oh, putain !

— Qu'est-ce qu'il y a, Vee ?

— ADDICT m'a choisie ! Ils font une épreuve live ici !

— Mais c'est dingue !

— Je sais, et je dois leur répondre dans les dix minutes…

Il secoue la tête, la mine sombre.

— Tu as bien vu comment ils ont terrorisé les candidats à la dernière session. T'as déjà entendu parler de stress post-traumatique ? Mon cousin en souffre depuis qu'il est revenu de la guerre en Afghanistan, et je peux te dire qu'aucun cadeau au monde n'en vaut la chandelle.

Je me passe nerveusement la main sur la hanche.

— On est d'accord. Mais tu sais que la plupart des trucs flippants sont simulés, comme avec les effets spéciaux sur scène. Je veux dire, tu crois sincèrement que le mec qui participait à l'épreuve la dernière fois était vraiment enfermé dans le noir, dans un ascenseur avec un rat ? Je suis sûre qu'ils l'auraient laissé sortir s'il l'avait demandé. Et c'est clair que le rat était domestiqué, pas de doute là-dessus.

Je me ronge l'ongle du pouce. Pourquoi est-ce que je me mets à défendre ADDICT ?

— Sa panique m'a eu l'air totalement réelle.

— Faut bien qu'ils fassent de l'audience, Tommy ! C'est pas comme s'ils demandaient de relever des défis ouvertement illégaux ou dangereux, sinon ils se prendraient forcément des procès sur le dos.

Tommy soupire comme si je ne comprenais vraiment rien à rien.

— S'ils étaient si innocents que ça, tu peux m'expliquer pourquoi les gens derrière le jeu restent anonymes et injoignables ?

— Ils sont sans doute basés aux îles Caïmans pour échapper aux impôts ou une histoire dans ce goût-là.

Je sens plus d'urgence dans sa voix quand il reprend la parole :

— J'ai l'impression que tu ne te rends pas compte de qui tu as en face. Ils ont manifestement accès à des tas d'infos personnelles sur les gens. Et ils s'en serviront contre toi !

— Je n'ai rien à cacher.

À part bien sûr mon bref séjour à l'hôpital. Mais même ADDICT ne peut pas se procurer des dossiers médicaux confidentiels. En plus, j'en ai marre d'avoir honte de quelque chose dont je ne devrais justement pas avoir honte.

Il m'indique la porte d'un mouvement de tête.

— Allez, viens. On part pour la fête, et tu nous chanteras ta version de l'hymne du collège.

Je fais semblant de lui jeter mon portable à la figure. Il se baisse. De la porte entrouverte nous parviennent certaines répliques de la pièce, accompagnées de rires. Étonnamment, on entend surtout les voix de Syd et de Matthew. Je contourne Tommy pour fermer la porte.

— Je sais bien que tu as été blessée ce soir, reprend-il d'un ton plus doux, mais ce n'est pas une raison pour te transformer subitement en femme fatale.

Moi, femme fatale ? Si seulement...

— Ça pourrait être marrant de faire quelque chose d'inattendu !

— Tu l'as déjà fait, Vee. À deux reprises. Et souviens-toi comment tu t'es sentie mal quand ça a dégénéré la première fois !

— Mais hier soir, tout s'est bien passé. J'ai gagné mon prix !

— Ce n'étaient que des défis préliminaires. Dans les rounds en direct, des milliers de gens vont payer pour voir ça sur la planète entière. Tu crois qu'un T-shirt mouillé va leur suffire ?

— Laisse-moi au moins regarder les récompenses.

Je clique sur le lien, et… ADDICT a mis en plein dans le mille. Waouh, une journée complète à l'institut Fresh & Zen, incluant massage, épilation à la cire, conseils beauté personnalisés et j'en passe. Cerise sur le gâteau, une coupe de cheveux par le patron lui-même, chose impossible à obtenir si l'on ne fait pas partie du gratin local ! Et comme si ça ne suffisait pas à me faire baver d'envie, ADDICT m'a envoyé une photo de moi dans la robe lavande que j'étais allée regarder sur le site de Fring'sur'Mezure. La photo respecte mes mensurations cette fois, et je dois dire que je suis plutôt pas mal, surtout avec des bonnets B.

Un frisson me court le long des bras, à cause d'une part des récompenses en jeu et d'autre part des paroles de Tommy. Un butin de cette ampleur implique nécessairement de sacrées attentes.

Je m'accoude à la rambarde le temps de considérer mes options. Dans la ruelle en contrebas, deux corbeaux se disputent, perchés sur une poubelle. Pourquoi y en a-t-il tant à Seattle ? Je croyais que les oiseaux aimaient les pays chauds… Les corbeaux s'envolent dans une bourrasque soudaine, me laissant avec Tommy dans un silence de plomb.

Ce soir, c'est la première fois que j'ai le droit de sortir depuis que je me suis endormie dans le garage en écoutant ma playlist préférée au volant. Depuis ce jour-là, papa et maman me traitent comme une petite fille fragile qui a essayé de commettre l'irréparable, peu importe le nombre de fois où je leur ai rabâché le contraire.

Syd, elle, m'avait crue sur parole. C'est tout du moins ce que je pensais jusqu'à maintenant. Pour tous les autres, la version officielle m'avait prétendue hospitalisée pour un cas de grippe virulente. Quelques rumeurs ont bien sûr traîné après mon retour, mais un triangle amoureux au sein de l'équipe de foot du lycée a vite fait de reléguer mon histoire aux oubliettes.

Les gens sont toujours avides de scoops et de sensations. Et quoi de mieux que de me lancer dans une nouvelle aventure pour tirer un trait définitif sur la précédente ? Si seulement je pouvais savoir à l'avance si ça va m'être profitable ou pas...

— T'es un garçon intelligent, Tommy, sans doute le plus intelligent que je connaisse. Merci pour tes conseils.

— Tu veux dire que tu déclines leur offre ?

— Au contraire, c'est parti !

5

Deux minutes après avoir donné ma réponse positive, ADDICT m'envoie les consignes pour le premier défi. Mon pouls s'accélère à mesure que je les découvre. D'instinct, j'éloigne l'écran des yeux de Tommy.

BIENVENUE AUX ROUNDS EN DIRECT, VEE ! TU VAS AVOIR L'OPPORTUNITÉ DE GAGNER DES TONNES DE SUPERBES CADEAUX. TU VAS FAIRE ÉQUIPE AVEC QUELQU'UN QUE TU AS DÉJÀ RENCONTRÉ : IAN !

Refaire équipe avec le beau gosse du café ? Ça commence plutôt pas mal.

VOICI LES DIFFÉRENTES COMPOSANTES DE TON PREMIER DÉFI :
➤ DÉBARRASSE-TOI DE TON PETIT AMI,

L'écran affiche alors la photo de Tommy. Leurs renseignements ne sont donc pas aussi précis que je le craignais. Mais petit ami ou pas, l'idée de relever un défi sans qu'il soit à mes côtés me met la boule au ventre.

➤ TÉLÉCHARGE ET DÉMARRE L'APPLI CI-JOINTE, ELLE TE FOURNIRA UN LIEN ULTRARAPIDE AVEC LE JEU,
➤ RDV AVEC IAN DANS 25 MINUTES AU BOWLING DE PACIFICA,

➤ ENTRE À L'INTÉRIEUR ET DEMANDE UN PRÉSERVATIF À DIX GARÇONS DIFFÉRENTS,

➤ PARS ENSUITE AVEC IAN EN CHANTANT LE PREMIER COUPLET DE LA CHANSON QUI SUIT.

En effet, au cas où je serais amish ou n'aurais pas l'électricité chez moi, ils ont joint les paroles d'un tube qui parle de sexe et passe en boucle sur les ondes. D'accord, la plupart des chansons à la radio traitent de sexe, mais celle-là va nettement plus loin que d'habitude dans l'explicite.

— Alors, ça donne quoi ?

— Euh... je dois accomplir le défi avec Ian.

— Vous allez être partenaires ? demande Tommy en manquant s'étouffer.

— Je suis désolée. Ils auraient dû me mettre en équipe avec toi... sauf que tu ne t'es pas inscrit.

Il baisse les yeux et ravale sa salive.

— Et en quoi consiste le défi ?

— Je sais pas si j'ai le droit de te le dire.

— Techniquement, je ne suis ni candidat ni Observateur. En plus, personne n'en saura rien.

Je lui résume alors la situation. Au fil de mes explications, il conserve une expression neutre, mais son œil brille d'une détermination farouche.

— Laisse-moi au moins t'accompagner, Vee. Ce serait de la folie d'y aller toute seule !

— Ils ne me donnent pas vraiment le choix, lui dis-je en lui montrant le message sur mon portable.

Sa mâchoire se crispe, comme lorsque Mme Santana, la prof de théâtre, a essayé de réduire le budget alloué aux décors.

— T'es trop intelligente pour faire ça.

— Écoute, Tommy, c'est pas comme si je fuguais avec ce type, le bowling est un lieu public, que je sache.

— Je vais m'inscrire en tant qu'Observateur, lâche-t-il en sortant son propre téléphone.

— Ne va pas dépenser ton argent rien que pour me surveiller…

— Je l'aurais fait de toute manière, dit-il en haussant les épaules. C'est pas vraiment mon truc les soirées entre acteurs.

— T'es sûr ? Matthew a prévu de rajouter un petit quelque chose au jus de fruits pour pimenter tout ça.

Mme Santana est du genre à fermer les yeux dans ces cas-là, et ça ne ferait pas de mal à Tommy de se détendre un peu.

Il pousse un long soupir.

— Bon… mais tu me promets de bien faire attention, hein ?

— Tant que tu me promets de ne pas t'inscrire comme Observateur, tout du moins pas en live. Sinon, je serais disqualifiée d'office.

Il acquiesce d'un mouvement de tête.

— Marché conclu. Et souviens-toi que tu peux abandonner à n'importe quel moment !

— Ne t'en fais pas, je jetterai l'éponge dès que ça deviendra trop risqué à mon goût.

Je ne prends pas le temps d'analyser si c'est du doute ou de l'espoir qui s'affiche désormais sur ses traits et cours à ma voiture tout en lisant les détails de la route envoyés par ADDICT. Je démarre ensuite le téléchargement de l'appli qu'ils m'ont fournie. Dommage que

Tommy ne soit plus là pour qu'on discute stratégie. À première vue, le défi n'a pas l'air si tordu que ça. Mais c'était pareil pour le coup du verre d'eau. Je frissonne au souvenir du contact de mon chemisier trempé sur ma poitrine.

Une fois dans la circulation, je tente momentanément de faire le vide en mettant une de mes playlists favorites de hip-hop, mais ça ne fait qu'accélérer mon rythme cardiaque. Vingt minutes plus tard, me voici sur un immense parking rempli de 4 × 4 et de mini-vans. Je repère vite Ian près de la porte d'entrée en train de faire les cent pas. Ah ah, à son tour de m'attendre un peu cette fois !

Je parcours le parking du regard à la recherche d'éventuels Observateurs. Il devrait y en avoir quelques-uns pour nous filmer, non ? Ils sont peut-être encore en chemin… Je sors enfin de ma voiture, n'ayant rien à gagner à le faire attendre davantage. Ce n'est qu'en arrivant à sa hauteur que je remarque l'écriteau à l'entrée :

« BIENVENUE À TOUS LES AMIS DE LA CHASTETÉ ! »

— Le défi devient beaucoup plus dur tout d'un coup, lancé-je à Ian en guise de salutation.

Il balaie ma remarque d'un haussement d'épaules blasé, comme s'il l'attendait.

— Le texte stipule juste que tu dois demander un préservatif, il ne mentionne pas qu'il faut que tu attendes une réponse.

Pourquoi n'y ai-je pas pensé toute seule ? Il va falloir que je sois tactique si je veux gagner des prix ce soir !

— Bien vu, Ian.

Il met alors le doigt sur mon badge de Jimmy Carter.

— Je l'ai rencontré une fois lors d'une réunion d'Habitat pour l'humanité.

Waouh, un mec qui fait attention aux accessoires et qui, en plus, aide les sans-abri ! Comme quoi, Tommy n'a vraiment pas à s'inquiéter pour moi.

— On va attendre les Observateurs combien de temps ? lui demandé-je.

— Pourquoi attendre ? On peut se filmer nous-mêmes, l'appli ADDICT donne accès à un tchat vidéo.

Je vérifie sur mon portable où trône désormais l'icône du site au beau milieu de mes applis favorites. Je suis les instructions et lance le programme. La page d'accueil comporte le contenu de mon défi, un bouton pour déclencher le tchat vidéo et une barre de statut annonçant : « Tâche non commencée ».

— L'appareil photo est pourri sur mon téléphone, dis-je, inquiète.

— T'en fais pas, tu n'as qu'à ouvrir le lien pour enregistrer l'audio au cas où. On utilisera le mien pour la vidéo. Si tu veux, je vais commencer à filmer et tu prendras le relais quand ils commenceront à s'énerver.

Je le remercie, touchée par son attention ; mais je ne peux m'empêcher de me raidir en songeant aux conséquences qu'implique le fait d'énerver des gens.

Une fille aux joues roses et son petit ami entrent dans le bowling, main dans la main. Leurs rires gênés et les œillades timides qu'ils échangent suggèrent qu'ils ne se sont jamais embrassés. Ça me fait me sentir sacrément expérimentée en comparaison, bien que je n'aie jamais dépassé le stade du baiser.

La tension monte d'un cran et me noue les épaules.

— Je le sens pas trop… Ces gamins vont croire qu'on se moque d'eux. Ils ne méritent pas ça.

Ian prend alors une profonde inspiration, puis tape quelque chose sur son portable. Après une minute de lecture, il me lance :

— Les études réalisées sur l'abstinence révèlent que les programmes qui réussissent le mieux sont ceux qui ne négligent pas l'importance de la contraception. Ils devraient donc tous avoir au moins entendu parler de capotes. Et si c'est pas le cas, eh bien, on aura fait une bonne action.

— C'est gentil de m'aider à rationaliser, réponds-je, ironique.

— Écoute, c'est juste un défi débile. Avec un peu de chance, ils trouveront ça drôle. On demandera poliment…

C'est clair que des personnes de notre âge ne devraient pas trop se formaliser que deux marioles viennent leur demander des préservatifs. Ce n'est pas comme si on cherchait à leur faire du mal. Qui sait, certains d'entre eux connaîtront sans doute ADDICT et rigoleront avec nous. Ce sera la blague de la soirée.

— Alors, prête ?

Je hoche la tête avant de pouvoir changer d'avis.

Nous entrons dans la salle éclairée aux néons fluorescents, et sommes accueillis par une vague de rires et de cris, l'air saturé par l'odeur de frites et de la cire qu'ils utilisent pour polir les pistes. L'endroit est plein à craquer d'ados chaperonnés par une poignée d'adultes. Des banderoles accrochées au mur proclament : « Pour le mariage gardez votre fleur, c'est bien meilleur ! », « Le véritable amour ne se fait pas… avant le mariage ! » ou encore « Que crois-tu qu'il fera une fois que vous l'aurez fait ? »

Mon cœur palpite telle une guitare basse ou, non, plutôt comme un banjo. Ian me prend la main, ce qui ne réussit pas à me calmer, malgré la douce chaleur qu'il dégage. À l'extrémité du snack-bar, une douzaine de bornes d'arcade ajoutent à la cacophonie.

Cinq types baraqués sont agglutinés autour d'une machine, pointant sur l'écran leurs joysticks en forme de fusils. Je peux faire la moitié de mon quota si je demande à chacun d'entre eux, et avec un peu de chance, personne d'autre n'entendra ce qui se passe. J'indique le groupe à Ian du menton et nous nous approchons.

Ian lance le tchat vidéo d'ADDICT lorsque nous ne sommes plus qu'à quelques pas. Le type le plus proche de moi, un blond massif à la coupe militaire, lève un sourcil à notre arrivée.

Je m'éclaircis la gorge :

— Excusez-moi, vous auriez un préservatif à me dépanner ?

Il se met les mains sur les hanches et bombe le torse.

— Quoi ?

Je répète, plus fort cette fois :

— Je cherche un préservatif, vous en avez ?

— C'est pas marrant.

Et de un. Je m'adresse ensuite au frisé à côté de lui :

— Je pourrais vous emprunter un préservatif ?

Comme si c'était quelque chose qu'on pouvait rendre après s'en être servi, berk, triple berk !

— Va te faire foutre, me réplique le frisé.

— Pas tout de suite, je dois d'abord demander à tes amis…

Je me penche alors sur un type de petite taille qui se mordille la lèvre.

— Dites, vous auriez un préservatif ?

Sans attendre de réponse, je demande à ses deux acolytes qui tiennent les joysticks-fusils. Ils se retournent en même temps et les pointent sur moi. À ce moment précis, une boule de bowling vient cogner les quilles en bout de piste, résonnant comme un coup de feu. Je sursaute. Ian me rassure d'une main au bas du dos. Sa caresse me donne l'impression d'être traversée par un courant électrique malgré mon angoisse.

— Merci quand même, leur dis-je avant d'aller vers un autre groupe de jeunes.

Trois garçons et deux filles boivent des sodas, assis autour d'une table. Sans prendre le temps d'échafauder un plan d'attaque, je tape sur l'épaule du garçon le plus proche. J'ai un mouvement de recul lorsqu'il se retourne : c'est Jack, un mec sur lequel ma copine Eulie flashe depuis des mois. Je comprends mieux pourquoi elle n'est jamais parvenue à obtenir quoi que ce soit de lui. Il me semble qu'il fait également partie du cercle de connaissances de Tommy au club ciné. Je prie pour qu'il comprenne que je joue à ADDICT, mais mon petit doigt me dit que Dieu ne va sans doute pas se ranger de mon côté sur ce coup-là.

— Euh, tiens, Jack… Salut, lui dis-je nerveusement en lissant ma jupe des deux mains. Je me demandais si tu n'aurais pas un préservatif à me passer.

Son visage vire au rouge sans transition.

— C'est quoi cette question ?

Je refoule à grand-peine les larmes qui me montent aux yeux.

— Je suis désolée, vraiment.

Les règles n'interdisent pas de présenter des excuses, hein ?

Jack plisse les yeux, comme s'il essayait de comprendre, mais Ian m'a déjà prise par le coude et m'entraîne vers une autre tablée.

— Ne t'arrête pas en si bon chemin, t'as presque fini !

Il n'a pas tort. Je pose ma question à deux garçons à la suite, n'attendant même pas leur réponse. L'un d'eux se lève pour me barrer le chemin.

— C'est pas marrant. Vous feriez mieux de vous casser d'ici !

Je me sens vraiment mal tandis que nous passons à côté des filles, ils n'ont rien fait qui mérite qu'on les harcèle comme ça. Les mains tremblantes, je prends le téléphone des mains de Ian.

— Vas-y mollo !

Il hoche la tête et s'adresse à une fille aux yeux lourdement maquillés de bleu :

— T'aurais pas un préservatif sur toi par hasard ? Je me doute que ce serait pas pour t'en servir, mais sait-on jamais ?

— Casse-toi, pauvre trou-du-cul ! siffle-t-elle entre ses dents.

Je ne pensais pas que *trou-du-cul* figurerait dans son vocabulaire.

— Et toi ? demande Ian à sa voisine.

Elle dit non dans un petit cri et nous nous faufilons déjà vers une autre table.

Huit pour moi et deux pour Ian.

Nous nous approchons d'un autre groupe mixte et j'aperçois Jack qui m'observe toujours, les sourcils levés. Je détourne le regard et pose ma question à deux autres types, dont celui que j'ai vu entrer avec sa copine dans le bowling tout à l'heure. Elle lui serre la main, le visage décomposé. Ai-je fichu leur soirée en l'air ? Je leur bafouille des excuses et reprends le téléphone de Ian pour filmer la suite. J'ai fait mes dix. Pourquoi est-ce que je ne ressens aucun soulagement ? Je n'ai qu'une seule envie : crier à tout le monde que je suis sincèrement désolée, puis m'enfuir en courant. Mais je ne peux pas, il faut d'abord que Ian atteigne lui aussi son quota. Je garde l'objectif braqué sur lui tandis qu'il interroge une petite brune. Elle couine d'indignation comme un chiot blessé, ce qui fait cette fois rappliquer les types qui jouaient aux jeux vidéo.

Le grand blond à la coupe militaire nous fusille du regard.

— On vous a assez vus, foutez le camp maintenant !

— On est presque partis, il nous faut juste quelques minutes encore, lui dis-je.

Ian demande à une quatrième, puis à une cinquième fille, mais le cercle autour de nous se resserre. Le blond massif semble sur le point d'exploser. On dirait que toute cette histoire de vœux de chasteté ne comporte pas de séminaire sur la gestion du stress.

Au vu de l'attroupement, un des adultes présents quitte le coin de la salle où il s'était posté. Il a les cheveux peignés en arrière et porte une veste qui vaut facilement autant que la moitié de ma garde-robe. Serait-ce un des leaders de leur secte ?

L'homme passe un bras autour des épaules de Ian et lui dit d'un ton jovial :

— Alors les jeunes, qu'est-ce qu'il se passe ici ?

Ian se défait brusquement de cette étreinte comme s'il s'était ébouillanté.

— Euh, nous sommes en train de réaliser une enquête. Et je dois dire que votre groupe se débrouille formidablement bien !

L'homme prend un air interrogateur :

— Une enquête ?

Ian fend déjà la foule pour atteindre un groupe de trois filles. Ses joues cuivrées ont viré à l'écarlate. Je le suis du mieux que je peux avec la caméra, sans être sûre d'avoir capturé sa dernière demande. Le cri horrifié que pousse la rousse à laquelle il vient de poser sa question devrait toutefois constituer une preuve suffisante pour les gens d'ADDICT. Les deux copines de la rousse lâchent également des cris d'orfraie en entendant la requête. Plus que deux !

Pendant ce temps, le blond chuchote à l'oreille de l'homme à la veste élégante. Celui-ci se contente de sourire en hochant la tête. Que sont-ils en train de mijoter ?

Ian me jette soudain un regard. Il a le souffle saccadé et le visage luisant. Il s'empresse de s'éloigner vers une nouvelle table, suivi de près par une foule grossissante qui commence à hurler des insultes pas si innocentes et chastes que ça. Je me tourne pour les filmer mais le blond essaie de m'arracher le téléphone des mains. Je fourre alors l'appareil dans mon soutien-gorge et bombe le torse, priant pour que les crocs de vampires imprimés sur mon T-shirt fassent leur effet.

Ses mains s'arrêtent à quelques centimètres de ma poitrine et de grosses taches rouges viennent aussitôt lui marbrer le cou.

— Sors d'ici, espèce de pute !

C'est bien la première fois qu'on m'appelle comme ça, mais bon, ce n'est pas comme si j'allais entamer la conversation avec ce charmant jeune homme. Je pivote sur mes talons et m'efforce de rattraper Ian. Il vient de demander un préservatif à une autre fille, mais je n'ai malheureusement pas pu le filmer. Est-ce que cela suffira si je donne ma parole qu'il lui a bel et bien posé la question ? Je ressors vite le téléphone de mon soutien-gorge et filme Ian répétant sa requête à une énième fille.

— Demande à une autre ! lui crié-je.

— Mais j'ai fait mes dix !

— Il y en a une que j'ai pas pu filmer !

Il pousse un soupir.

Une des chaperonnes s'avance alors vers Ian, lui agitant sous le nez un doigt offusqué.

— Vous devriez avoir honte !

— J'ai honte, mais peut-être auriez-vous un préservatif pour moi ? demande-t-il avec un large sourire innocent.

Le blond a maintenant le visage cramoisi.

— Montre un peu de respect, salopard de trou-du-cul ! beugle-t-il, au bord de l'apoplexie.

Je range le téléphone et essaie de détourner son attention.

— Hé oh ! N'est-il pas écrit dans la Bible : « Tu ne tueras point » ?

En guise de réponse, le type crache à mes pieds, m'arrachant un petit cri lorsque je vois le projectile atterrir sur le bout de ma chaussure. Le vieux beau éclate alors de rire et félicite le blond d'une tape sur l'épaule.

— Bande de porcs ! éclaté-je alors.

À ces mots, le blond me saisit les bras et son haleine d'huile de vidange me frappe de plein fouet. Voilà qui doit bien l'aider dans sa poursuite de la chasteté.

Ian met la main sur l'épaule du type.

— Vas-y, mec, lâche-la, on part tout de suite.

Mais l'énervé me tient toujours fermement.

— On vous a laissé votre chance de sortir sans emmerde, maintenant on va vous montrer de quel bois on se chauffe.

Il me traîne alors en direction de la sortie tandis que l'homme à la veste de luxe et deux jeunes attrapent Ian au col. La foule qui nous entoure les encourage de la voix.

Jack s'accroche soudain au bras du blond et lui crie à l'oreille :

— C'est bon, laisse-les partir, je crois qu'ils font ça pour un jeu !

Ce n'est pas trop tôt, quelqu'un a enfin compris ce qu'il se passait ! Mais le blond n'en fait qu'à sa tête, il repousse Jack et resserre son étreinte. J'ai l'impression qu'il va me broyer les poignets.

La mort dans l'âme, je prends alors une profonde inspiration et commence à chanter le fameux couplet qui vante les joies du sexe. Cette fois, Jack me dévisage avec horreur. J'espère que Tommy ou Eulie réussiront à le convaincre que je n'ai pas mauvais fond malgré tout. Si jamais je survis...

Ian s'y met à son tour et nous beuglons les paroles en chœur tandis qu'ils nous expulsent manu militari. À l'extérieur, une foule nous attend aussi. Pourrons-nous regagner la voiture sans nous faire tabasser ? Je sens qu'on me pousse dans le dos et je tombe lourdement sur l'asphalte, atterrissant en plein sur la hanche ; du coin de l'œil, je vois Ian qui s'étale à son tour à côté de moi.

On se retourne vers les portes qui se ferment déjà en finissant la chanson d'une voix étranglée. J'ai tout à la fois envie de rire et de pleurer. Au lieu de cela, je chantonne encore le refrain comme s'il s'agissait d'un mantra capable de me protéger de l'hostilité pesante qui règne autour de nous.

Ian se remet debout avec peine.

— Le défi est fini, Vee. On a réussi.

Il m'empoigne les avant-bras d'une main douce mais ferme et m'aide à me relever. Une fois sur mes jambes, j'époussette ma jupe. Pas de déchirures, mais je sais déjà que j'aurai demain un énorme bleu au niveau de la hanche. Ian, lui, se frotte le coude tout en me dévisageant, sans doute parce que je suis toujours en train de chantonner.

Il place ses mains sur mes épaules.

— C'est bon, reprend-il d'une voix douce, le défi est terminé, respire un grand coup.

J'essaie, mais ne parviens qu'à hoqueter :

— Je... je suis désolée, Ian... j'ai pas pu nous filmer en train de chanter le couplet...

Je retire le téléphone de mon soutien-gorge et le lui tends non sans l'avoir essuyé sur mon T-shirt.

Il se met alors à rire et me fait signe de regarder le parking.

— Pas besoin de filmer, crois-moi !

Dans le feu de l'action, je n'avais pas remarqué que l'attroupement sur le parking était largement plus amical que celui à l'intérieur du bâtiment. Les personnes se mettent même à nous applaudir maintenant que nous leur faisons face. La plupart d'entre elles ont leur téléphone braqué sur nous. Ce sont des Observateurs Sur Place, tous reliés directement à ADDICT.

Ian me prend par la main et nous faisons la révérence. Tandis que les bravos redoublent, la tension s'évapore peu à peu. Je ne sens même plus ma douleur à la hanche. Tout à coup, le défi semble moins atroce qu'il n'y paraissait il y a deux minutes à peine. La montée de stress m'a fait pousser des ailes. J'ai maintenant envie de danser et de sauter sur place en hurlant.

Une dizaine d'Observateurs, dans une fourchette allant de notre âge jusqu'à quelques décennies de plus, s'approchent alors pour nous taper dans la main. Je ne savais pas qu'il y avait une telle diversité de gens à fond dans ce jeu.

— On a tout vu à travers les portes vitrées. Le site nous a dit qu'on ne pouvait pas entrer pour ce défi-là, nous explique une femme fluette aux lunettes en écaille. En tout cas, on aurait dit que ces zigotos avaient sacrément envie de vous passer la corde au cou !

— Vous savez, avec toute l'énergie qu'ils refoulent...

La foule éclate de rire, bien que ma réplique n'ait pas été si drôle que ça. N'empêche que cela me remet une couche de baume au cœur.

Je leur montre alors mon téléphone d'un geste exagéré et leur demande d'une voix forte :

— J'espère que vous n'avez rien manqué de notre sortie ?

Plus on a de preuves et mieux ça vaut.

Ian a encore du mal à reprendre son souffle. Il s'applique néanmoins à sourire aux caméras, n'hésitant pas à changer de position pour se montrer sous tous les angles comme s'il était sur le tapis rouge. J'ai envie de lui sauter au cou pour le remercier de m'avoir sauvé la mise à l'intérieur. Mon cœur bat à tout rompre sous le coup de l'excitation, et je me dis que c'est à ce type d'énergie que doivent fonctionner les stars.

Il improvise une petite danse de la victoire pour nos admirateurs, et j'entonne avec lui « notre » chanson. Les Observateurs du premier rang se joignent rapidement à nous et, bientôt, toute la foule chante et danse. Quelle sensation de fou ! Je n'arrive pas à croire que je m'amuse autant au beau milieu d'une centaine d'inconnus, surtout lorsqu'une centaine d'autres nous lyncheraient volontiers à quelques pas de là.

Soudain, au cœur du vacarme, j'entends ce qui me semble d'abord être un cri d'enfant, mais il n'y en a pas un seul à la ronde. Bizarre. Je sens alors mon portable qui vibre dans ma main. Un coup d'œil m'apprend que ce sont les félicitations d'ADDICT. Victorieux et soulagés, Ian et moi levons nos téléphones en l'air.

— Un autre défi ! Un autre défi ! scandent les Observateurs.

Suis-je prête à en relever un nouveau ? Celui-ci était déjà super intense. Les joueurs peuvent jeter l'éponge quand ils le souhaitent, mais d'après ce que je sais, aucun candidat n'est parti volontairement le mois dernier.

Le brouhaha ambiant baisse d'un ton, laissant place à une curiosité teintée d'impatience. Les regards braqués sur nous sont autant de picotements sur ma peau, j'ai l'impression d'être en symbiose avec notre public, comme si nous n'étions qu'une seule créature respirant à l'unisson à travers mille poumons. Malgré ma chair de poule, je me laisse aller à rire avec la foule.

Que pensent mes amis ? Je suis sûre que certains sont en train de regarder. Je ressors mon téléphone, mais découvre un écran vide. Pas le moindre SMS ? Personne ne m'a écrit ? J'essaie d'envoyer un message à Tommy, puis à d'autres, mais à chaque fois, un message d'erreur s'affiche. Je tente de les appeler, en vain. Tout est bloqué, même ma page ThisIsMe. En dépit de la multitude qui m'entoure, je me sens soudain seule au monde.

La voix geignarde d'enfant retentit à nouveau, comme pour se moquer de moi. Je réalise enfin qu'elle vient de mon téléphone. ADDICT a dû changer ma sonnerie. Et leur message me parvient sans problème aucun. Merveilleux ! Leur application fournit en effet un « lien ultrarapide », mais bloque tout le reste. J'aurais dû m'en douter.

Je lis le message, qui n'est qu'un rapport sur l'évolution de mon statut. L'audimat pour notre défi a été supérieur à la plupart de ceux enregistrés il y a quelques heures sur la côte Est et dans le Sud profond, d'où un bonus spécial pour le prochain défi. Tous ces gens qui nous regardent ? Je baisse les yeux sur ma poitrine pour vérifier que mon T-shirt n'est pas troué ou quoi que ce soit d'impudique, mais non, je suis tout ce qu'il y a de plus décent.

— On dirait qu'on a une belle cote de popularité, me lance Ian après avoir consulté son téléphone.

Populaire, moi ? Qui se trouve parmi les Observateurs ? Matthew ? Qu'est-ce qu'il pense de la petite Vee maintenant ?

— Je me demande bien quels prix ils vont nous proposer cette fois, lâche mon partenaire.

Ça va forcément être encore mieux que la paire d'escarpins ou que la journée chez Fresh & Zen. Un séjour à New York peut-être ? J'ai le droit de rêver après tout...

La foule a repris son chant, et je me délecte de la douce chaleur que je ressens par vagues. Le néon au-dessus de nos têtes baigne la scène d'une lumière irréelle.

— Ça te dit qu'on aille s'asseoir dans ma voiture le temps de recevoir les instructions pour le prochain défi ? suggère Ian. Elle est garée à deux pas.

Il pointe du doigt une Volvo grise à dix mètres de là. Une voiture raisonnable pour un garçon qui aide à construire des maisons pour les démunis. Il me plaît de plus en plus...

J'acquiesce. Je vais pouvoir profiter du calme pour me reconcentrer. Nous saluons les Observateurs d'un geste de la main et montons dans le véhicule. Une fois les portières fermées, je savoure un instant le délicieux silence.

— Alors, partenaire ! On a réussi notre premier défi en direct ! s'exclame-t-il.

Difficile de croire que nous ne nous connaissons qu'à peine. Je prends le temps d'examiner la finesse de ses traits.

— Qu'est-ce qu'ADDICT sait de plus que moi à ton propos ?

Mince alors, suis-je en train de le draguer ?

— Hum, un bon paquet de choses, j'imagine. Voyons voir… je suis en terminale à la Jackson Academy, je suis accro aux bretzels et j'adore les longues balades sur la plage. À ton tour, Vee.

Lorsqu'il prononce mon nom, ses parfaites incisives viennent presser un instant sa non moins parfaite lèvre inférieure, ce que je trouve trop chou.

— En terminale à Kennedy, mordue de théâtre, et je rêve de rendre le monde plus vivable, dis-je en concluant mon bref CV du salut de Miss Monde dont j'ai gratifié la foule quelques moments auparavant.

— Qu'est-ce qui t'a fait t'inscrire à ADDICT ?

— Rien de particulier. Je voulais juste sortir un peu de la routine, et toi ?

— Pour les cadeaux, bien sûr ! sourit-il en se penchant légèrement vers moi.

— Et qu'est-ce que tu as gagné ?

— Un peu de cash pour le défi préliminaire, et un ticket de bus pour celui qu'on vient d'effectuer.

Il est en train de me faire marcher, c'est sûr, mais pourquoi mentir à propos d'un prix ?

— Un ticket de bus ? C'est... euh, je sais pas, un peu...

Le mot auquel je pense est *pourri*.

— Tu veux dire c'est parfait ! Je peux l'utiliser quand je veux pour aller n'importe où sur le continent.

— Pourquoi ne pas prendre la voiture ?

— Parce qu'il me faudrait d'abord voler cette voiture à mes parents.

Ses traits se durcissent un instant avant qu'il ne se retourne vers moi. Son sourire réapparaît sur ses lèvres.

— On a eu du bol de pouvoir échapper à cette horde de vierges bourrés de vices.

Encore deux mots en V... Ça me donne envie de passer ma langue sur mes lèvres de le voir les prononcer, même si son goût en matière de cadeaux me paraît hautement inhabituel.

Avant que je ne parvienne à trouver un moyen de lui faire dire *victoire* ou *vivisection*, nos portables se mettent à sonner de concert. *Nah-nah-nee-boo-boo, Nah-nah-nee-boo-boo,* piaillent-ils de cette voix enfantine qu'on croirait tout droit sortie d'un film d'horreur.

La sonnerie d'ADDICT. Et elle annonce notre prochain défi.

6.

QU'EST-CE QUE VOUS DIRIEZ DE GAGNER ÇA ?

Je clique sur le lien et découvre le prix à la clé : le tout dernier smartphone super luxe, bardé de toutes les applis dont j'ai toujours rêvé, avec caméra haute définition, un accès Internet rapide comme l'éclair et surtout deux ans de forfait en illimité. Waouh !

VOTRE DÉFI POUR LE REMPORTER : RENDEZ VOUS DANS LE QUARTIER INDIQUÉ SUR LA CARTE CI-DESSOUS. ARPENTEZ LES RUES JUSQU'À CONVAINCRE QUELQU'UN DE VOUS PAYER CENT DOLLARS POUR UNE PRESTATION SEXUELLE. RASSUREZ-VOUS, VOUS N'AVEZ PAS À FOURNIR UN TEL SERVICE, IL VOUS SUFFIT JUSTE DE TROUVER QUELQU'UN PRÊT À PAYER.

J'ai le cœur au bord des lèvres. Non mais je rêve, ils veulent que je fasse le trottoir ? Et dans ce quartier glauque de la ville, qui plus est ? Argh. Ils pourraient au moins m'équiper d'une arme et d'un gilet pare-balles. Ma mère avait bossé dans un immeuble de bureaux à une rue de là, et elle se plaignait régulièrement à mon père des cochonneries qu'elle trouvait dans le parking souterrain. Il avait l'habitude de blaguer en disant que la boîte aurait dû présenter ça comme un

115

bonus et offrir davantage de pauses-café à ses employés, avec en prime des autocollants pour voiture « Ne pas déranger tant que les amortisseurs sont en mouvement ». Cette époque où ils plaisantaient tout le temps me manque, mais hélas, la gaieté a disparu de la maison, en grande partie à cause de moi…

J'essaie de jeter un œil au portable de Ian, mais il le tient presque collé contre son torse. Son visage passe du rouge pétant au mauve pastel au gré de l'enseigne clignotante du bowling.

J'aperçois aussi la foule des Observateurs plongés dans la lecture de leurs écrans, à la recherche sans doute de la localisation de l'épreuve suivante.

Une femme aux longs cheveux roux bouclés qui me rappelle la soprano dans la comédie musicale du *Fantôme de l'Opéra* vient toquer à la vitre de Ian.

— C'est quoi votre défi ?

Elle me montre ensuite du doigt.

— Il doit être sacrément corsé, vu que la petite a l'air à deux doigts de vomir !

Ian baisse sa vitre.

— Désolé, lui lança-t-il en haussant les épaules, il va falloir attendre qu'ADDICT vous le révèle.

Il ne devrait pas avoir à lui expliquer les règles. N'at-elle pas regardé l'émission du mois dernier ? Ou peut-être que les Observateurs Sur Place gagnent des prix s'ils réussissent à nous faire enfreindre les règles, comme lorsqu'ils capturent de superbes images. Oh, et voilà que je repars dans mes théories conspirationnistes à la noix !

Nous saluons de la main nos supporters – ou devrais-je dire nos fans ? – tandis que Ian remonte sa vitre. Un type essaie de la bloquer en passant son téléphone dans l'interstice. Son flash me fait cligner des yeux, mais Ian finit par réussir à fermer la fenêtre avant d'adresser un geste amical à la foule.

— Ben dis donc, des vrais paparazzis ! dis-je en m'éventant de la main.

— Alors, c'est quoi ton défi ?

— Toi d'abord.

— Eh bien, lâcha-t-il en se renversant sur l'appuie-tête, je dois jouer le beau gosse dans une partie fort peu charmante de la ville. Suffisamment pour qu'une des professionnelles accepte de me faire une petite gâte-rie à l'œil. Et toi ? Crache le morceau.

— Dans l'hypothèse où je choisirais de continuer la partie, il faudrait que je convainque quelqu'un de me payer cent dollars pour mes services.

Il me jauge pendant quelques secondes avec un sou-rire paresseux.

— À ce prix-là, ce serait une affaire.

— Merci du compliment... ou pas ? En même temps, reprends-je en fronçant les sourcils, est-ce que c'est vraiment une affaire dans ce quartier pourri ? Je veux dire, j'ai déjà du mal à comprendre qu'on accepte de vendre son corps, mais s'il faut en plus que je demande un tarif trop élevé, le défi devient encore plus dur à réaliser.

— Plus c'est dur, meilleur c'est, en tout cas pour les clients potentiels, réplique Ian en rigolant.

Je pousse un grognement.

Après une minute de recherches sur son téléphone, il annonce :

— Le tarif pour une call-girl s'échelonne de cent à trois cents dollars. Pour une marcheuse, ça varie plutôt entre vingt et cinquante. Tu vas donc demander le double du prix habituel, mais le fait que t'aies pas une tête d'accro au crack joue en ta faveur.

— Merci partenaire, au moins tu sais trouver les mots qui rassurent !

Ma boule à l'estomac gonfle encore d'un cran. C'est alors que le cadeau en jeu me revient à l'esprit. Un super téléphone sans risque de me faire engueuler sur la facture, ça motive ! Mais de là à faire le trottoir pour le remporter…

Ian me révèle avec une étincelle dans les yeux qu'il peut gagner du matériel de camping haut de gamme ; ce mec a vraiment le voyage dans le sang. L'intensité de son regard s'accroît encore lorsque ADDICT nous annonce par message le bonus promis : pour chaque millier d'Observateurs en ligne qui se connectent pour nous voir, nous gagnerons deux cents dollars additionnels. Waouh. J'aimerais bien savoir combien vont vouloir payer pour assister à nos aventures dans le quartier rouge…

— On va avoir du mal à filmer nos défis à moins de réussir à éloigner les prostituées et leurs maquereaux.

— On n'aura qu'à rester discrets. J'imagine que les Observateurs le seront aussi.

Quelques dizaines d'entre eux, des jeunes de notre âge et d'un peu plus pour la plupart, sont massés autour de la voiture et piétinent comme des zombies.

Et voilà que mon téléphone se remet à sonner avec cette atroce ritournelle. J'ai presque envie d'arrêter le jeu pour récupérer mon ancienne sonnerie. Lorsque je vois s'afficher le numéro sur l'écran, je n'arrive pas à croire qu'ADDICT ait laissé passer son appel. Je décroche avant qu'ils n'aient le temps de changer d'avis.

— Ça va, Vee ? me demande Tommy. Tu t'es bien fait bousculer sur ce dernier défi !

ADDICT a posté notre vidéo super vite, quasi en temps réel. Ils n'ont pas dû avoir le temps de faire beaucoup de montage. Mais pourquoi me laissent-ils parler avec Tommy ? Est-ce qu'ils diffusent aussi notre appel ? Ils veulent sans doute connaître ma décision…

— Je risque d'avoir un beau bleu à la hanche, mais rien de bien méchant.

— Je peux venir te chercher, tu sais. Je suis pas loin.

Ça ne m'étonne pas de lui. Je respire à fond avant de lui répondre :

— Écoute, Tommy, c'est pas la peine. On vient juste de recevoir le défi suivant, et je n'ai encore rien décidé.

Du coin de l'œil, je surprends Ian qui sourit jusqu'aux oreilles.

— T'es en train de me dire que t'envisages sérieusement un autre défi ? s'étrangle Tommy.

— Il y a un smartphone dernière génération à la clé, et sans doute de l'argent en plus. Ça ne représente peut-être pas grand-chose pour quelqu'un qui a des économies et une voiture flambant neuve, mais pour moi ça veut dire beaucoup.

— T'as déjà été blessée. Ça vaut vraiment pas le coup de te faire tuer !

— Arrête de tout dramatiser. Ils n'iraient jamais mettre la vie des participants en danger. Il s'agit juste de nous déstabiliser.

— Bon alors, qu'est-ce qui t'attend cette fois ?

— Vu que tu t'es inscrit en tant qu'Observateur, je ne peux pas te répondre.

Je souhaiterais tant qu'il puisse couvrir mes arrières si jamais les choses dérapaient. Si seulement nous étions convenus d'un code qui me permette de lui communiquer notre destination à l'insu d'ADDICT.

Cette idée de code secret me rappelle l'année de troisième, quand Syd et moi préparions son audition pour *Miracle en Alabama*. Cette pièce mettait en scène une jeune fille sourde et aveugle et une éducatrice. Nous avions poussé l'apprentissage des rôles jusqu'à la mémorisation de leur langue des signes, ce qui nous a bien servi pour communiquer en cours par la suite. J'aimerais tellement appeler Syd pour lui raconter ce que je suis en train de vivre, elle saurait mieux me réconforter que Tommy... Pourquoi diable a-t-elle été jeter son dévolu sur Matthew ?

La voix de Tommy me sort de ma rêverie.

— N'y va pas, Vee ! Il y a des rumeurs comme quoi une des filles qui a gagné le mois dernier aurait...

Des parasites noient le reste de sa phrase et la communication s'interrompt net. J'essaie de le rappeler, mais l'appel n'aboutit naturellement pas. Saloperie de téléphone !

Ian pianote sur son volant du bout des doigts.

— Au cas où Madame décide de poursuivre l'aventure, lui conviendrait-il que je sois son chauffeur ?

Il boucle sa ceinture, un autre geste pour le moins sécurisant : j'imagine mal un psychopathe le faire. Sans oublier que l'idée de me rendre seule en voiture dans ce quartier chaud de la ville ne m'enchante pas le moins du monde. Et puis, au pire, que pourrait-il me faire avec tous ces Observateurs qui ne nous lâchent pas d'une semelle ?

— OK, réponds-je finalement, scellant en un mot la question du transport mais aussi ma participation au défi.

Non seulement j'en ai déjà réussi un en direct, mais en plus j'enchaîne sur un autre, moi, Vee, la fille qui vit dans les coulisses. J'ai du mal à y croire.

Ian met le contact et nous levons le pouce en direction des Observateurs pour leur signifier que nous poursuivons l'aventure. Ils se précipitent sur leurs véhicules en poussant des cris de joie tandis que j'informe ADDICT de ma décision. Qu'est-ce que les organisateurs vont maintenant nous concocter après celui-là ? Derrière nous, les coups de klaxon fusent et un autoradio beugle si fort que les vibrations des basses résonnent à travers tout mon corps.

— Même si ça serait cool qu'un de nos suiveurs puisse filmer nos exploits à notre place, j'ai peur qu'ils ne nous apportent plus de problèmes qu'autre chose, me dit Ian, les sourcils froncés.

Dans le rétroviseur, j'aperçois un des types, dehors, qui baisse son pantalon pour faire marrer ses copains, lesquels ne se font pas prier pour s'esclaffer grassement. Ce qui donne certes du poids à l'argument de Ian. D'un autre côté, en plantant les Observateurs à ce moment du jeu, nous risquerions de nous les mettre à dos. Le mois dernier, un des candidats à L. A. n'arrêtait pas de brandir son majeur à ses Observateurs Sur Place, tant et si bien qu'ils ont saboté son défi suivant, ce qui lui valut d'être éliminé.

— On peut toujours leur demander de se calmer s'ils deviennent un peu trop bruyants. De toute façon, tôt ou tard, ADDICT va leur indiquer l'endroit où se déroulera le défi.

Ian doit donner un petit coup de volant pour éviter une fille qui enchaîne les roues à côté de la voiture.

— Ils sont dangereux !

Il a vite fait de sortir du parking et, en quelques tournants bien négociés, il parvient à semer la majorité de la meute motorisée. Certains de nos poursuivants s'accrochent au prix de dérapages sonores, mais une accélération poussée à l'orange vif nous permet de les distancer aussi. Qui eût cru qu'une voiture d'apparence si sage fût capable de telles prouesses ?

Certes, je comprends le point de vue de Ian, mais j'ai l'impression qu'en semant les Observateurs, je coupe le cordon ombilical avec ADDICT. Lui ont-ils demandé d'agir ainsi, de la même manière qu'ils avaient exigé que je me débarrasse de Tommy ? Si c'est le cas, qu'est-ce que le jeu lui demandera encore de faire sans m'en parler au préalable ?

— Je suis pas convaincue que ce soit très judicieux de nous éloigner des Observateurs, lui dis-je en jouant nerveusement avec ma ceinture.

— T'inquiète pas, c'est juste temporaire.

Le temps de mettre quelques virages supplémentaires entre nous et nos poursuivants, il allume l'autoradio et ajoute :

— On se fera pardonner en leur offrant des images bien croustillantes, je te le promets.

— Ça commence à faire un bon paquet de gens auprès de qui on va devoir se faire pardonner ce soir…

— Ouais. J'ai l'impression que ton petit copain était loin d'être ravi au téléphone.

Est-ce qu'il me dit ça pour déterminer si oui ou non j'ai un petit ami ?

— Et ta copine ? Je suis sûre qu'elle a pas forcément apprécié ton départ en solo, répliqué-je.

Les coins de ses lèvres se relèvent en un petit sourire.

— Moi ? J'ai pas de copine.

La bonne nouvelle, c'est qu'il est célibataire, la mauvaise, c'est qu'il n'arrive peut-être pas à se fixer avec une fille.

— Eh bien, Tommy n'est pas mon petit ami. Et il a pas l'air de comprendre que je puisse me donner du mal pour remporter des prix cool.

— C'est comme ça que raisonnent ceux qui sont nés avec une cuillère en argent dans la bouche.

— Ah ouais ? Tu connais ça, monsieur-je-vais-dans-une-école-privée-et-j'ai-le-dernier-smartphone-à-la-mode ?

Ian se renfrogne tout à coup.

— J'ai travaillé dur pour me payer ce téléphone, et l'école aussi du reste.

— Vraiment ? J'aimerais bien avoir ton job alors !

Non pas que mon boulot à Vintage Love me déplaise, c'est juste que la paye est minable.

Il secoue la tête, un petit sourire forcé aux lèvres, et monte le son sur l'autoradio. OK, c'est vrai qu'il ne me doit pas d'explication, ce n'est pas comme si je lui avais révélé toute l'histoire de ma vie.

— Qui est-ce qui chante ? lui demandé-je pour changer de conversation.

— Sérieusement ? T'as jamais entendu les Rolling Stones ? Mick Jagger, ça ne te dit rien ? C'est pourtant des dieux ! dit-il, l'air choqué par mon ignorance.

— Si, si, c'est juste cette chanson que je n'ai jamais entendue.

— Dans ce cas-là, c'est ton jour de chance !

Aurait-il raison ? Cette soirée serait-elle ma soirée ? À peine deux heures après que ma meilleure amie s'est attaquée au garçon sur lequel je me fais des films depuis plus d'un mois ?

Du côté plus, c'est vrai que j'ai gagné une paire de chaussures à faire damner un saint et une journée complète de soins. En bonus, je suis assise à côté d'un mec canon.

Du côté moins, on est en route pour la partie la plus glauque de la ville pour que j'y joue la racoleuse. Avec en prime le risque de me faire tabasser. Voire pire… Tout le monde sait que la vie de prostituée ne se passe pas exactement comme dans *Pretty Woman*, mais je ferai seulement semblant.

Tout bien pesé, ça me paraît donc plutôt jouable…

On se gare à quelques pâtés de maisons de la zone indiquée sur la carte fournie par ADDICT, et je me mets un peu de gloss sur les lèvres tout en réfléchissant à mon choix de costume. Quoique ni mes vêtements ni mes ballerines ne soient très aguicheurs ; je peux peut-être opter pour un look lolita. J'ajuste mon T-shirt pour laisser apercevoir mes bretelles de soutien-gorge, remonte ma jupe de quelques centimètres et me fais des couettes avec des élastiques trouvés au fond de mon sac. Dommage que je n'aie pas de sucette. Histoire de parfaire le cliché…

Avant de sortir de la voiture, nous décidons qu'il est plus sage de laisser mon sac à main dans la boîte à gants, ce qui me rappelle à nouveau combien ce quartier craint. En revanche, pas question d'aller au casse-pipe sans mon téléphone, je le garde sur moi.

Une fois dehors, Ian désigne mon badge de Jimmy Carter.

— Je pense qu'il vaudrait mieux l'enlever, ce serait pas forcément bien vu qu'une… euh… une professionnelle exhibe ses opinions politiques.

— La plupart des gens dans ce quartier ne savent même pas qui c'est, mais t'as raison, sur le fond, concédé-je en le retirant pour le fourrer dans ma poche.

Allez, le moment est venu de me glisser dans la peau du personnage. Syd m'a toujours rabâché que tout commence par la posture. Je m'efforce d'invoquer d'éventuels gènes de diva enfouis au plus profond de mon être, puis je prends la pose.

— Bonsoir Seattle, ici de la chair fraîche de première qualité !

Ian prend le temps de m'examiner d'un œil critique de la tête aux pieds avant de déclarer :

— Je te parie que tu te fais accoster en moins de dix minutes. Les pervers qui traînent dans le coin doivent raffoler des sublimes petites lycéennes brunes aux yeux bleus.

— Euh… merci ?

Quoique *sublime* et *lycéennes* aient tendance à s'annuler, le compliment semble sincère.

Je me frotte les cuisses des deux mains.

— Merde ! Je n'ai pas pris de maquillage sur moi...

Son regard perçant me fait courir un frisson tout le long du dos.

— Tu sais que les prostituées sont parmi les premières femmes à avoir utilisé du rouge à lèvres ? me fait-il remarquer.

— Pas étonnant, elles devaient se faire belles pour appâter le client.

— C'est l'une des raisons, bien sûr, mais ça voulait surtout dire qu'elles offraient un certain type de prestations du genre... buccales.

— Ah, soufflé-je. Alors d'abord, la recherche sur les abstinents, puis sur le tarif de la passe, et maintenant sur les prostituées antiques. J'en apprends beaucoup sur le sexe grâce à toi ce soir !

— On peut aussi aborder des sujets non sexuels si tu veux, dit-il en sortant son téléphone. Sais-tu par exemple que, dans certaines cultures, les gens considèrent qu'on leur vole une partie de leur âme lorsqu'on les prend en photo.

— Ah bon, je croyais que c'était une légende urbaine propagée par les gens qui ne sont pas photogéniques ?

— Ça se tient aussi, réplique-t-il dans un haussement d'épaules tout en pointant sur moi l'objectif de son appareil.

Les mains sur les hanches, je m'applique à faire une moue digne d'un top model le temps qu'il prenne sa photo. Je me demande combien de fois j'ai été prise ce soir.

Il se passe la main dans les cheveux.

— Va falloir y aller maintenant. Ça ne va pas être du gâteau de convaincre une de ces dames de m'offrir une petite gâterie pendant leurs heures de travail.

Avec son regard ténébreux et son sourire dévastateur, je parie qu'il a déjà dû recevoir pas mal d'avances.

— Tu vas être génial, ne t'en fais pas.

Nous marchons d'un pas vif, ce qui me convient parfaitement, d'une part à cause de la température un peu frisquette, mais aussi parce que ça me permet de calmer les papillons qui s'agitent dans mon ventre. Il me faut quand même trottiner pour m'adapter à sa foulée.

Sur le boulevard, Ian ralentit progressivement.

— Tu n'as qu'à marcher devant. Pendant ce temps-là, je vais filmer en direct pour ADDICT. Reste au maximum sous les lampadaires.

Voilà tout ce qu'on a pu trouver en matière de plan. Un clin d'œil et un petit geste de la main, et me voilà livrée à moi-même, tâchant de me déhancher avec une audace qui m'étonne, surtout dans ce vent cinglant qui me glace les fesses. Sur le trottoir s'agitent des membres de toutes les couches de la société : du groupe d'étudiants, une bière à la main, au couple qui marche bras dessus bras dessous, en passant par des types sales qui font la manche pour pouvoir s'acheter « à manger ».

Les jeunes lâchent d'énormes rots, puis éclatent de rire. Charmant. Lorsqu'ils arrivent à mon niveau, à moitié titubants, je croise les bras et détourne le regard. Mon expérience dans la vente m'a appris à distinguer les potentiels acheteurs de ceux qui ne font que « regarder » la marchandise.

— Hé poupée, tu prends combien ? m'interpelle l'un d'entre eux.

— Beaucoup trop cher pour toi, rétorqué-je du tac au tac en essayant d'imiter le bagout des filles publiques.

J'ai eu beau aider Syd à répéter une palette de rôles – de celui de Liesl dans *La Mélodie du bonheur* à celui d'une princesse ninja dans un hommage à *Tigre et Dragon* – elle n'a jamais joué de fille de joie, ce qui m'oblige donc à composer…

Je m'éloigne en dandinant dignement du postérieur, du moins autant que faire se peut, tandis que les étudiants charrient celui que j'ai rembarré. Heureusement, il ne se met pas à me suivre pour prouver sa virilité.

Je suis tellement focalisée sur les garçons que je ne remarque qu'au dernier moment que je suis sur le chemin de deux filles. L'une, la peau claire, porte des couleurs pétantes, tandis que l'autre, une métisse, donne plus dans le métallisé. Elles ont l'air d'avoir mon âge, seuls leurs yeux trahissent une certaine fatigue ; ils sont encore plus cernés que ceux de ma mère. Leur minuscule débardeur expose aux courants d'air glacé une importante surface de peau. J'en tremble pour elles.

— Qu'est-ce que tu viens foutre là ? m'agresse la fille en fluo, une dent en or scintillant sous le feu du lampadaire.

— Je me balade, c'est tout.

J'ajuste ma veste autour de mon buste, faisant disparaître ce qui devait passer pour un décolleté, mais qui relevait de toute façon davantage de l'imaginaire que de la réalité.

La métisse pointe sur moi un doigt d'autant plus menaçant qu'il se termine par un ongle peint, long de cinq bons centimètres.

— T'as intérêt à rien faire d'autre !

Les deux filles se rapprochent d'un pas encore. J'essaie de ne pas penser à ce qu'elles pourraient me faire avec leurs griffes acérées – en vain ! L'image du tigre qui éviscère sa proie m'apparaît malgré moi. Ce défi sent mauvais de A à Z. Encore pire que le précédent. Je me rassure toutefois en songeant que je ne suis pas totalement seule : Ian aussi a un challenge costaud à relever. C'est alors que me vient une idée.

Je me force à ne pas reculer, comme me l'ont enseigné les gardes forestiers du parc naturel de Yellowstone au cas où un ours rôderait autour du campement. Lorsqu'elles arrivent à portée de bras, je prends la parole :

— Il y a un musicien qui est censé traîner par ici après son concert, vous l'avez peut-être aperçu ? leur dis-je en m'efforçant de sourire pour faire amie-amie.

— Un musicien, tu dis ? me questionne la fille en fluo en se passant la langue sur les lèvres.

Je sautille sur place en jouant la groupie morte d'amour.

— Ouais, il s'appelle Ian, euh… Ian Jagger. Son père joue pour les Rolling Stones, un vieux groupe de rock, vous connaissez ? C'est genre tel père tel fils ! C'est méga cool, hein ? Enfin, Ian et son groupe ont fait un bœuf à Seattle ce soir, et j'ai lu sur sa fanpage qu'il était en recherche de compagnie ce soir et qu'il traînerait sans doute vers un bar qui s'appelle le Flash. C'est dans le coin, non ?

C'est le nom d'un établissement louche où les flics descendent régulièrement et dont j'ai entendu parler aux infos. Après cette longue tirade, j'avale une grande goulée d'air pour ne pas tomber dans les pommes.

— Pourquoi il viendrait dans un endroit pourri comme ça ? grimace la fille.

Je fais mine de scruter la rue dans l'espoir de le voir en mobilisant tous mes talents d'ingénue lorsque, étonnamment, je l'aperçois à une dizaine de mètres derrière nous.

— Oh, mon Dieu ! m'écrié-je en courant vers lui, suivie de près par les filles à en juger par le cliquètement de bracelets.

Parvenue à la hauteur de Ian, je lui attrape le bras.

— Ian Jagger ! J'adore trop vos chansons, vous êtes mon idole !

Même pas besoin de feindre l'essoufflement.

— Merci, chérie ! me dit-il en dissimulant sa surprise derrière un large sourire.

Les filles qui empestent le parfum et le tabac froid me poussent sur le côté, comment peuvent-elles attirer la clientèle en cocottant comme ça ?

— Hey, Ian, commence la métisse, moi c'est Tiffany. Alors, c'est vrai, t'es célèbre ?

Ian hausse légèrement les épaules en esquissant un sourire mi-modeste, mi-blasé. Il imite le rockeur à s'y méprendre.

L'autre fille se présente comme étant Ambrosia.

— Carrément qu'il est célèbre ! Je reconnais sa belle gueule des couvertures de magazines ! couine-t-elle.

Ça fonctionne encore mieux que je ne l'aurais pensé. J'espère que Ian se rend bien compte de l'énorme service que je suis en train de lui rendre… et qu'il me le revaudra !

Le sourire de Ian s'élargit, révélant habilement ses fossettes ravageuses.

— Je suis seulement de passage à Seattle. Vous sauriez pas par hasard où je pourrais prendre un peu de bon temps ce soir ?

— J'peux t'en donner moi, du bon temps, beau gosse, lui dit Tiffany.

Ian me tend alors son téléphone.

— Hé, princesse, tu veux pas prendre une petite photo de moi entouré de ces deux charmantes demoiselles ? Ma maison de disques aime bien avoir quelques clichés de mes virées en ville.

J'attrape le téléphone et cadre la scène.

— Je suis sûre que tu t'amuserais beaucoup plus avec moi, et en plus, je fais rien payer du tout, lancé-je innocemment.

Je vois les poings de Tiffany se crisper tandis qu'elle fait un pas vers moi.

— Qui a dit qu'on faisait payer quoi que ce soit, espèce de salope !

Bingo !

— Désolée, c'est juste que je croyais…

Les mains sur les hanches, Ambrosia me foudroie d'un regard noir.

— T'as pas à croire, sale morue, pigé ?

Ian vient s'interposer entre elles et moi.

— C'est bon, laissez tomber, les filles. Ça vous dit qu'on passe une petite soirée tranquille tous les trois, sans coup fourré ?

— Et tu posteras nos photos sur ta fanpage ?

Il me lance un petit sourire.

— Vous allez être les nouvelles stars du Web, vous verrez. C'est pour ça que j'ai passé mon appareil photo à Cuisses-de-Sauterelle.

Je les sens jubiler intérieurement alors qu'elles toisent mes soi-disant cuisses de sauterelle. Excitées comme des puces, elles l'assaillent de questions en se coupant la parole – où est son hôtel ? Pourront-elles commander au room service ?

C'est alors que je vois approcher un genre de géant slave coiffé d'un borsalino. Un borsalino ? Sans blague ?

Les mains profondément enfoncées dans les poches de son trench-coat (auquel il ne manque que le col léopard pour qu'il soit tout à fait conforme au cliché !), le colosse se plante à quelques pas de Ian.

— Am, Tiff, ce mec vous cherche des noises ?

Les deux filles manquent se marcher dessus en courant vers lui. Elles lui attrapent chacune un bras et lui murmurent quelque chose à l'oreille.

Il fronce les sourcils dès qu'elles ont terminé leur rapport.

— Jamais entendu parler de Ian Jagger !

Je continue à filmer discrètement en espérant qu'il ne remarque rien. Le type dévisage Ian d'un air soupçonneux, il écarte les deux filles et avance dans sa direction.

— J'ai dit que j'ai jamais entendu parler de toi.

— On est plutôt dans le style musique emo, répond Ian en haussant les épaules.

— Homo ? Tu joues de la musique homo ?

— *Emo*, pas homo, un genre de punk mais en plus torturé.

Le colosse, les mains toujours dans les poches, continue d'avancer sur Ian à pas mesurés.

— Ah ouais, comme ça, t'es un punk. Et t'as joué où ce soir ?

— Dans une petite salle qui vient d'ouvrir, je pense pas que tu connaisses…, improvise-t-il d'un ton où je décèle un brin de nervosité.

— Je répète ma question : où t'as joué, espèce de petit punk homo de mes deux ?

Le géant est maintenant à moins d'un mètre de Ian qui ravale sa salive. Je continue à filmer même si je pense que son défi est déjà amplement réussi ; j'ai l'impression de ne plus pouvoir m'arrêter. Pendant ce temps, Tiffany et Ambrosia sont collées l'une à l'autre derrière leur mac, échangeant des regards inquiets qui les font soudain paraître beaucoup plus jeunes.

— Alors, t'avais l'intention de t'en payer une tranche avec mes filles ? reprend l'armoire à glace une octave plus bas.

— On faisait que discuter. Elles sont toutes les deux super mignonnes.

Le mac sort alors de sa poche une main-battoir pour gratter sa barbe de trois jours.

— Un peu, qu'elles sont mignonnes. Et si tu cherches quelqu'un avec qui causer, ben, je suis là. On va aller faire un petit tour, toi et moi, histoire de parler d'homme à homme, OK ?

— Ce serait cool, ouais, mais là, va falloir que je file. Les autres membres du groupe doivent se demander ce que je fous.

— C'était pas une question, mec, lui murmure le mac d'un air mauvais.

Ian me jette un regard impuissant. Mes paumes sont tellement moites que je manque laisser glisser son téléphone. Bien que tentée de le ranger dans ma poche, au cas où le souteneur veuille me le prendre, je continue de filmer, poussée par une petite voix intérieure.

— Ne bouge pas, me dit Ian.

Le maquereau se retourne vers moi et m'observe avec un intérêt non dissimulé.

— Elle est avec toi ? Jolie nana, elle peut venir aussi, siffle le géant en donnant du coude à Ian.

Je ne sais pas trop si je dois leur emboîter le pas ou m'enfuir à toutes jambes. Il ne peut pas nous poursuivre tous les deux à la fois, mais il pourrait lancer Tiffany et Ambrosia à mes trousses. Je balaie du regard les alentours, en quête d'une bonne âme qui nous viendrait en aide au cas où ça tourne au vinaigre.

C'est à ce moment qu'apparaît au coin de la rue une grappe de jeunes ; l'un d'eux pointe le doigt dans notre direction et voilà qu'ils sortent leur téléphone : les Observateurs sont arrivés et ils nous filment tous simultanément.

En voyant cette foule rappliquer, le front du souteneur se ride en sillons interloqués.

— C'est quoi ce bordel ?

Ian adresse un geste de la main aux Observateurs.

— On dirait que mes fans se sont donné le mot. Faut que j'aille un peu parler avec eux, histoire de soigner mon image de marque, célébrité oblige…

Et avant que le colosse n'ait eu le temps d'esquisser un geste, Ian se retrouve au beau milieu du groupe. Je vais me réfugier dans la masse, moi aussi, reconnaissant plusieurs visages entraperçus au bowling. Étonnamment, aucun d'entre eux ne semble nous en vouloir de les avoir semés. Et cette fois, je suis plutôt heureuse d'avoir tous leurs objectifs braqués sur moi ! Ian et moi descendons la rue, au milieu de leurs rires et de leurs questions.

— Ne vous inquiétez pas, vous verrez tout dès qu'ADDICT diffusera les images, annonce Ian à la foule.

Il me reprend son téléphone des mains et rigole en filmant les Observateurs en train de nous filmer.

Le géant et ses filles nous dévisagent avec des yeux écarquillés. Tiffany semble folle de rage. Elle a les larmes aux yeux, comme si elle venait de passer à côté de la chance de sa vie.

Je dois avouer que je pleurerais bien aussi, mais des larmes de soulagement. La bonne humeur des Observateurs est communicative et m'enveloppe comme dans un cocon douillet. Bruyant certes, mais parmi eux, je ne suis plus toute seule, je me sens en sécurité.

7.

Je me rapproche de Ian en jouant un peu des coudes.

— Bon alors, ça y est ! Tu peux prendre ton bus pour aller dans le Kentucky ou au Kansas pour étrenner ton matériel de camping !

— Merci à toi de m'avoir mâché le travail ! Ce que tu as fait avec ces filles était vraiment génial, même si on était à deux doigts de se faire cogner. Encore une chance qu'il ne m'ait pas piqué mon téléphone, rigole-t-il tandis que des Observateurs lui tapent dans la main.

» La vidéo va tout déchirer, les gars, je vous le promets ! Et tout ça grâce à ma formidable partenaire, déclare-t-il au groupe. Maintenant ce serait sympa que vous repassiez en mode discret pour qu'elle puisse faire sa part du boulot. Sinon, l'émission va s'arrêter net pour nous.

Je note quelques expressions déçues, mais dans l'ensemble, ils restent corrects et aucun d'entre eux ne tente de nous suivre lorsque nous traversons le boulevard. Ian et moi changeons de pâté de maisons en espérant avoir quitté le territoire de Tiffany et d'Ambrosia.

Il ne me reste plus qu'à trouver mes propres clients désormais. Youpi…

Ian avise alors un club de strip-tease qui répond au doux nom de « Sexhibition de Strippeuses Sexy ». J'imagine que, malgré les milliers de sites porno sur Internet, certains préfèrent toujours voir la fille en chair et en os dans leur petite cabine dégoûtante… Je ne vais pas m'en plaindre, parce que la devanture aux néons criards a l'avantage d'éclairer le trottoir sur une bonne vingtaine de mètres.

Je sens les types dans la file me déshabiller du regard, mais aucun ne se décide à venir m'aborder malgré les encouragements que leur prodigue Ian de la main. Après une rapide concertation, nous tombons d'accord sur le fait qu'ils seront peut-être plus à l'aise en discutant d'homme à homme ou autre ânerie de ce style. J'avance donc le long du trottoir face à la circulation, une main sur la hanche et l'autre ballante, d'une manière résolument langoureuse. Malgré l'éclat aveuglant des phares, je m'évertue à mettre la bouche en cœur en bombant la poitrine pour chaque voiture qui passe. J'ai beau porter deux fois plus de vêtements que Tiffany et Ambrosia réunies, je n'ai jamais eu l'impression d'être si nue. Quelques ricanements et gloussements vite étouffés me parviennent de l'autre côté de la rue. Ces satanés Observateurs feraient mieux de se calmer, sinon je ne réussirai jamais à relever mon défi.

Arrivée au bout du pâté de maisons, je pivote sur les talons et reprends ma flânerie, en direction de Ian cette fois. Il est en grande discussion avec les types dans la file d'attente et me montre du doigt. J'ai un maquereau pour moi toute seule ! Les clients potentiels, dans leurs rêves tout du moins, lorgnent sur moi sans la moindre retenue tout en se léchant les babines ; malgré tout, ils secouent la tête. C'est quoi leur problème ? Peut-être qu'à distance j'ai l'air d'une junkie rachitique qui porte des manches longues pour dissimuler des traces de piqûres. Ou peut-être que mes ballerines et mes vêtements ne font pas assez professionnels. Il va falloir me montrer plus convaincante… Berk. Le cœur au bord des lèvres, je me dirige pas à pas vers le petit groupe. Les Observateurs ont la bonne idée de la mettre en veilleuse.

À mesure que je m'approche du club de peep-show, une vilaine odeur rance genre soupe aux choux m'enveloppe et me chatouille les narines. Après un long soupir intérieur, je prends conscience que ces relents émanent des clients et non de quelconques cuisines. Merci, Ian, d'avoir choisi les pervers les plus puants de la rue !

— Viens par ici, Roxie ! me fait signe Ian.

Roxie ? Ça existe, ça, comme prénom ?

— OK, euh… Stone !

Il m'attrape par le poignet comme si j'étais sa propriété.

— Ces messieurs ici présents veulent pas croire que tu leur en donneras pour leur argent.

— Ils ont peut-être pas totalement tort, répliqué-je en me mordillant la lèvre inférieure. C'est ma première sortie et j'avoue que je me sens un peu nerveuse.

Un gros bonhomme joufflu me dévisage d'un œil lubrique.

— T'as jamais fait le trottoir avant ? Ça explique ta tenue bizarre...

Bizarre, ma tenue ? Mon sursaut d'indignation laisse bientôt place à un vague sentiment de fierté. Après tout, ce serait tellement plus insultant de se fondre dans ce décor miteux !

— Je n'ai rien pu m'acheter de mieux, dis-je d'une voix tremblante. Les robes de soirée coûtent un bras !

Je baisse les yeux vers mes ballerines si peu appropriées au job. Dans le lointain, une sirène retentit.

Le grassouillet se gratte l'aisselle d'un air pensif.

— Je peux monter jusqu'à cinquante, mais c'est tout ce que j'ai, et c'est déjà plus que ce que demandent les filles du coin.

Je relève la tête et fais les yeux de biche à Ian.

— Je suis pas sûre de pouvoir faire ça, même si maman a vraiment besoin de cette opération. Je vais respirer un instant, d'accord ?

La fin de ma tirade est tout ce qu'il y a de plus véridique, je vais m'évanouir si jamais je dois respirer cette odeur de choux une seconde de plus.

— Vas-y, sœurette, me dit Ian en me tapotant affectueusement le haut du crâne, puis il se retourne vers les types pour poursuivre les négociations, comme tout bon frère aîné qui se respecte.

Je repars pour un aller-retour.

Je croise plusieurs couples, et à chaque fois, c'est le même scénario : les mecs me lâchent un petit sourire avant de détourner les yeux, tandis que leurs copines me fusillent du regard avec un grognement de mépris. Ne se rendent-elles pas compte qu'en réalité, je suis l'une d'entre elles ? C'est un peu fort, surtout que la dernière qui m'a fait les yeux revolver portait exactement le même T-shirt que moi !

Bon, il ne faut pas que je prenne ça personnellement. Mon rôle est aux antipodes de la fille que je suis dans la vie réelle. Je m'oblige donc à sourire au couple suivant, et suis choquée de découvrir qu'ils me renvoient mon sourire. Le type s'approche de moi et me passe un bras autour des épaules.

— Bas les pattes ! m'exclamé-je en essayant de me dégager.

Mais la fille a déjà dégainé son téléphone et nous prend en photo tandis que le mec me tire sur une couette en me murmurant à l'oreille :

— Continue Vee, tu déchires !

— Fous le camp, espèce d'ordure, dis-je en lui administrant une claque sonore sur la main.

Sur ces entrefaites Ian accourt et menace de casser la figure à l'importun, mais la fille et lui se contentent de ricaner avant de repartir dans l'autre sens en trottinant. Ian fait mine de vouloir les poursuivre, mais je l'arrête d'un geste.

— Laisse tomber, restons plutôt concentrés sur mon défi.

D'abord tiraillé, il finit par se rendre à mon argument.

— OK, mais n'hésite pas à crier si jamais des Observateurs viennent t'enquiquiner.

J'acquiesce avant de me glisser à nouveau dans la peau de mon personnage. Au bout de quelques minutes, une voiture ralentit à mon niveau puis s'arrête. Le

conducteur est un quadragénaire aux sourcils brous-
sailleux.

— Tu m'as l'air bien jeune pour te promener ici toute
seule. En plus, tu grelottes de froid, pauvre cocotte.

— Je suis majeure et vaccinée, merci. Pas contre le
froid, c'est tout, répliqué-je sèchement.

— Tu veux venir faire un petit tour avec moi ? J'ai
des sièges chauffants.

Je reste postée à côté de sa vitre baissée, attendant
qu'il poursuive. Pourvu que quelqu'un filme la scène.
Je sortirais bien ma propre caméra si je ne craignais de
faire fuir le type.

Il rythme la musique disco sortant de ses haut-parleurs
en tapotant sur son volant avant de reprendre :

— Alors, ça te dit de monter ?

— Euh… t'es plutôt mignon, mais…

Du coin de l'œil, j'aperçois Ian. Posté à l'arrière du
véhicule, il se tient les bras croisés afin de filmer ni vu
ni connu. Espérons que les passants le prennent simplement pour un souteneur qui veille au grain sur ses
intérêts.

Le gars dans la voiture n'a pas l'air de l'avoir remarqué. Il se frotte la joue.

— T'as besoin d'argent pour manger ? Je peux peut-
être t'aider un peu…

— Carrément, je suis totalement affamée, dis-je en
insistant bien sur le *affamée.*

— Et t'as quel genre d'appétit ? demande-t-il, l'œil
luisant.

— J'avalerais n'importe quoi, parviens-je à articuler
malgré le haut-le-cœur qui menace de me submerger.

— Petite fille, gros appétit ! s'esclaffe-t-il. Tu pourrais manger pour vingt dollars ?

Je le regarde avec des yeux gros comme des soucoupes.

— Houlà, non, à multiplier par cinq !

— T'es sacrément gourmande, ma petite, me dit-il, son sourire envolé.

— Non, je suis juste prête à travailler dur, rétorqué-je les mains sur les hanches.

Il arque un de ses sourcils chenillesques. Je n'ose pas imaginer quel film ce type est en train de se faire.

— T'es un superbe petit brin de fille, mais hors de question de monter si haut, c'est contre mes principes.

Ha ! Depuis quand un mec qui rôde à la recherche de prostituées, mineures qui plus est, se targue-t-il d'avoir des principes ?

— Eh bien tant pis, je vous souhaite quand même une bonne soirée, dis-je en m'éloignant.

L'homme enclenche une brusque marche arrière. Ian fait un bond de côté pour éviter de se faire écraser.

— Tu te prends pas pour de la merde, hein ! me crie le type.

— Non, réponds-je en sentant que les choses prennent une mauvaise tournure.

— Salope ! me lance-t-il avant de déguerpir dans un crissement de pneus. Il s'arrête quelque cinquante mètres plus loin, à hauteur d'une fille chaussée de cuissardes cloutées aux talons interminables.

J'en ai les jambes coupées. D'abord Tiffany et Ambrosia, et maintenant ce type répugnant ! Se faire traiter deux fois de « salope » dans la même soirée, j'explose mon record personnel ! Mes lèvres se mettent à trembler de manière incontrôlable.

Ian me rejoint et pose les mains sur mes épaules.

— Ne te laisse pas toucher par ces paroles. C'est juste un connard qui n'a pas obtenu ce qu'il voulait. On va le réussir ce défi, tu vas voir. Et pendant ce temps-là, on enchaîne les vidéos d'anthologie !

Une fois que j'ai repris contenance, il retourne se poster un peu plus loin.

Je ravale ma frustration en observant le manège entre la fille à bottes cloutées et le type aux gros sourcils moches. Et ça hoche la tête, et ça rigole... Avec toutes ces prostituées prêtes à se monnayer pour moins de cent dollars, comment vais-je réussir à décrocher un client ? Il est clair qu'ADDICT a volontairement mis la barre très haut. Je pouvais difficilement m'attendre à autre chose vu le super téléphone à la clé.

Au bout de deux minutes, la fille fait le tour de la voiture pour aller s'installer sur le siège du passager. Dès qu'elle disparaît du champ de vision du type, son regard devient totalement vide. À quoi pense-t-elle ? Au fait qu'elle ne fait que jouer un rôle, que ce n'est pas là sa vie réelle, tout comme j'essaie de m'en persuader ?

Je me sens tout d'un coup fatiguée et me prends à rêver de rentrer chez moi, de me faire couler un bain avant d'aller me blottir sous ma couette. Je jette un œil à mon portable. Aucun nouveau message. ADDICT doit toujours les bloquer. Ne se rendent-ils pas compte que j'ai cruellement besoin d'un soutien moral ?

Je suis sur le point de demander de la monnaie à Ian pour aller passer un coup de fil d'une cabine publique, histoire d'entendre une voix familière, à condition bien sûr d'en trouver une qui fonctionne et où le combiné ne soit pas couvert d'une substance innommable. J'entends à cet instant une nouvelle voiture ralentir. Une Mercedes se range à ma hauteur. La vitre se baisse sur un homme de trente ans, bien propre sur lui avec des favoris taillés au cordeau et des traits d'adolescent. Ce n'est pas ainsi que j'imaginais les clients des marcheuses. Après, tous les goûts sont dans la nature. Il s'accoude à sa fenêtre pour me parler, révélant au passage une montre massive qui doit coûter plus que ma voiture.

— Salut, me dit-il en me décochant un sourire aveuglant de blancheur.

Je m'avance tout en prenant soin de rester hors de sa portée.

— Salut toi-même !

— Tu n'es pas obligée d'être là, tu sais.

J'attends patiemment qu'il me propose de monter dans sa voiture pour profiter de ses sièges chauffants. Mais au lieu de ça, il reprend :

— Quels que soient les problèmes qui te poussent à considérer le trottoir comme ta seule option, sache qu'il y a toujours d'autres solutions. Surtout si tu acceptes qu'on te vienne en aide.

— Et tu comptes me venir en aide ?

— Non, répond-il avec un léger sourire, je pensais à quelqu'un de plus… puissant.

— Tu es en train de me proposer un plan à trois ?

Ça alors ! Si jamais ce mec-là est prêt à mettre cent dollars pour me faire participer à une partie fine, est-ce que ça valide mon défi ?

Une ombre de dégoût voile un instant son visage. Puis il affiche à nouveau un sourire.

— Je faisais référence à une puissance située au-delà des hommes. Ma femme et moi-même nous occupons d'une association qui secourt les jeunes filles dans ta situation.

Je me fais violence pour rester dans la peau de mon personnage.

— Des filles dans ma situation ? Tu sais rien de moi !

— Oh si ! Je sais que tu as besoin d'un endroit où tu puisses te sentir en sécurité. Si un bon repas chaud te tente et que tu es prête à discuter avec des jeunes filles qui en sont passées par là, je peux t'arracher à la rue sur-le-champ.

Je jette un coup d'œil à Ian qui filme discrètement la scène.

— C'est vraiment très gentil, mais non merci.

Le regard du conducteur va se poser sur Ian, il va même jusqu'à pencher la tête tandis que Ian se poste nonchalamment dans son angle mort.

— Jeune homme, est-ce entre vos mains que repose la destinée de cette demoiselle ?

— On est bons amis, répond-il dans un haussement d'épaules.

Le type lui tend la main.

— Ça fait plaisir à entendre. Je veux justement l'emmener dans un endroit sûr où l'on pourra s'occuper d'elle. En tant qu'ami, vous ne devez souhaiter que son bien.

— Hou hou, je suis là, dis-je en agitant la main. Vous êtes très sympathique, mais je me porte tout à fait bien. Mon ami et moi, on ne fait que traîner.

Il secoue la tête d'un air désabusé, sans qu'un seul de ses cheveux bouge.

— C'est triste à dire, mais de nos jours, la plupart des jeunes femmes sont abusées par ceux-là mêmes qui se prétendent leur ami...

Je lui indique d'un geste la zone où opèrent Tiffany et sa collègue.

— Si vous tenez vraiment à aider quelqu'un, vous feriez mieux d'aller voir Tiffany et Ambrosia, ces deux filles en ont largement plus besoin que moi. Faites tout de même gaffe, leur ami a l'air d'avoir le sang chaud.

Je m'éloigne de la voiture en prenant Ian par le bras. Le type nous suit un moment du regard avant de remettre le contact.

— Y a quand même des gens tarés, fulmine Ian.

— Je pense pas qu'il soit taré, et j'espère que je ne l'ai pas envoyé dans la gueule du loup...

Je me masse les tempes en me demandant si ce que je viens de faire est un geste noble ou complètement stupide.

Ian me prend par l'épaule.

— Tu ne dois pas te sentir responsable de quiconque ici, sauf de toi-même, et de moi aussi, si tu le veux bien, me dit-il, radouci.

Je ne peux pas m'empêcher d'avoir une pensée pour la fille en cuissardes. Dommage qu'elle soit partie avec monsieur Sourcils, elle n'aurait sans doute pas craché sur une lueur d'espoir. Je remercie encore le ciel que ce ne soit qu'un jeu pour moi, ce qui me tire aussitôt de ma rêverie.

— Bon allez, assez rêvassé !

— C'est ça, me dit-il en m'adressant un clin d'œil, tu réussis d'abord ton défi, et seulement après on songera à sauver le monde.

Il s'éloigne, et je me retrouve à nouveau seule. Je scrute le trottoir d'en face, espérant repérer Tommy parmi les petits groupes d'Observateurs. Je sais pertinemment qu'il a dit qu'il ne s'inscrirait que pour regarder sur Internet. Je me demande s'il veille toujours sur moi à distance, ou si, dégoûté, il est rentré chez lui.

J'arpente la rue dans un sens puis dans l'autre pendant que Ian essaie sans succès de me rabattre des clients. Quelques véhicules s'arrêtent à mon niveau, mais le scénario se répète inlassablement : mon tarif est trop élevé… Lorsque la quatrième voiture en dix minutes repart sans que j'aie obtenu gain de cause, je suis prise d'un intense sentiment de rejet. Pourtant, ce sont eux les pauvres types, ceux qui doivent payer pour coucher.

Un round de négociations infructueuses plus tard, une Ford Taurus ralentit près de moi. Je soupire intérieurement et me prépare à débiter mes quelques répliques.

Cette fois, c'est un visage plutôt poupin qui apparaît à la fenêtre.

— Tu es seule ?

— En ce moment, oui, réponds-je en me mordant la lèvre.

— Moi aussi. C'est un peu dommage de rester seuls, tu crois pas ?

J'acquiesce de la tête, navrée par la platitude du dialogue.

— Et qu'est-ce qu'il faudrait pour qu'on passe du statut « seuls » à quelque chose de plus chaleureux ?

— Cent dollars, annoncé-je sans me démonter.

Le client lève les sourcils d'un air amusé.

— Ben dis donc, et qu'est-ce que je peux espérer contre une somme aussi importante ?

Voilà qui est plutôt encourageant, il ne m'a pas encore traitée de salope.

Je porte un doigt au coin de mes lèvres.

— Ça dépend de tes envies...

Il émet un petit rire sourd tout en m'observant de pied en cap.

— Eh bien, admettons que j'aie envie de beaucoup de choses...

Je cherche discrètement Ian du regard. Il est juste derrière, la caméra à la main. J'attends qu'il se soit positionné au mieux et redemande au type en lui faisant les yeux doux :

— Alors, marché conclu ? La totale pour cent dollars ?

— La totale, tu dis ? répète-t-il en se passant la langue sur des lèvres déjà humides.

— Ouais ouais.

Lorsqu'il glisse une main velue par la fenêtre pour me caresser la cuisse, je suis à deux doigts de vomir tripes et boyaux.

— Marché conclu, alors. En voiture, poupée ! dit-il en déverrouillant la portière avant.

Il se penche sur le siège pour en retirer des emballages, et dans son mouvement, je vois quelque chose prendre la lumière dans sa poche de chemise. Oh oh ! Un insigne de flic !

— Excusez-moi, monsieur, c'était juste une mauvaise blague. Je suis désolée que ça ait pu prêter à confusion !

Je bondis vers Ian.

— Fonce !

Une portière claque derrière nous.

— Arrêtez-vous ! Plus un geste !

Sur le trottoir d'en face, la foule s'est désormais densifiée et ils donnent de la voix. Ian et moi sprintons dans leur direction tout en zigzaguant entre les voitures. En passant, j'aperçois les étudiants littéralement pliés de rire, tandis que les Observateurs brandissent tous leur téléphone. Mais cette fois, personne ne bouge le petit doigt pour venir s'interposer. Nous poursuivons notre course folle direction plein sud. J'imagine mal nos fans nous emboîter le pas alors que nous sommes poursuivis par un policier armé.

Ian et moi prenons un tournant à toute vitesse, et mes pieds me font atrocement mal. Les ballerines sont loin d'être idéales pour la course.

— Je vais pas pouvoir tenir à cette allure jusqu'à la voiture, lui dis-je dans un souffle.

Ian avise heureusement un recoin plongé dans la pénombre quelques portes plus bas et m'y tire à la hâte. D'instinct, je retiens mon souffle pour éviter de respirer les odeurs nauséabondes de ce qui est manifestement le repaire d'un clochard. Pourtant, malgré de légers effluves de renfermé, ça sent moins mauvais que ce que je craignais. Nous nous faisons aussi petits que possible, Ian le dos contre le mur et moi dans ses bras. Une vingtaine de secondes plus tard, nous entendons débouler le policier haletant et marmonnant quelques insultes entre ses dents. Derrière lui, deux jeunes en sweat à capuche le filment tout en gloussant. Correction : apparemment certains Observateurs sont assez stupides pour suivre un flic armé...

Je sens le cœur de Ian qui tambourine contre ma joue tandis que nous restons immobiles comme des statues.

— Venez ici ! crie le policier en direction des deux jeunes.

À en croire les bruits de pas, il semblerait qu'ils obtempèrent ; leurs rires cessent. Il leur demande de lui remettre leur téléphone, sans doute dans l'espoir d'effacer ce qu'ils viennent de filmer avant que ça n'arrive sur la Toile. Pas de bol pour lui, je suis sûr qu'ADDICT a déjà tout enregistré.

Lorsque les deux ados dépassent le recoin où nous sommes planqués, l'un écarquille les yeux en nous apercevant, mais au lieu de nous dénoncer pour sauver sa peau, il baisse la tête. Le policier balaie également la rue du regard. Par chance, il passe son chemin sans nous voir. Je n'ose reprendre ma respiration qu'une fois éteints les bruits de pas. Ce n'est qu'à ce moment que le parfum de Ian m'assaille : il sent comme les montagnes en automne après la pluie. Hmm... Allez, encore une petite inspiration !

— Je crois que c'est bon, contrat rempli cette fois ! me chuchote-t-il à l'oreille.

— Incroyable, murmuré-je en levant la tête vers lui, même si dans la pénombre, je ne peux pas distinguer ses traits.

Il trace du bout de l'index le contour de mon visage.

— Ian Jagger, hein ?

— Tu ne voudrais pas devenir une rock star ?

— La seule rock star, c'était toi…, me dit-il en me serrant encore plus fort dans ses bras.

Va-t-il m'embrasser ? Ce garçon que je connais à peine ? C'est vrai que nous avons bravé ensemble de réels dangers, ce qui crée forcément des liens. Sans oublier qu'il a couvert mes arrières à chaque fois. Ce qui crée des liens encore plus forts. Peut-être a-t-il agi de la sorte parce que nous étions filmés, mais le frisson qui me parcourt l'échine n'a rien de factice, lui.

Son index vient se poser sur mes lèvres dont il suit délicatement le dessin. Nous restons ainsi lovés dans les bras l'un de l'autre, nos cœurs battant à l'unisson.

Soudain, une lumière s'allume dans le hall derrière nous. Par réflexe, je m'arrache à l'étreinte de Ian. Je vois à travers l'épaisse porte de verre un sofa miteux et une rangée de boîtes à lettres. Un vieil homme est en train de descendre les escaliers, la main posée sur une rambarde en fer forgé.

— Fin de la récréation, annoncé-je à regret.

Nous descendons sur la pointe des pieds les quelques marches du perron en nous assurant que le policier a bel et bien disparu. Puis, main dans la main, nous regagnons la voiture de Ian. Ce n'est qu'une fois à l'intérieur que nous osons enfin parler de mon défi.

— Tu crois que ça va être validé ?

— Ils peuvent pas faire autrement, flic ou pas, il t'a proposé cent dollars !

J'espère qu'il a raison. En tout cas, nous avons tous les deux le sourire jusqu'aux oreilles en attendant le verdict d'ADDICT. J'ai du mal à croire qu'à peine quelques heures plus tôt, j'étais en train de bouder en coulisses pendant que ma meilleure amie me poignardait dans le dos. En l'espace d'une soirée, j'ai gagné des super cadeaux, goûté à d'incroyables montées d'adrénaline, et peut-être empoché du cash. Sans oublier la cerise sur le gâteau : je suis assise à côté d'un mec hyper craquant qui me dévore des yeux !

J'adore ce jeu.

8.

Ian met le moteur en marche puis le chauffage. Dehors, il a commencé à pleuvoir. Les filles qui font le trottoir ont-elles droit à un parapluie ou sont-elles même privées de ce maigre luxe ? Peut-être que la pluie les aide à se débarrasser de la puanteur de leurs clients qui leur colle à la peau. Je repose ma joue contre le siège, heureuse de ne plus avoir à courir, de ne plus grelotter, et surtout de ne plus avoir à négocier sordidement avec de vieux cochons en rut.

Ian adopte la même position que moi, si bien que nous nous retrouvons face à face, à vingt centimètres à peine l'un de l'autre.

— Alors, jusqu'où es-tu prête à poursuivre l'aventure ?

Fait-il allusion au jeu ou à autre chose ? Certes, la soirée n'a pas manqué de piquant jusque-là, mais je ne suis pas sûre de vouloir me soumettre à de nouvelles épreuves tordues concoctées par les têtes pensantes d'ADDICT – sans doute un paquet de gros lards s'empiffrant de cheeseburgers à longueur de journée.

Sans réfléchir, je lâche :

— J'ai la permission de minuit ce soir...

D'un geste délicat, il replace une mèche folle derrière mon oreille.

— Ça nous laisse donc cinquante minutes pour prendre du bon temps.

À ces mots, je fonds de l'intérieur : cinquante délicieuses minutes ! Mais attends, serait-il en train de parler du jeu ?

— Ça sonne plutôt bien comme proposition, dis-je de manière évasive en espérant qu'il développe un peu son concept de bon temps.

Ses yeux toujours dans les miens, il retire son blouson et se rapproche de moi. Son corps dégage une douce chaleur qui m'attire irrésistiblement. Je passe la main sur son épaule, surprise par la fermeté de son corps et par l'aisance avec laquelle je l'ai touché. Il se peut bien que le jeu ait déjà modifié mon gène de l'audace. Le crépitement de la pluie sur la carrosserie me procure une infinie sensation de sécurité, comme si j'étais dans un cocon. C'est agréable d'être à l'abri dans cette bulle avec Ian. Vraiment très agréable.

Ce délicieux moment est hélas interrompu par nos portables qui sonnent à l'unisson, un beuglement de trompettes cette fois. Je sursaute et manque me cogner la tête au plafond. Si j'avais su que je regretterais presque cette horripilante voix de gamin qui me tenait lieu de sonnerie précédente ! J'ouvre mon téléphone, davantage pour mettre fin à ce tintamarre que pour lire le message d'ADDICT. Celui-ci est bourré de points d'exclamation.

— Putain de merde ! s'exclame alors Ian tandis que je digère mon propre message.

Il m'ôte les mots de la bouche : non seulement le téléphone dernier cri est à moi, mais en plus, sept mille nouveaux Observateurs se sont connectés pour regarder notre défi. Résultat : à nous la prime de presque mille quatre cents dollars ! Je suis à deux doigts de tourner de l'œil.

En plus des gains, ADDICT a laissé passer mes messages : j'en ai reçu une douzaine de Liv et d'Eulie, lesquels commencent sur le ton de la condoléance (MATTHEW SAIT PAS CE QU'IL RATE !), avant de se teinter de stupéfaction (C'EST VRAIMENT TOI ?) puis de finir en félicitations (OMG !!! T'ES LA MEILLEURE !!!).

Je meurs d'envie de les retrouver pour pouvoir leur raconter ma soirée sous toutes ses coutures, comme je le faisais d'habitude avec Sydney.

D'ailleurs, je m'étonne de n'avoir reçu aucun texto d'elle ni de Tommy, ne serait-ce que pour m'engueuler.

Je sélectionne le numéro de Tommy dans mes contacts et tente de l'appeler pour voir si ça marche. Il décroche instantanément et n'a vraiment pas l'air content :

— Tu vas bien ? Pourquoi tu ne m'as pas rappelé plus tôt ?

Et merde, j'aurais mieux fait de lui envoyer un SMS.

— ADDICT a bloqué mon téléphone pendant l'épreuve. Tu es la première personne que j'appelle. Tu devineras jamais combien d'argent j'ai gagné !

Il pousse un long soupir.

— J'espère que t'es au moins millionnaire après ce qu'ils t'ont fait faire. Franchement, est-ce que tu sais combien de gens meurent par balles dans ce quartier chaque année ? Et en plus, si tu t'étais fait arrêter, bye-bye le casier judiciaire vierge !

Dehors, la pluie tombe de plus belle et un grondement de tonnerre résonne au loin. La hanche sur laquelle je suis tombée au sortir du bowling recommence soudain à me faire souffrir.

— J'ai rien fait d'illégal, c'était ni plus ni moins qu'un rôle tout du long…

— T'as fait du racolage sur la voie publique, t'as négocié le prix d'une passe et tu t'es soustraite à l'interpellation d'un policier dans l'exercice de ses fonctions ! Va-t'en leur prouver que ce n'était qu'une blague !

— Mes compliments, monsieur vient de brillamment réussir son examen de droit pénal, rigolé-je.

En mon for intérieur, une petite voix me dit qu'il a pourtant raison.

— Bon, maintenant que t'as gagné plein de trucs et que tu t'es bien défoulée, j'espère que tu te retires du jeu, hein ?

Un éclair zèbre le ciel de Seattle, laissant le paysage urbain figé en négatif sur ma rétine.

— Oui, il commence à se faire tard de toute façon.

— Tant mieux, ça me rassure. Mieux vaut que tu rentres chez toi avant que les choses ne dégénèrent davantage. J'ai pas très confiance en ce Ian.

Ledit Ian est en train de m'effleurer les doigts comme s'il jouait de la harpe sur ma main. J'en frémis de délice. Ses caresses valent toutes les séances de digipuncture du monde, et bientôt, je ne sens presque plus ma douleur à la hanche.

Ah oui, au fait, je suis toujours en conversation !

— Ian a été génial. On se voit demain, je t'aiderai à démonter les décors, OK ? Merci encore d'avoir été mon associé pour les défis préliminaires. À charge de revanche ! Salut, Tommy, t'es le meilleur !

Je raccroche aussi sec pour l'empêcher de poursuivre son sermon.

— Je croyais que c'était moi le meilleur, me dit Ian en fronçant les sourcils. Tu commences déjà à me faire des infidélités ?

Sa mine sombre s'éclaire aussitôt d'un sourire. Mmm, il se sent donc suffisamment lié à moi pour utiliser des mots comme « infidélité » ? Et voilà qu'il se mord la lèvre inférieure, je suis très tentée de la lui mordre aussi. En tout cas, s'il joue la comédie, il est très doué. Mais pourquoi chercherait-il à me piéger ? Après tout, on est dans le même camp.

Mon téléphone sonne à nouveau, cette fois je reconnais le générique rock d'une série policière que j'aime regarder. Les Rolling Stones semblent vouloir me poursuivre ce soir. Étrange que le portable de Ian demeure silencieux.

Mon visage s'allonge de trois pieds en lisant le nouveau message.

— Qu'est-ce qu'il se passe ? me demande-t-il immédiatement.

— C'est un défi... euh... radicalement différent, réponds-je en tentant de digérer l'information.

— Différent comment ?

La température dans la voiture a brusquement chuté de dix degrés. Révéler à Ian le contenu du texto signifie

157

lui parler de ma vie personnelle. Comme par exemple du fait que je suis un peu le faire-valoir de Sydney et autres détails douloureux dans ce goût-là. Une fois qu'il va me voir telle que je suis, le conte de fées prendra fin.

— C'est en rapport avec ma vraie vie cette fois, dis-je, la voix étranglée.

Les doigts de Ian remontent doucement le long de mon bras, délicieux arpège.

— Par opposition avec ta fausse vie, celle que tu vis maintenant dans cette voiture ?

— Non, pas fausse, plutôt irréelle, tu vois ?

— Les défis ne sont qu'un jeu, me lâche-t-il l'air grave, mais tout ce qui se passe entre, ce n'est pas du jeu. Pour moi en tout cas.

— Pour moi non plus. C'est juste que là, ADDICT veut que j'aille emmerder des gens que je connais. Et qui plus est, il n'est pas question de toi dans le message.

Il hausse les épaules.

— Je suis sûr qu'ils sont en train de me préparer un défi aux petits oignons. Qu'est-ce qu'ils veulent que tu fasses ?

Je contemple la pluie qui martèle le pare-brise.

— Que je me rende à l'auditorium où l'atelier théâtre dont je fais partie a donné sa dernière représentation ce soir. Je me suis occupée des costumes et du maquillage. Enfin bref, il faut que j'aille à la fête de clôture, que je confronte une amie à propos de quelque chose et en plus que je critique sa prestation de la soirée...

Cette dernière clause me paraît stupide et même cruelle. Mais je me demande surtout comment ADDICT a pu savoir que j'étais remontée à bloc contre Sydney. Qui le leur a dit ? Liv et Eulie ? Croyaient-elles vraiment me rendre service ?

Il glisse sa main jusqu'à mon poignet, dont il s'empare.

— Dit comme ça, ça a l'air moins atroce que ce que tu as déjà dû affronter ce soir. Les deux prostituées auraient bien pu t'arracher les yeux. Ton amie n'irait pas jusque-là, si ?

Je m'accorde quelques secondes avant de répondre.

— Non. Elle préfère largement le drame à la violence... Mais ce défi a l'air carrément plus dur. Il y a une différence entre se comporter odieusement devant des étrangers et se lâcher sur mes amis.

— Je comprends, dit Ian en serrant ma main dans la sienne.

Vraiment ? Difficile d'imaginer un garçon comme lui se laisser déstabiliser par ses amis. J'avais certes détecté un peu de nervosité chez lui lorsque le mac lui avait proposé de faire un tour, mais qui n'aurait pas été effrayé ?

— Et la confrontation avec ta copine consiste en quoi au juste ?

— C'est à propos d'un mec, soupiré-je, mais c'est une vieille histoire.

Curieusement, je constate que mes sentiments pour Matthew se sont quasiment volatilisés.

— Et y a-t-il un espoir pour que vous finissiez par vous crêper le chignon ? demande-t-il avec un sourire en coin. Dis oui, s'il te plaît, je te paierai moi-même s'il le faut.

Je lui décoche un coup de poing sur l'épaule.

— Ne prends pas tes rêves pour des réalités ! Le mec en question ne vaut vraiment pas le coup qu'on se batte. Je te répète que c'est de l'histoire ancienne.

Il n'y a pas à dire : pour se chasser un beau gosse de l'esprit, rien de mieux qu'un autre beau gosse.

— Ancienne comment, ton histoire ?

— Trois heures environ, dis-je après avoir consulté l'heure sur mon téléphone.

Nous éclatons de rire en chœur, avant d'être interrompus par le vibreur de son portable. Il lit le message, l'air intrigué.

— Mon défi est en deux parties mais ils ne m'ont communiqué que la première. En gros, je vais devoir te soutenir dans le tien.

— Qu'est-ce que tu dois faire exactement ?

— Draguer la fille la plus craquante sur place.

J'ai l'impression qu'un étau m'enserre le cœur. Une autre victoire en prévision pour Sydney... ADDICT a visé en plein dans le mille ! Comment ont-ils deviné que ce serait le meilleur moyen de foutre ma soirée en l'air ? Demander des comptes à Syd pendant que Ian flirte avec elle, voilà qui ressemble à un supplice infernal taillé sur mesure ! Je commence par faire la grimace, mais très vite je me ravise. Après tout, cet enfer n'existe que si je décide de continuer le jeu.

— Peu importe le défi de toute façon, dis-je, je me retire de la course.

Il se redresse soudain.

— Pourquoi ? C'est sans danger : non seulement tu seras entourée de tes amis, mais en plus je serai près de toi tout du long !

— Tu parles, tu seras trop occupé à draguer la plus jolie fille de la soirée, et je peux te garantir qu'elle n'en perdra pas la moindre miette.

Ian me prend le visage au creux de ses mains.

— La plus belle fille de la soirée, ce sera sans conteste toi.

Je me surprends à étudier de près ses succulentes lèvres.

— On voit que tu n'as jamais rencontré ma meilleure amie, futur diva, j'ai nommé Sydney, star de la pièce et de tous les autres événements organisés par le lycée...

Ça y est, c'est dit, il va commencer à entrevoir la vérité. Cet aveu est la première fissure dans le décor de rêve où nous avons évolué jusqu'à maintenant, un décor encore plus éphémère que ceux qu'a construits Tommy pour la pièce.

Son regard s'embrase.

— Je t'ai rencontrée toi. Et je te promets que tu es largement plus séduisante que n'importe quelle star. Flirter avec toi, ce sera le défi le plus facile que j'aie eu à relever jusqu'à présent.

— Ha ! Eh bien, vu sous cet angle, je me laisserais presque tenter.

— Et je dois avouer que tu t'y connais en termes de tentation.

Il retire un premier élastique de mes cheveux, puis le second, tout en penchant lentement son visage vers moi. Lorsque ses lèvres se posent sur les miennes, ma peau est parcourue d'une salve de petites décharges électriques. Pour une fois, les apparences n'ont pas été trompeuses, et sa bouche s'avère aussi pulpeuse et délicieuse qu'elle le promettait. Je pourrais me noyer dans ce baiser. Et c'est ce que je fais. Toute notion de temps s'évapore dans ses bras. Son baiser a un goût de fruits rouges, de ceux qu'on mange compulsivement. Certaines parties de mon corps jusqu'alors silencieuses se réveillent soudain et hurlent leur manque et leur désir. Quand finalement nous nous détachons, j'ai toutes les peines du monde à reprendre mon souffle.

Lorsqu'il reprend la parole, sa voix est rauque et légèrement voilée.

— Allez, Vee. Ce défi, c'est avant tout ton défi. Je ferai le maximum pour te faire briller devant tes amis, et je te promets que la diva sera jetée aux oubliettes en un éclair.

Comme si Sydney était si facilement relégable au second plan. Cette fille a toujours su se démarquer, et ce, dès le premier jour de maternelle quand elle est arrivée coiffée d'une tiare ornée de plumes de paon. Tous les enfants voulaient jouer avec elle, mais c'est moi qu'elle avait choisie pour confidente, moi la petite fille réservée qui coordonnait alors ses tenues aux couleurs de ses stylos et de sa gomme. Je portais beaucoup de rose et de jaune à l'époque.

Toutes ces années durant, Syd a su me donner l'impression que j'étais spéciale. Après tout, ne m'a-t-elle pas choisie comme amie ? Ne me demande-t-elle pas mon avis à tout bout de champ ? Enfin, ce n'est pas comme si elle en faisait grand cas… Syd a toujours prétendu savoir juger les gens et, dès le premier jour, elle était convaincue que nous serions amies pour la vie. C'est avec une infinie gratitude que j'avais accueilli cette amitié, faisant la sourde oreille aux mauvaises langues qui me faisaient passer pour son faire-valoir. Malgré son côté autoritaire et son caractère à fleur de peau, elle avait toujours été loyale envers moi. Jusqu'à ce soir. Comment a-t-elle pu me faire ça ?

Je me perds un instant dans la contemplation des pommettes de Ian. Il répond en me caressant la tempe d'un doigt, un geste qui fait naître de douces palpitations au plus profond de mon être. Qui aurait dit qu'un toucher si léger puisse être si bon ? Quel plaisir ce serait de débarquer au théâtre au bras d'un mec canon manifestement amoureux de moi ! Pour une fois que j'ai tiré le gros lot, difficile de résister à l'envie de parader en sa compagnie…

Un calcul rapide m'informe qu'en vingt minutes nous pouvons être à l'auditorium et en ressortir grosso modo une dizaine de minutes après, ce qui me permettra en théorie de rentrer juste à temps à la maison. Si jamais j'ai quelques minutes de retard, je peux toujours croiser les doigts pour que papa et maman se soient assoupis devant la télé.

Ian me décoche un sourire.

— Si j'effectue la première partie de mon défi, j'aurai le droit à une carte cadeau chez C-Com-Café. Je suis sûr que tu ne manquerais ça pour rien au monde.

— Les serveurs t'y accueilleraient à bras ouverts, le taquiné-je.

— *Nous* accueilleraient. Pour notre premier rencard officiel.

Un vrai rendez-vous. Comme j'aime ce mot ! C'est alors que je m'aperçois que j'ai complètement zappé de cliquer sur le lien dévoilant mes gains potentiels, distraite que j'étais par Sydney. J'ouvre mon téléphone avec une certaine anxiété et répare mon oubli.

J'en reste bouche bée !

— Wa-ouh ! Si je mène mon défi à bien, je recevrai un chèque cadeau de trois mille dollars dans mon magasin de fringues favori !

De quoi renouveler totalement ma garde-robe, toujours des vêtements de deuxième main certes, mais en beaucoup plus flashy, ou non, pas flashy, mais disons qui passent moins inaperçus. Et pourquoi pas après tout, je suis quand même la fille qui a réussi deux défis en direct, mes camarades me verront d'un œil neuf lundi au lycée.

Ian se rapproche de moi pour me souffler :

— Il n'y a que des avantages, bébé…

Mon Dieu, j'ai envie de relever ce défi rien que pour l'entendre à nouveau m'appeler « bébé » !

— Je n'ai jamais tenu tête à Sydney avant, pas comme ça en tout cas…

Je me tords nerveusement les doigts, ne sachant guère comment continuer.

— Les rares fois où on s'est disputées, c'était pour des broutilles. Et en général, elle part en mode téléréalité avec déluge de larmes et trépignements. Dans ces cas-là, je me renferme comme une huître. Et après, on se réconcilie… sauf qu'on s'est jamais brouillées à cause d'un garçon.

Inutile d'ajouter que cela ne servirait à rien puisqu'elle finit toujours par mettre le grappin sur sa cible, sans tenir compte du qu'en-dira-t-on.

— D'après ce que tu me dis, c'est une petite fille gâtée. Et le mec à propos duquel vous vous battez m'a l'air plutôt demeuré.

Je ne peux m'empêcher de rire. Matthew sera-t-il jaloux si je débarque au bras de Ian ? Ça lui apprendra à m'avoir menée en bateau ces dernières semaines ! Il mérite une bonne leçon – Sydney comprendra ma rancœur. Et elle m'en respectera davantage. Je ne peux tout de même pas laisser passer le fait qu'elle se tape un mec sur lequel j'avais des vues, même si la confronter en public n'est pas le moyen le plus subtil. En tant qu'actrice, Sydney aurait beau jeu de me le reprocher ! Ce soir marquera peut-être un tournant crucial dans l'histoire de notre amitié, un tournant qui ouvrira la voie à une relation un tantinet plus égalitaire.

Déterminée à ce que justice soit faite, je réponds :

— OK, allons-y !

Il fait rugir le moteur.

— Vee, Vee, Vee, chantonne-t-il en étrécissant les yeux, est vraiment si…

— Vraiment si quoi ?

— Vraiment si vraie. C'est ce que tu es, me répond-il, ses yeux forant au plus profond de mon être. Vraiment et véridiquement vraie.

Mmm, ces *V* ! Et ces lèvres !

Au feu, il me tire vers lui pour une piqûre de rappel d'ô combien vraiment vrai il est aussi. Le véhicule derrière nous donne du klaxon quand on repasse au vert.

Nous arrivons à l'auditorium en un temps record. Sur le parking sont toujours garées une vingtaine de voitures, toutefois, celle de Tommy ne s'y trouve pas. Il a dû se faire un sang d'encre en regardant de chez lui mes exploits en direct. J'espère que, s'il est toujours connecté, il comprendra mon geste. Comment étais-je censée savoir qu'ADDICT m'imposerait un défi de ce genre ? En y réfléchissant un peu, je me demande du reste quel intérêt le public va éprouver à regarder cette nouvelle épreuve. Ce n'est pas comme si des Observateurs pouvaient facilement s'incruster à la soirée. Bien que Mme Santana ne soit pas la plus zélée des chaperonnes, elle n'hésiterait pas à les mettre à la porte en moins de deux. Il est possible qu'ADDICT ait scénarisé le conte de fées en expliquant combien j'aime Matthew tout en étant amoureuse de Ian. L'audimat réagit toujours très favorablement aux triangles amoureux. À mon avis, c'est un peu faible comme scénario, puisque c'est Ian qui se chargera de filmer la scène, mais bon, si ADDICT a envie de gaspiller ses sous de cette manière, c'est leur problème...

Quoi que... maintenant que nous y sommes, je commence à appréhender la rencontre entre Ian et Sydney. Jamais un garçon ne m'a préférée à elle... Et s'il tombait lui aussi sous son charme ?

Il coupe le moteur.

— La pluie s'est un peu calmée, profitons-en pour aller nous réfugier à l'intérieur avant que ça ne reprenne !

Je n'ai plus le temps de peser le pour et le contre. Plus j'y réfléchirai et plus je risquerai de me dégonfler. Et j'en ai marre de passer pour une mauviette. Je me mords la lèvre inférieure afin de lui donner de la couleur et de la substance, l'astuce de maquillage des filles pauvres, et prends ma veste. Nous sortons de la voiture puis, main dans la main, courons sous la pluie vers l'entrée principale.

— À l'abordage, ma belle ! me lance-t-il avec un sourire réconfortant.

Je m'efforce de lui répondre par un sourire crispé, prends une profonde inspiration, puis entre dans le bâtiment.

9.

Une fois à l'intérieur de l'auditorium, nous nous essuyons le visage avant de rejoindre la fête dont les échos de dance music entremêlée de rires nous parviennent déjà. En pénétrant dans la salle principale, j'aperçois aussitôt Sydney, toujours engoncée dans son corset si serré qu'il étoufferait n'importe quel autre mortel. Elle papillonne autour de la scène, suivie de près par tous les acteurs mâles de la troupe, qu'ils soient homos ou hétéros. Et voilà qu'ils s'engouffrent sur ses pas derrière un rideau de gaze conçu par Tommy et peint par mes soins. L'éclairage durant la pièce permettait aux spectateurs de découvrir tour à tour une prairie arctique ou la toile de fond dépouillée d'une salle d'interrogatoire. En ce moment, les lumières révèlent une prairie avec Sydney en maîtresse libellule parée de couleurs chatoyantes.

Je m'emmitoufle dans ma veste comme dans un cocon et observe Ian qui inspecte les lieux et leurs occupants. Son regard ne serait-il pas en train de s'appesantir sur Sydney ?

Lorsque celle-ci finit par m'apercevoir, elle saute au bas de la scène.

— Veeeee ! On a tous passé notre soirée à t'encourager !

Ses talons de dix centimètres de haut ne l'empêchent pas de trottiner le long de l'allée centrale pour venir me serrer si fort dans ses bras que les baleines en bambou de son corset s'impriment dans mes côtes.

Hein ? Elle qui m'en voulait hier soir de m'être inscrite à ADDICT, elle devrait être furieuse ! Ou peut-être cette manifestation de soutien n'est-elle destinée qu'à son public ? Après qu'elle m'a publiquement trahi avec Matthew, j'ai du mal à croire en sa sincérité.

Elle se détache finalement de moi, les yeux rivés sur Ian. Il me prend par les épaules et lui tend sa main libre tout en se présentant.

Elle rigole et lui agite sous le nez son téléphone.

— Bien sûr que je sais qui tu es, on est tous au courant ! Vous avez vu les épreuves en direct de Chicago ? Il y a un type qui vient juste de nager dans des entrailles de poisson !

Elle adresse un signe à Jake, un garçon presque aussi petit que moi, lequel nous tend sa tablette : la vidéo montre quelqu'un se débattant dans une fange visqueuse et je pourrais jurer sentir d'ici l'odeur de poisson. Une fois le clip terminé, une publicité s'affiche à l'écran. Elle présente tout d'abord une fille nageant cette fois dans un fluide verdâtre et qui semble respirer à grand-peine, puis un pop-up vient se surimprimer avec la photo d'une autre fille avec des couettes et un T-shirt *True Blood* reculant devant deux filles en minishort. Oh merde !

— J'arrive pas à croire qu'ils utilisent des images de moi pour se faire de la pub !

Face à ma réaction, Sydney est morte de rire.

— Va falloir t'y habituer ! Et sinon, qu'est-ce que vous faites ici ? Le jeu est terminé ? Vous avez préféré arrêter plutôt que de risquer de tout perdre lors de la phase des Grands Prix ? Ils viennent juste de la démarrer dans le Colorado.

Ian descend son bras d'un cran et me prend par la taille, une manœuvre que Sydney enregistre du coin de l'œil.

— Là, on est un peu dans l'expectative. Au fait, ton maquillage est super bien réussi ! la complimente Ian.

Elle se passe une main sur la joue.

— Ouais, merci, Vee a vraiment des doigts de fée.

Ian se penche sur moi et me gratifie d'un baiser sur la tempe.

— Je ne te le fais pas dire !

Sydney incline la tête comme si elle avait mal entendu.

Une partie de moi voudrait savourer l'instant, une autre partie souhaite en finir au plus vite. Vaille que vaille, je me jette à l'eau.

— Euh, Syd, il y a un truc dont il faudrait qu'on parle.

Si seulement je pouvais lui faire comprendre qu'il s'agit en réalité d'un défi !

Elle fronce les sourcils.

— Si c'est pour m'expliquer pourquoi tu as continué de jouer à ADDICT, je crois que j'ai deviné, dit-elle en adressant un clin d'œil à Ian.

Qu'est-ce qui lui prend ? Croit-elle ainsi nous mettre dans sa poche pour qu'on glisse un mot en sa faveur, au cas où elle décide de participer au jeu le mois prochain ?

Ian l'ignore superbement et sort son téléphone en faisant mine de consulter ses messages. Il m'envoie un baiser, sans accorder ne fût-ce qu'un regard à Syd. Je crois que je suis amoureuse !

Sydney paraît visiblement choquée. Jamais un garçon ne lui a résisté comme ça auparavant.

— Donc, Syd, commencé-je.

À cet instant, j'entends claquer la porte de l'auditorium. C'est Tommy, l'air déterminé, qui descend l'allée centrale, les yeux assassins.

Une vague de culpabilité menace de m'engloutir et je le salue d'un timide geste de la main. Que fait-il ici ?

Il soulève alors une caméra d'aspect très pro et se la colle à l'œil. Sur le devant, une perche dépasse telle une corne de rhino. Argh ! Je devine qu'il a dû être choisi comme Observateur officiel.

Je me tourne vers Ian, mais celui-ci fait toujours semblant d'être captivé par son écran, quoique manifestement déstabilisé. Il finit par déglutir et me chuchoter :

— Vas-y, dis-lui ce que tu as à dire, en vitesse.

Je m'éclaircis la gorge et me lance :

— J'ai accepté de participer aux rounds en direct parce que j'étais en colère contre toi.

— Contre moi ? souffle-t-elle en se portant une main à la poitrine.

Je ne peux m'empêcher de ressentir un pincement de pitié. Mon comportement et celui de Ian doivent lui paraître surréalistes.

Tommy vient se poster de manière à nous avoir Syd et moi dans le cadre, à portée de la perche de son. Sur sa caméra, une lumière rouge clignote comme un cœur en colère.

— Mais qu'est-ce que tu fous, Tommy ? s'enquiert Syd qui n'y comprend plus rien.

Il se contente de porter un doigt à ses lèvres pour la faire taire.

J'attrape Syd par le bras pour l'entraîner à l'écart.

— Allons dans une des loges.

Mais elle ne se laisse pas faire.

— Explique-toi ! À quoi rime tout ce cinéma ? Pourquoi étais-tu en colère après moi ?

Sa voix a monté d'un cran. Se pourrait-il qu'elle ne comprenne vraiment pas pourquoi je lui en veux ?

— Je vais te le dire, mais en privé.

— Ton petit ami ne serait pas en train de filmer si tu souhaitais réellement avoir une conversation entre quatre yeux ! grogne Tommy.

Je sens Syd qui commence à s'échauffer. Elle essaie de prendre le téléphone des mains de Ian.

— Parce que toi aussi tu filmes ? C'est un de vos défis ? J'y crois pas ! Tu fais ça pour un défi ?

Ian range à regret son portable, mais au lieu de répondre à Syd, il dévisage tour à tour tous les gens présents dans la salle, comme pour leur signifier qu'ils ne pourront pas m'arrêter.

— Écoute Syd, il faut juste que je te parle une minute et après on part, lui dis-je en tâchant de me convaincre que je ne porte pas atteinte à sa vie privée.

Ce n'est pas comme si Syd y tenait tant que ça, à voir les multiples photos d'elle en bikini accessibles sur sa page ThisIsMe.

— J'étais en rogne contre toi parce que tu as fait du rentre-dedans à quelqu'un dont tu savais pertinemment qu'il m'intéressait, lui soufflé-je à voix basse.

— Plus fort ! m'enjoint Tommy. Ton public ne t'entend pas !

Sydney croise les bras sous sa poitrine, ce qui accentue son décolleté. Maintenant qu'elle se sait filmée, impossible de deviner jusqu'où elle est capable d'aller, mis à part qu'elle fera tout pour séduire son public. Minute papillon... Mais c'est de MON public qu'il s'agit !

Plus vite je termine ce défi et plus j'ai de chances d'y survivre, ou tout du moins de ne pas défaillir. Je commence déjà à avoir des mouches noires devant les yeux.

— Tu sais parfaitement qu'une de tes co-stars me plaisait beaucoup.

Je jette un coup d'œil à Ian pour m'assurer qu'il a bien relevé mon emploi de l'imparfait, mais il ne m'accorde pas un regard. Son visage est un masque de douleur.

Je continue néanmoins :

— Et pourtant tu t'es jetée sur lui au dernier acte ! Le script indiquait un simple baiser, et non pas une galoche baveuse de trois minutes !

Syd écarquille les yeux.

— Tu veux parler de Matthew ? demande-t-elle de sa grosse voix d'actrice qui porte dans toute la salle.

— Qu'est-ce que j'ai fait ? demande ce dernier en sautant au bas de la scène.

Je l'arrête d'une main.

— Rien, tu n'as rien fait.

Le temps qu'il s'approche, je distingue trois différentes couleurs de rouge à lèvres sur ses joues et un pot-pourri de parfums au moins aussi nombreux. Ce mec s'est transformé en véritable bouillon de culture !

Quelqu'un vient d'éteindre la musique. Mme Santana peut-être ? Je ne l'ai toujours pas vue. Où a-t-elle donc bien pu passer ? Et Liv et Eulie ? Je suis sûre qu'elles me défendraient bec et ongles. L'attention de la salle est désormais rivée sur nous, et quelques téléphones sont pointés dans notre direction. Même Jake, celui qui m'a aidée de temps en temps pour la création des costumes, brandit sa tablette pour enregistrer la scène. Je devrais être habituée à toute cette attention, mais j'ai l'impression que l'éclat de la caméra de Tommy me chauffe la peau à blanc.

Je me tourne vers la foule, les mains levées.

— Allez faire la fête, les gars, de toute façon la vidéo sera postée très bientôt !

Personne n'esquisse le moindre geste.

Je me frotte les paumes avant de m'adresser de nouveau à Sydney :

— C'est tout ce que j'avais à te dire. Je vais y aller maintenant. Ah au fait, une dernière chose : tu as carrément surjoué dans la scène de l'interrogatoire.

Voilà qui devrait suffire à remporter le défi. Je m'aperçois du reste que toute ma colère envers Syd s'est évaporée. Matthew m'est devenu totalement indifférent.

Elle me retient par le bras.

— Je vais te montrer ce que c'est que de surjouer ! Tu viens de m'accuser de t'avoir trahie. Je pensais pas que tu tenais encore sérieusement à Matthew après toutes mes mises en garde !

Ses joues ont viré à l'écarlate, ce qui rendrait hideux n'importe qui d'autre, mais chez elle, la couleur ne fait qu'accentuer ses ravissantes pommettes.

— Tu m'as déjà reproché des broutilles par le passé, mais jamais je ne te poignarderais dans le dos comme ça ! T'as pas remarqué comment Matthew me tenait sur scène ? Je pouvais plus bouger ! La preuve, j'en ai encore la marque ! glapit-elle en me montrant son bras.

Ainsi c'est Matthew qui l'aurait malmenée de la sorte ? C'est vrai qu'il la serrait sacrément fort ! Et même si c'est lui qui lui a envoyé des fleurs, ça ne signifie pas pour autant que les sentiments étaient réciproques... On peut dire que j'ai joliment déconné !

— Ah... euh... désolée ! Écoute, on reparle de tout ça demain, OK ? dis-je en reculant de quelques pas.

— Non, parlons-en tout de suite ! Les caméras sont là pour ça après tout !

Elle a repris l'avantage ; mains sur les hanches, elle me toise de vingt bons centimètres avec ces fichus talons aiguilles que je lui ai choisis pour le rôle.

Un silence de mort s'est abattu sur l'auditorium. Où que je tourne la tête, je trouve des visages fermés et des objectifs accusateurs. Enfer et damnation. J'ai encore tout foiré ! Sydney, elle, crève l'écran, telle une statue grecque drapée dans sa dignité de victime calomniée. Comme d'habitude, c'est elle qui a le dernier mot.

— J'attends des explications, Vee, fulmine-t-elle en tapant du pied.

J'ai l'impression que toute la salle mime sa posture, trépignant à l'unisson. Le théâtre bourdonne d'une tension accusatrice. Voilà que je me retrouve à nouveau en position de second couteau, sauf que cette fois, c'est sous le regard de milliers de spectateurs et non plus à l'abri derrière le rideau des coulisses.

Le temps semble s'être arrêté. Je donnerais cher pour revenir quelques moments en arrière dans la voiture de Ian, avant qu'il ne soit témoin de cette humiliation publique. Dommage que Tommy m'en veuille aussi. S'il y avait quelqu'un pour inventer une machine à remonter le temps, ce ne pourrait être que lui.

En dernier recours, je plaque ma main droite le long du corps à l'abri des caméras et la secoue pour attirer l'attention de Syd. Quand je l'ai captée, j'utilise notre langage des signes pour lui dire : *Désolée. Sincèrement. Laisse-moi y aller, OK ?*

Son regard noir s'adoucit progressivement. Va-t-elle me laisser un peu souffler ? Elle me connaît assez pour comprendre pourquoi j'ai pensé et agi comme je l'ai fait, elle qui m'a toujours protégée...

Je retiens mon souffle et signe un dernier mot de la main : *S'il te plaît.*

Elle relève brusquement la tête.

— Tu me dois des excuses. Sur-le-champ !

Je viens juste de le faire en langage des signes ! Elle veut donc que je m'humilie davantage ? Bien sûr... elle me rend la monnaie de ma pièce. Comment les choses ont-elles pu dégénérer ainsi ? Je me sens bouillonner.

— Il faut que j'y aille.

Elle me regarde droit dans les yeux.

— Ce serait commode, hein ? Tu me trahis, tu critiques mon jeu d'actrice, et hop, tu veux t'en aller ! Tu n'aurais pas pu me dire tout ça juste après la pièce ?

Hors caméras ? Tu n'es même pas restée assez longtemps pour dire bonjour à tes parents...

— Mes parents ? m'étranglé-je.

— Eh oui, poursuit Syd, ils étaient incroyablement fiers de toi, jusqu'à ce qu'ils découvrent que tu as disparu sans prévenir personne. Bien joué, Vee !

J'imagine sans problème la tête qu'ils ont dû faire. Ça leur avait demandé un véritable effort de me laisser sortir ce soir, et j'avais à cœur de leur montrer que leur confiance était bien placée... Comment ai-je pu les laisser tomber ? Et comment Sydney ose-t-elle les mêler à tout ça ? C'est bel et bien le pire défi du jour ! Si je ne m'étais pas inscrite à ADDICT, j'aurais été là pour mes parents, je leur aurais montré que tout était de retour à la normale. Mais non, j'ai tout gâché pour un téléphone et une nouvelle paire de chaussures. Des larmes de frustration et de rage commencent à couler le long de mes joues.

Ian choisit ce moment pour venir s'interposer.

— Vous êtes contents maintenant, bande de connards ?

Il bondit alors sur Jake sans crier gare et lui arrache sa tablette des mains.

— T'éteins ça tout de suite ou je te refais le portrait !

Je m'accroche au bras de Ian pour le retenir.

— Ne lui fais pas de mal, Jake est un type bien.

Il se dégage de mon étreinte et se campe face au pauvre Jake qui semble au bord des larmes.

— Barre-toi d'ici, gros naze !

Il ne se fait pas prier et recule précipitamment en renversant une chaise au passage.

— Viens, Vee, on n'a plus rien à faire ici, me lance-t-il en me prenant par la main.

Je n'ai pas envie de le suivre quand il est comme ça. Mais l'alternative de rester ici où tout le monde me dévisage comme si j'avais commis un crime est encore plus insoutenable.

Lorsque nous passons à côté de Tommy, celui-ci abaisse sa caméra. De gros cernes lui cerclent les yeux.

— Encore une performance de premier choix, Vee, lâche-t-il, d'un ton sarcastique.

— J'espère au moins qu'ils te paient bien pour ta jolie petite vidéo, rétorqué-je en lui jetant un regard méprisant.

— J'ai eu ce que je voulais, grogne-t-il en tripotant la sangle de sa caméra.

Quelque chose me retient encore et j'ajoute :

— Écoute, pour ta gouverne, quand on s'est parlé tout à l'heure, je comptais sincèrement arrêter le jeu. Mais l'offre qu'ils m'ont faite était trop juteuse pour que je puisse refuser.

— Si tu trouves que ce défi était juteux, alors tu n'es vraiment pas la fille que je pensais, conclut-il avec un rictus dégoûté.

Moi-même, je ne me reconnais plus. Je ne sais plus qui je suis. Si ce n'est cet automate qui, tête baissée, suit Ian le long de l'allée centrale.

Sydney nous rattrape juste avant que nous franchissions les portes. Aurait-elle changé d'avis ?

— Même si je suis toujours suprêmement énervée contre toi, halète-t-elle à moitié, je pense que tu ferais mieux de pas partir avec lui. Quitte le jeu maintenant. Le défi où t'as dû faire le tapin était vraiment dangereux. Et celui-là ? Tu vois pas combien il est malsain ?

Tu veux vraiment suivre ce mec après qu'il a traité Jake comme ça ?

Elle fusille Ian du regard en prononçant sa dernière phrase, l'obligeant à détourner la tête d'un air gêné. La furie qui semblait l'habiter quelques secondes auparavant s'est complètement évaporée. Serait-il un genre de Dr Jekyll et Mr Hyde ?

— Je veux juste rentrer chez moi, dis-je d'une voix lasse.

— Tu peux nous laisser une minute ? Sans agresser qui que ce soit ? demande Sydney à Ian.

Il exhale un long soupir avant de se diriger vers la sortie.

Une fois qu'il est hors de vue, Sydney secoue la tête.

— Je sais bien qu'il est canon, Vee, mais est-ce que je dois réellement te faire un dessin pour que tu comprennes qu'il ne faut pas le suivre ?

— Tu me prends pour qui ? Pour une bimbo sans cervelle qui se jette tout droit dans la gueule du loup ?

— Écoute, je te dis ça parce qu'on est amies, reprend-elle en agitant un doigt parfaitement manucuré sous mon nez, même si tu ne t'es pas comportée en tant que telle ces dernières minutes. Ce type ne va t'apporter que des emmerdes.

— Et tu sais ça comment ? soupiré-je.

— T'as vu comment il a menacé ce pauvre Jake ? Et même avant ça, il y avait quelque chose de trop… de trop parfait chez lui.

— De trop parfait *pour moi*, hein ? C'est ça que tu voulais dire ! éclaté-je.

— Mais non, pas du tout ! se défend-elle.

Moi qui lis en elle comme dans un livre ouvert, je sens qu'elle est en train de mentir.

— Bonne nuit, Syd, lui dis-je froidement en tournant les talons.

Je me précipite dehors pour réfléchir à l'air libre. Je ferais mieux d'appeler un taxi.

Ian s'est réfugié sous l'auvent qui le protège à peine du vent et de la pluie. Il a l'air plutôt triste que fâché, mais je n'ai toujours pas envie de monter en voiture avec lui.

Je garde mes distances et l'interpelle de loin :

— Pourquoi est-ce que t'as pété les plombs comme ça à l'intérieur ?

Dans un élan de frustration, il abat sa paume sur le mur.

— C'était la deuxième partie de mon défi... Ces enfoirés m'ont forcé à me comporter de manière abjecte. Tout ce que je hais le plus au monde, je suis désolé.

Ah. Ceci explique cela. Pourquoi n'y avais-je pas pensé plus tôt ? ADDICT n'allait quand même pas nous rendre la tâche facile. Je le rejoins tout en indiquant sa voiture d'un geste du menton.

Tandis que nous la regagnons en trottinant sous le crachin, Sydney ouvre la porte et nous crie des paroles inaudibles qu'une bourrasque avale au passage. Une fois à l'abri, Ian met en marche le moteur pour réchauffer l'habitacle.

— Tu crois que ça ira pour Jake ? me demande-t-il, la mâchoire tendue.

— Ouais, c'est pas comme si tu l'avais vraiment frappé.

— Mais je l'ai humilié. Et je lui ai fait peur. Il vaut parfois mieux se prendre un coup, crois-moi sur parole.

— C'est clair que ce défi était vraiment immonde. Tous mes amis me détestent maintenant.

— Le point positif, c'est que tu es parvenue à tenir tête à Sydney. Tu es vraiment adorable quand tu serres tes petits poings, sourit-il en me prenant la main.

— Tu parles ! Si seulement il y avait moyen d'aller sur le site d'ADDICT pour tout effacer !

Un coup d'œil à mon téléphone m'apprend qu'il est minuit moins dix. Même si on fonce directement au bowling récupérer ma voiture, je ne réussirai jamais à rentrer à la maison à temps. Bon, au pire, mes parents vont encore me priver de sorties, ce qui ne changera pas grand-chose à ma vie sociale... je l'ai déjà réduite à néant ce soir.

— Allons-y maintenant, dis-je à Ian.

Il acquiesce, la mine aussi défaite que la mienne. Mais avant même que nous ayons démarré, nos téléphones résonnent de concert, cette fois dans une délicate symphonie de harpe et de clochettes. Je n'ai plus l'énergie de regarder ce qu'ils m'écrivent. Ce jeu a littéralement foutu ma vie en l'air, alors s'ils croient qu'une petite musique doucereuse suffira à me consoler, ils se fourrent le doigt dans l'œil. Dès que je trouverai la force nécessaire, je leur écrirai que j'abandonne. Pour l'instant, je me contente de me prendre la tête à deux mains. D'une seconde à l'autre, un tsunami de larmes devrait déferler, ne laissant que des coulures de mascara dans son sillage.

La voiture ne bouge toujours pas. Au bout de quelques secondes, j'entends Ian pousser un sifflement admiratif.

— Tu vas pas en croire tes oreilles...

10.

R amène-moi chez moi, c'est tout ce que je
demande !
Pour éviter de sombrer dans l'hystérie, du
moins avant la solitude de ma chambre, je m'oblige à
me repasser mentalement mes quelques heures de
gloire, comme la fois où mon modèle de robe de bal
recyclable avait remporté la médaille d'argent au
concours de mode organisé par le lycée. Très fière de
moi ce jour-là, Sydney m'avait fait promettre de lui créer
sa robe de mariée, l'heure venue. Mais cette pensée me
rappelle bientôt que, même dans mon domaine de pré-
dilection, je termine sur la deuxième marche, jamais sur
la plus haute. Et que Syd m'a toujours été fidèle, contrairement à moi… Ian me voit désormais pour ce que je
suis réellement : un papillon de second rôle qui orbite
autour de l'über-brillante Sydney. J'ai en plus réussi à
m'aliéner tous mes amis en une soirée.

Ian se penche si près que je sens son souffle sur mon
oreille.

— Sincèrement, il faut que tu regardes ça ! articulent
ses divines lèvres.

Je retire les mains de mes yeux et découvre sur l'écran de son téléphone un montage de tous nos défis de la soirée avec pour légende :

« REGARDEZ QUI NOUS VOULONS POUR LA PHASE FINALE DES GRANDS PRIX ! »

— Ils en organisent une ici même à Seattle ! Et si je réussis mes défis, je gagnerai ma propre voiture et assez d'essence pour faire le tour du monde ! me dit-il, le regard enfiévré.

— Et il est où, cet endroit qui te fait tant rêver ?

— Nulle part en particulier. C'est juste la possibilité de pouvoir partir à tout moment, le sentiment de liberté que ça implique...

— Et ils attendent quoi de toi contre une voiture ? Que tu sautes à l'élastique sans élastique ?

— Ça c'est ma Vee comme je l'aime ! rigole-t-il.

Sa Vee ? Et comment peut-il me trouver amusante alors que je suis tout ce qu'il y a de plus sérieuse ?

— Sans rire, les défis doivent être impossibles à relever !

— On verra bien, dit-il dans un haussement d'épaules. Allume ton téléphone pour découvrir ce qu'ils t'offrent en cas de succès.

— Ça m'intéresse pas...

— Que tu dis...

Je ferme les yeux et me rends compte qu'il n'a pas tort. En dépit de la haine croissante que m'inspire ADDICT, je suis terriblement curieuse. Ils m'ont quand même fait miroiter toute la soirée les choses dont je rêvais le plus. Le Grand Prix doit être carrément génial s'ils croient pouvoir me faire oublier ce défi catastrophique avec Sydney. Un faux passeport assorti d'une valise bourrée de devises étrangères et d'une méthode de langue ?

— Je veux bien jeter un coup d'œil si tu me conduis au bowling. Déjà que je vais être en retard...

Il ne se fait pas prier et démarre tandis que j'ouvre le message. À sa lecture, je me sens devenir livide.

— Non ! C'est une blague ?

— Tu sais bien qu'ils ont le bras long : t'as vu comme moi la vidéo de la fille qui a gagné un vol avec les Blue Angels, la patrouille acrobatique de la marine !

Je déglutis à grand-peine et m'aperçois que le désespoir qui me nouait le ventre s'est mué en choc.

— Ils proposent de couvrir tous mes frais de scolarité pour la fac de stylisme et de mode !

— Pas mal.

Et voilà un autre message. Je le lis à voix haute en essayant de contenir les trémolos dans ma voix.

VOUS AVEZ PROUVÉ QUE VOUS FAITES UNE ÉQUIPE DU TONNERRE. ÊTES-VOUS PRÊTS À TOUT JOUER À QUITTE OU DOUBLE ? VOICI VOTRE DÉFI :
- ALLEZ AU POPPY CLUB ET SOYEZ DANS LA SUITE VIP D'ICI MINUIT ET DEMI (PLAN À VENIR),
- PARTICIPEZ À UNE INTERVIEW DE CINQ MINUTES,
- RESTEZ DANS LA SUITE VIP PENDANT TROIS HEURES ET RELEVEZ LES DÉFIS DU GRAND PRIX QUI VOUS SERONT COMMUNIQUÉS SUR PLACE.

Ian et moi échangeons un regard. Dehors, la pluie a baissé d'intensité et les gouttes sur les vitres reflètent le clair de lune. Le gros de l'orage semble être derrière nous.

— Je crois que c'est un club privé. Estimons-nous heureux qu'ils ne nous envoient pas dans un abattoir perdu au milieu de nulle part.

— À t'entendre, j'ai l'impression que tu l'envisages. De tenter le quitte ou double, pas d'aller à l'abattoir, me dit-il en me décochant un sourire.

— Je vais me faire démonter par mes parents !

— Franchement, t'as tenu tête à une horde de puceaux déchaînés, joué le rôle d'une prostituée, échappé à un policier et mis en rage ta meilleure amie ! Et maintenant tu flippes d'enfreindre le couvre-feu parental ?

— Ma mère est beaucoup plus terrible que tous ces gens-là réunis !

— Au pire, qu'est-ce qu'elle peut te faire ?

— Au pire ? dis-je en contemplant le plafond. Me priver de sorties jusqu'à la fin de l'année, pour commencer. Et j'exagère pas. J'ai pas eu le droit de sortir depuis novembre… Jusqu'à ce soir.

— Ton ticket d'entrée pour la fac de stylisme pourrait apaiser sa colère, non ? T'as juste à lui rappeler tout ce que vous pourriez faire avec l'argent qu'ils ont dû économiser pour tes études. Des vacances en famille aux îles Fidji par exemple !

Il me prend la main avec nonchalance, comme si déjà nous formions un vieux couple. Et pourtant le contact de sa peau m'électrise comme à la première fois.

— C'est plus compliqué que ça… Ça fait déjà un bout de temps que c'est bizarre entre mes parents et moi.

Argh ! Pendant que j'y suis, pourquoi ne vais-je pas lui dire également quelle marque de tampons j'utilise ?

Il prend une profonde inspiration avant de poursuivre :

— Tu as peut-être besoin de ce défi. Pour faire évoluer les choses, justement.

Mon visage devient rouge pivoine, j'ai l'impression qu'il voit si clair en moi.

— Ils vont se faire un sang d'encre si je ne suis pas rentrée d'ici quelques minutes.

— Appelle-les et sers-leur une excuse : ta voiture est loin d'être neuve, t'as eu un pépin et je t'aide à la réparer...

— Tu crois vraiment qu'ils vont gober ça ? Et même s'ils y croyaient, ils rappliqueraient immédiatement. OK, l'appareil photo de mon portable est pourri, mais je peux te garantir que sa puce GPS est dernier cri !

— Si je résume, t'as donc le choix entre rentrer chez toi un peu en retard avec un nouveau téléphone et un bon d'achat pour des vêtements, et rentrer trois heures plus tard avec tout ça, plus tes années de fac déjà payées... Si jamais t'es privée de sorties, ce sera l'occasion rêvée pour travailler à ton portfolio, histoire d'être recrutée dans l'école la plus prestigieuse possible ! Et n'oublie pas non plus les autres avantages : quand tes amis verront comment tu déchires lors de cette phase du Grand Prix, ils oublieront tout de suite la scène avec Sydney, voire ils en rigoleront !

Il y a vraiment de quoi, c'était hi-la-rant ! songé-je non sans ironie. Non, il me dit ça juste parce qu'il a peur de ne pas pouvoir remporter sa voiture si je le laisse tomber... Je déteste qu'on me mette la pression, mais n'arrive pas à lui en vouloir. D'autant plus que je n'ai pas besoin de son speech pour qu'un néon « fac de stylisme gratuite » clignote dans un coin de ma tête. Je sais pertinemment que l'argent mis de côté pour mes études est en grande partie passé dans ma facture d'hôpital. Les prix que j'ai gagnés jusqu'à maintenant me semblent presque insignifiants, et je suis prête à les remettre en jeu, tant ce Grand Prix changerait radicalement mes perspectives.

— Qu'est-ce qu'il va se passer dans le salon VIP à ton avis ? Avec les milliers d'Observateurs qui regardent, ils ne peuvent rien nous faire, hein ?

C'est sous l'œil du public qu'on est le plus à l'abri, voilà mon nouveau mantra. Combien d'émissions de téléréalité se sont appuyées sur ce concept pour éviter que les participants ne s'étripent ?

Ian tapote nerveusement le volant en réfléchissant.

— Ils peuvent toujours s'arranger pour que quelqu'un sur place ait envie de nous faire la peau, comme les Amis de la chasteté. Mais ça m'étonnerait que ça tourne mal, ils veulent continuer à attirer des joueurs.

À un feu rouge, je vois un homme qui promène son chien. Lorsqu'il lève les yeux, nos regards se croisent. Il a un léger mouvement de recul, tire la laisse et traverse la rue, comme s'il pensait que j'allais bondir hors de la voiture pour l'agresser. Mon maquillage est-il si barbouillé que ça ? C'est bien la première fois en tout cas que je fais peur à quelqu'un.

Une douce mélodie de piano s'élève alors de mon téléphone :

NOUS VENONS DE VISIONNER LES VIDÉOS ENVOYÉES PAR IAN ET TOMMY. IL SEMBLERAIT QUE LE DERNIER DÉFI AIT ÉTÉ PLUS PÉNIBLE QUE PRÉVU. NOUS TENONS À FAIRE AMENDE HONORABLE : SI TU RELÈVES AVEC SUCCÈS LES DÉFIS DU GRAND PRIX, NOUS FERONS EN SORTE QUE SYDNEY RENCONTRE UN AGENT HOLLYWOODIEN. C'EST NOTRE PETIT GESTE POUR AIDER DEUX GRANDES AMIES À SE RÉCONCILIER.

Sydney serait folle de joie ! Ça pourrait lancer sa carrière, et ça dépasse de loin tous les cadeaux que je pourrais lui faire. On dirait qu'ADDICT nous connaît toutes les deux par cœur. Devrais-je en être surprise ?

Un nouveau message arrive dans la foulée :

C'EST OUI OU C'EST NON ? VOTRE PUBLIC ATTEND.

Notre public... Ça représente combien de gens ? Les acteurs et le staff technique doivent toujours être branchés sur nous à l'auditorium, même s'ils ont vu le pire en direct live. Enfin, j'espère que c'était le pire ! J'ai besoin des conseils d'une personne de confiance, pas de quelqu'un qui a une voiture neuve en jeu. J'essaie de joindre Eulie, puis Liv, mais mes deux appels sont bloqués.

Un texto s'ensuit :

LE CHOIX NE DOIT VENIR QUE DE TOI.

— Je peux appeler personne ! expliqué-je à Ian en me passant la main dans mes cheveux humides, pas même mes parents pour leur raconter un bobard...

Son regard oscille de la route à moi.

— Dans ce cas-là, j'imagine que tu devras implorer leur pardon après les faits... si jamais tu décides de poursuivre l'aventure, bien sûr. À toi de décider, Vee.

À moi de décider.

Je refais les comptes à voix haute tout en contemplant son profil.

— Trois heures à passer dans la suite luxueuse d'une boîte branchée sous les yeux de milliers de gens qui épient nos moindres gestes en échange de mes frais d'université… et d'une voiture pour toi.

— Ils nous apporteraient la liberté à tous les deux.

— Ouais, la liberté, et peut-être autre chose. J'ai déçu beaucoup de gens récemment.

— Ça m'étonnerait. T'es une fille trop charitable. T'as vu au bowling comment t'avais peur de choquer ces pauvres ados coincés ? Et la manière dont tu voulais aider les deux prostituées qui t'avaient menacée quelques minutes auparavant ? Tu as le cœur sur la main, Vee. Et une sacrée présence ! Je sais pas pourquoi tu caches ça quand t'es avec tes amis, mais j'ai eu la chance de découvrir ces facettes de toi, et Dieu sait qu'elles te rendent super sexy !

Ses mots me remettent du baume au cœur. Quelles que soient ses raisons pour me les dire. Je ne sais toujours pas jusqu'à quel point je peux me fier à lui. Je ne mettrais pas ma vie entre ses mains, mais certaines parties de mon corps, pourquoi pas ?

D'une main, il attrape la mienne et dépose un baiser sur mes doigts.

— Allez, Vee, l'heure du choix a sonné. Je comprendrai si tu décides d'arrêter là. Sincèrement.

J'inspire un grand coup. Même si je tire ma révérence, j'aurai toujours 1 400 dollars en poche, en plus de mes autres gains. Quant à Ian, il lui resterait son voyage en bus…

Mais pour trois petites heures en plus et une bonne dose de sang-froid pour gérer les saloperies de défis qu'ils risquent de nous mettre dans les pattes, je pourrais changer ma vie du tout au tout. Au lieu de retourner en cours avec l'air d'une idiote qui s'est engueulée avec sa meilleure amie en vidéo, je serais au moins celle qui aura osé jouer son va-tout. Tout le monde saura que la petite brune réservée au look de choriste a plus d'un tour dans son sac.

J'ai de la présence à l'écran, ce qui me vaut déjà des milliers de spectateurs, et sans doute plus si je continue le jeu. Cette soirée m'a appris à voir plus grand, ou différemment en tout cas. J'ai quand même fait semblant d'être une prostituée, bordel ! Si j'ai pu faire ça, je suis capable de tout : me présenter aux auditions pour la prochaine pièce, demander une augmentation au travail, faire en sorte que Tommy ne me déteste pas ? Je pourrai m'excuser auprès de Sydney de l'avoir embarquée dans le défi de ce soir, et pourtant refuser de me plier à ses futurs caprices. Peut-être même que je pourrai convaincre mes parents que je n'ai pas essayé de m'asphyxier ce fameux soir dans le garage. Tout est possible. Tout.

Même un nouveau défi.

— J'en suis, dis-je à voix basse.

— Yes !

Il gare la voiture sur le côté et se penche pour m'embrasser tendrement les lèvres. Puis il y revient, plus fougueux cette fois. Ses mains sont partout, sur mes cheveux, sur mes bras, sur ma taille. Quand il se rassied, j'ai la bouche à vif.

— Tu ne regretteras pas ta décision, je suis à cent pour cent derrière toi, tu verras !

— Mmm.

Avec Ian à mes côtés, rien ne peut m'arrêter. Rien ne peut NOUS arrêter. Je rédige un SMS à ADDICT et appuie sur « envoi ».

Ian redémarre et fait demi-tour. Il me serre la main si fort que je sens battre son pouls, puissant et régulier. À chaque feu rouge, nos bouches se cherchent goulûment. ADDICT aura au moins eu le mérite de faire de nous une véritable équipe.

Je tente en route de joindre mes parents, par téléphone et par texto, mais ADDICT bloque tous mes appels. À moins de passer devant une cabine, je ne peux pas faire grand-chose. Je choisis donc de me focaliser sur la récompense : école de stylisme, famille, futur.

Nous arrivons au club Poppy au bout de vingt minutes. C'est un immeuble de cinq étages, et les lumières syncopées du dancefloor nous parviennent des fenêtres du premier. La musique ne tarde pas à arriver jusqu'à nous tandis que Ian se gare sur un emplacement réservé aux VIP.

Je sors de la voiture et suis saluée par des rafales de vent chargé d'humidité. Une enseigne au néon clignote juste au-dessus de nos têtes. Une longue queue s'étire à l'entrée du club, mais la file réservée aux VIP est vide et nous nous réfugions rapidement sous sa tenture. Le tapis rouge nous mène jusqu'à un videur colossal qui nous demande nos noms avant de comparer nos visages à des photos sur son téléphone.

Finalement, il nous laisse passer avec un hochement de tête et un rictus.

— Prenez l'ascenseur jusqu'au dernier étage.

À l'intérieur, quoique pelotonnée contre Ian, je me sens toujours frigorifiée. Nos pas sonnent creux sur le marbre d'un vestibule aux vagues effluves de clou de girofle. Curieusement, c'est à peine si on entend les basses filtrer de la piste de danse. Sans doute que les VIP ont droit au luxe de pièces insonorisées pour leur permettre de choisir leur propre musique.

Nous nous retrouvons face à un ascenseur au-dessus duquel on peut lire : « Bienvenue, chers VIP », au cas où on aurait oublié s'être garés sur le parking VIP et être passés par l'entrée VIP. Les portes s'ouvrent sur un miroir qui couvre toute la paroi : je ne ressemble plus guère à la fille insouciante au look rétro de tout à l'heure. Mon rimmel a coulé, laissant des traces bleuâtres sous mes yeux. Le visage de Ian est également plus tendu, sa mâchoire serrée. Combien d'années va-t-on encore prendre pendant cette soirée ?

— N'aie pas peur, me chuchote-t-il à l'oreille. Son souffle chaud me chatouille un peu le cou.

Nous montons de plusieurs étages avant que les portes ne s'ouvrent sur un hall luxueux tapissé en camaïeu de rouges et baigné d'une lumière tamisée. À notre gauche, un ascenseur plus grand est surmonté d'un panneau indiquant : « ENTRETIEN ». Face à nous, une seule autre porte en bois sculpté. À ma grande surprise, aucune référence au statut VIP. On la dirait tout droit sortie d'un château, le style de porte qui mène au donjon. Une irrépressible envie de faire demi-tour me saisit alors.

Mon mouvement de recul n'échappe pas à Ian qui presse sa joue contre la mienne.

— On peut le faire, Vee. C'est rien que trois heures. Je te protégerai.

Il me dépose un baiser sur la tempe en me serrant le bras.

Une douce chaleur m'envahit. Que sont trois heures comparées à trois années d'école de mode, et plus encore, à une chance de remettre les choses à plat ? Une fois ce premier obstacle derrière moi, papa et maman devront se rendre à l'évidence : ils verront que je travaille à mon avenir. Et c'est vrai ! Ajoutez à cela l'entretien pour Sydney qui pourrait bien la propulser vers la carrière dont elle rêve. Notre amitié survivra ainsi à l'épreuve. Fortifiée par des années de confidences et de bonheurs communs, impossible qu'elle disparaisse du jour au lendemain. Oui, il se peut que ce Grand Prix fasse toute la différence : je dois gagner pour ma famille, pour ma meilleure amie… et pour moi-même.

Trois heures, soit moins de deux cents minutes. J'ai déjà vu des films plus longs que ça. Je me redresse, adresse un signe de tête à mon partenaire, et tous les deux, nous poussons la lourde porte en bois.

11.

Nous pénétrons dans une petite pièce à moitié plongée dans la pénombre, et relativement dépouillée. Elle comprend pour seul mobilier un bureau de réception rutilant et trois fauteuils confortables dotés de tablettes pourvues d'un accessoire devenu plutôt rare : un cendrier. Au-delà du comptoir, un long couloir d'où provient une lumière, tandis qu'à droite, nous découvrons deux portes avec nos noms écrits en lettres brillantes : « Ian » et « Vee ».

Mon portable vibre :

ENTREZ DANS LA CABINE POUR VOTRE INTERVIEW.

— Il est temps de gagner nos prix, me dit Ian.

Un dernier baiser, et le voilà qui se glisse dans la sienne. La porte se referme rapidement derrière lui, ne me permettant d'entrevoir qu'une table banale et des murs vert pâle.

Je pousse la porte de la mienne et suis assaillie par une senteur de cèdre. Les patères au mur m'indiquent que cette pièce sert d'habitude de vestiaire. Mais ce soir, le décor rappelle celui d'une loge de théâtre avec une large coiffeuse en merisier et un fauteuil de cuir rouge installé en face d'un miroir lumineux. J'y prends place. Je trouve sur la table une enveloppe calligraphiée à mon nom. À l'intérieur, un bristol embaumant le lilas est couvert d'une écriture pleine de fioritures. Ce que c'est vieux jeu ! La note m'invite à me rafraîchir le visage, tous les produits de beauté que je pourrais souhaiter sont dans les tiroirs de la coiffeuse. J'en ouvre un au hasard et trouve en effet des rangées de tubes et d'échantillons d'une marque que je ne m'offre qu'à Noël. Gloss, rouge à lèvres, rimmel, mascara, fond de teint, il y a de tout ! Le tiroir suivant contient une bouteille d'eau et un pochon hermétique rempli de compresses froides. J'avale une longue gorgée d'eau tout en tamponnant mes yeux gonflés avec une compresse. L'effet est immédiat et ô combien rafraîchissant.

Un son de clochettes sort alors d'un minuscule haut-parleur rose posé sur la table, suivi d'une voix de femme :

— Il vous reste trois minutes avant le début de l'interview.

Je tâche d'examiner mon visage d'un regard objectif, comme je le fais avec tous les acteurs que je maquille. Traits tirés, yeux fatigués, cheveux filasse. Pas étonnant qu'ADDICT m'ait demandé de me refaire une beauté. Mais pour quel rôle dois-je me préparer ? Rebelle casse-cou ? Victime innocente ? Peut-être que si je m'ajoutais quelques blessures de guerre, je m'attirerais davantage de fans. Et puis merde ! Je serai moi-même, ni plus, ni moins.

Me retrouver plongée dans cet univers que je maîtrise m'apporte de précieux instants de sérénité et je sélectionne du fard à paupières gris, du mascara noir de base et l'eye-liner qui va avec. Un peu de fond de teint pour l'uniformité de la peau et du gloss sur les lèvres en touche finale. Je trouve ensuite un fer à lisser hi-tech qui fonctionne par ionisation ou quelque chose dans ce goût-là. J'ai toujours considéré les pubs à la télé avec scepticisme, mais après quelques coups de brosse, ma chevelure devient toute soyeuse.

Je contemple alors le fruit de mon travail dans la glace. Pour une fois que j'y vois mon visage et non celui d'un autre, ça me fait tout drôle. Je n'ai mis qu'un mini-mum de maquillage, mais il suffit à masquer les traces de toutes les épreuves traversées ce soir. Satisfaite du résultat, je me détends. Tout à coup, la surface du miroir se brouille pour laisser place à un écran blanc. Waouh. Apparaît alors le visage d'une femme qui me rappelle l'époque où, fillette, je jouais à invoquer les esprits devant ma glace. Mais ce n'est pas un fantôme grotesque qui s'affiche en face de moi, juste une femme de dix ans mon aînée, une brunette aux yeux bleus vêtue d'un chemisier froissé. Elle me semble très familière. Je finis par m'apercevoir que cette femme pourrait très bien être moi dans quelques années.

— Salut Vee, dit-elle, moi, c'est Gayle.

Les rares fois où j'ai regardé le show, les présentateurs se réduisaient à de simples voix, tout au mieux des sil-houettes floues en arrière-plan. Le public verra-t-il Gayle ? Est-ce elle qui tire les ficelles d'ADDICT ? Tommy sera soufflé quand je lui dirai qu'il y a bel et bien un visage derrière le jeu, et que ce n'est pas uniquement un businessman anonyme planqué aux îles Caïmans.

— Bonjour, réponds-je en lissant mon chemisier. Je ne pensais pas avoir affaire à une vraie personne.

D'une main, Gayle se replace les cheveux derrière l'oreille comme une jeune fille qui minaude.

— Nous avons pensé que cela faciliterait l'interview.

Depuis quand ADDICT se soucie-t-il de simplifier les choses pour les concurrents ? Je balaie la pièce du regard.

— Où sont les caméras ? Je suis filmée, non ?

— Il y en a une intégrée dans le miroir. Elle doit être située aux alentours de mon œil droit. Et bien sûr, tes Observateurs n'en perdront pas une miette, sourit-elle, révélant de jolies fossettes.

Je plisse les yeux en scrutant la surface polie. C'est vrai que la zone autour de son œil semble plus pixellisée. Je suis ravie : les spectateurs auront pu profiter de mes grimaces pendant que je me maquillais.

— J'aimerais savoir ce que tu as pensé du jeu jusque-là, poursuit-elle en croisant les jambes.

Que lui dire ? Que ça a été les montagnes russes entre les décharges d'adrénaline et la catastrophe totale ?

— Ça a été plus difficile que prévu, mais pas dans le sens où je l'attendais.

— Tu fais allusion à ton défi avec Sydney ?

— Mmh mmh.

Elle a au moins le mérite de ne pas tourner autour du pot.

— Tu voudrais peut-être lui transmettre un message ?

— Elle est toujours connectée ? demandé-je, le cœur battant la chamade.

Je suis convaincue que cette femme, en tant que membre de l'équipe d'ADDICT, sait parfaitement qui regarde l'émission.

— Je n'ai pas le droit de te le dire. Mais imaginons que oui.

Je baisse un instant les yeux pour peser mes mots, puis relève la tête et fixe l'œil droit de Gayle.

— Je lui dirais que je suis désolée de l'avoir fait tomber dans ce guet-apens, et qu'une fois le jeu terminé, on aura une longue conversation ensemble. Au fait, j'espère que vous avez flouté son visage au montage, elle n'avait signé aucun papier de droit à l'image !

Non pas que ce soit très important. Les gens qui comptent pour moi sauront à qui le message s'adresse.

— N'allons pas gâcher les quelques minutes que l'on passe ensemble avec des détails techniques qui ennuient tout le monde, me répond Gayle sans se départir de son sourire.

En fait, il y a pas mal de « détails techniques » sur lesquels j'aimerais revenir. Un tas de questions se bousculent dans ma tête : quand me permettront-ils de passer des appels, par exemple ? Ou comment ils ont pu savoir que j'en voulais à Sydney. Mais je me doute que cette femme ne répondra pas à ce type de questions, je garde donc une expression neutre.

Gayle décroise les jambes et se penche en avant, les mains sur les cuisses.

— Parlons de Ian maintenant. Que penses-tu de lui ?

Je remarque qu'elle a adopté un ton complice, comme si on était à une soirée pyjama entre copines. Je tâche de garder à l'esprit qu'au moins neuf mille spectateurs, voire beaucoup plus, sont en train de m'observer.

— C'est un mec bien.

— Nos spectatrices le trouvent chaud comme la braise, et toi ?

— J'ai des yeux, répliqué-je dans un haussement d'épaules.

— Je vais prendre ça pour un « oui », rit-elle. Vous allez sortir ensemble après l'émission ?

Que veut-elle que je lui réponde ?

— On a pas abordé le sujet.

À moins que son invitation au C-Com-Café ait été sérieuse ?

— Vous vous êtes embrassés ?

— Ce n'est pas un peu trop intime comme question ? dis-je en me redressant.

— Oh, je crois qu'on a dépassé le stade de la vie privée depuis un bon moment, non ?

Ne sachant quoi répondre, j'attends qu'elle enchaîne.

— Explique-nous ce qui t'a fait t'inscrire à ADDICT. Certaines personnes prétendent que ça ne te ressemble pas du tout.

Sa mine satisfaite me donne envie de bondir. Qui peut se permettre de juger ce qui est ou pas dans ma nature ? Qui plus est, après ce mélodrame en direct avec Matthew et Sydney, il me semble que la réponse s'impose d'elle-même. Que cherche-t-elle à me faire avouer ? Que j'en ai eu marre de me sentir invisible ?

— Ça fait parfois du bien de sortir un peu du cadre, lui chuchoté-je sur le ton de la confidence.

— Bravo, Vee ! s'exclame-t-elle en applaudissant. Nous sommes tous fiers de toi. Où as-tu trouvé le cran ?

Le cran ou la bêtise ?

— Euh, je sais pas… Je prends juste les défis les uns après les autres…

— Quelle modestie ! Une des raisons de ta popularité auprès du public. Tu as peut-être un petit message à leur faire passer ?

J'essuie mes paumes moites sur ma jupe. C'est une première pour moi que de m'adresser en direct à tous les Observateurs. Qu'est-ce qu'on dit à des milliers de gens ? Sydney saurait certainement.

— Juste merci à vous tous ! Et mention spéciale à ceux qui nous ont rejoints lors du défi avec les prostituées, vous nous avez carrément sauvé la mise !

— Ça c'est sûr ! Je suis certaine que tu meures d'impatience de te lancer dans le défi suivant.

Tu parles. J'ai juste envie de remporter mon prix et basta !

— Euh… je me sens plus nerveuse qu'impatiente.

— C'est pour ça que le jeu s'appelle ADDICT ! Ce qui ne l'empêche pas d'être ludique, n'est-ce pas ? Tu as vécu de nombreuses premières fois ce soir et je mettrais ma main à couper que ce n'est pas encore fini. Avant de te laisser rejoindre la salle de jeu, j'aimerais toutefois revenir avec toi sur quelques points clés.

J'acquiesce.

— Premièrement, avance-t-elle en levant l'index, tu vas faire partie d'une équipe comprenant six autres joueurs. Si un seul d'entre vous ne vient pas à bout de son défi, vous perdrez tous vos gains. Mais ne t'inquiète pas, il y aura aussi quelques défis optionnels qui seront là pour briser la glace entre vous et vous permettre de vous amuser.

— OK.

— L'autre point à ne pas perdre de vue, c'est que si jamais tu violes l'intégrité d'un défi, ADDICT se réserve le droit de rendre les défis suivants plus durs.

— Violer l'intégrité d'un défi ? Vous entendez quoi par là ?

— En gros, ça signifie remplir les conditions du défi, mais en trichant d'une manière ou d'une autre. Tu peux être sûre qu'aucune tentative ne nous échappera.

— No problem.

Après tout, je suis quand même celle à qui on a confié le vaporisateur rempli de vodka, je m'y connais en matière d'intégrité !

— Formidable ! s'exclame-t-elle, les yeux brillants. Bonne chance alors, Vee. Oh, j'oubliais, nos sponsors cosmétiques seraient heureux de t'offrir tous les échantillons que tu veux. Sait-on jamais, tu pourrais vouloir te pomponner plus tard dans la soirée.

L'écran disparaît pour se retransformer en miroir. J'ai le feu aux joues et les yeux qui brillent. Sont-ils toujours en train de filmer ? Question débile... Le public doit se dire que j'ai l'air totalement à l'ouest. Et pourquoi aurais-je besoin de me refaire une beauté ? Vais-je à nouveau devoir me renverser un verre d'eau sur la tête ? Quoi qu'il en soit, je ne vais certainement pas me faire prier pour piocher dans des produits de cette qualité. Dommage que j'aie laissé mon sac à main dans la boîte à gants... Je trouve néanmoins un petit sachet que je remplis d'une sélection d'échantillons.

— Merci, chers sponsors ! dis-je au miroir.

Quand je ressors de la cabine, Ian m'attend, fraîchement peigné. Il me montre une porte au bout du couloir.

— C'est par là-bas que ça se passe.

Malgré le stock de goodies que j'ai pu prendre, cette interview m'a laissé un goût amer dans la bouche. Le ton faussement amical de Gayle n'a rien fait pour me calmer, bien au contraire. Peut-être était-ce l'effet recherché.

— Bon... allons-y alors.

Ian me prend aussitôt dans ses bras en sentant mon manque d'enthousiasme.

— Tu ne veux pas continuer ?

Ce que je veux, c'est qu'il continue à me serrer fort, quant au reste...

— Il est trop tard de toute façon.

— La sortie est juste là, Vee !

— Oui, mais tu perdrais ta voiture, et moi la chance de ma vie.

— Dans tous les cas, il nous resterait quelque chose de très fort, dit-il en plongeant ses beaux yeux dans les miens.

Dans la bouche d'un autre, ces mots pourraient sembler niais, mais pas dans la sienne. Ou peut-être ai-je déjà franchi le point de non-retour ?

Il m'embrasse le sommet du crâne tandis que je me blottis contre lui. Même après toutes ces courses et ces bagarres, il sent toujours le savon au bois de santal. Je respire son odeur à m'en emplir les poumons. Le défi ne durera que trois heures, et regardez qui j'ai comme partenaire !

— À nous de jouer, dis-je.

Nous repassons devant le bureau de réception, bras dessus bras dessous, et à mesure que nous avançons le long du couloir, des rires assourdis nous parviennent d'une pièce éclairée sur notre droite. J'imagine des jeunes en train de jouer à Action ou Vérité, ou à un jeu à boire peut-être. Non, ce n'est pas le genre de la maison ADDICT. Ils ont plutôt invité mes grandes amies Tiffany et Ambrosia pour qu'elles m'arrangent le portrait. Dans une arène boueuse. Et armées de couteaux.

Quelques voix filtrent aussi à travers la porte en face de nous, mais elles sont trop faibles pour qu'on perçoive ce qu'elles disent. Un alignement de fauteuils garnit le pan gauche du couloir : j'imagine un instant des fêtards punis, coiffés d'un bonnet d'âne et envoyés au coin dans ces fauteuils. Sur la droite, une immense tapisserie en soie, chamarrée de broderies de papillons et de fleurs aux reflets irisés. Je m'arrête devant un moment pour les admirer. Ce tissu est digne d'une robe d'impératrice, et les détails y sont cent fois plus délicats que le décor de prairie réalisé par Tommy.

Ian me pousse du coude vers une porte ouverte un peu plus loin dans le couloir. La seule autre porte que je puisse voir est à l'extrémité, et elle est fermée. Alors que nous n'en sommes plus qu'à quelques mètres, Ian m'arrête et chuchote :

— C'est peut-être mieux de ne pas montrer aux gens qui sont dans cette pièce qu'on est... euh... ensemble. Ils pourraient nous prendre pour cibles.

Nous ? Des cibles ? Je croyais qu'on était tous censés être dans la même équipe ? Mais c'est vrai qu'il faut s'attendre au pire avec ADDICT. Je hoche donc la tête et me prends à regretter sa chaleur lorsqu'il rompt le contact.

Les bavardages cessent dès que nous posons le pied dans une pièce qui doit faire dix mètres sur dix environ. C'est ça, leur salle de jeu ? La moitié gauche est vide à l'exception d'un tapis couleur fraise tagada, tandis qu'à droite, l'espace est rempli par trois canapés disposés en U autour d'une longue table basse en verre. Au lieu de reposer par terre, celle-ci est suspendue au plafond par des câbles argentés. Assis sur les canapés, trois filles et deux garçons, tous ados.

— Salut, lance Ian en allant s'installer sur le seul canapé encore libre.

Je me contente d'adresser un petit sourire à la ronde et vais prendre place à côté de lui, posant mon sachet de produits de beauté à côté de moi. Le coussin rebondit comme s'il était monté sur ressorts. J'ai beau essayer de bouger le moins possible, il persiste à me faire tanguer comme à bord d'un bateau. À chaque rebond, le coussin chuinte et me repousse vers le haut. Je remarque avec soulagement que les autres joueurs rebondissent aussi sur les leurs. Mais pourquoi des gens iraient-ils dépenser des sous pour passer leur soirée dans une pièce aussi bizarre ? À moins qu'ADDICT l'ait décorée spécialement à notre intention ?

— Vous avez fini par vous décider, crache le rouquin assis en face de moi.

Avec ses joues flasques et ses biceps surdéveloppés, il a tout du mec sous stéroïdes. L'un de ses bras massifs enserre la taille d'une fille super bronzée aux rondeurs peu naturelles et aux bras chargés de bracelets cliquetants. Un de ses pieds nus caresse ostensiblement le tibia de son compagnon : pas de secret qui tienne avec une table en verre.

Le canapé d'à côté est occupé par deux filles, l'une blanche et l'autre asiatique, chacune avec au moins cinq piercings. Je reconnais la blanche pour l'avoir vue voler le vernis à ongles lors des rounds préliminaires. Assises l'une contre l'autre, elles montrent à tout le monde qu'elles aussi forment un couple. Mais pas moyen pour elles de se faire du pied avec leurs bottes de chantier. De notre côté de la table, un métis aux cheveux noirs coupés court et aux petites lunettes est assis les bras croisés. Il est le seul à réussir à rester assis sans bouger au milieu de son canapé. Son style propret où l'on devine une tendance geek lui donne un certain charme, un peu comme pour Tommy, mais il n'a ni fille ni garçon à ses côtés.

Ian se penche en avant non sans tenir son coussin à deux mains.

— Alors, vous pensez qu'ils vont nous envoyer quelques Observateurs ?

— Les Observateurs sont là, lâche le type à lunettes en montrant du doigt une caméra montée dans un angle de la pièce.

J'examine les alentours plus avant et en découvre une à chaque angle, perchées comme des oiseaux de proie. En dessous de chacune sont installés des écrans noirs. La pièce est tapissée de papier peint gris recouvert de figures géométriques rouges. Seul un mur apparaît vaguement différent, celui à côté de la porte. Les mêmes figures y sont tracées, mais il semble plus brillant que mat, comme si c'était de la peinture et non du papier peint. Dans tous les cas, ça a l'air cher, et c'est moche.

— Moi c'est Ian, dit-il en tendant la main droite au type à lunettes.

— Samuel, répond ce dernier en la lui serrant.

Personne d'autre n'enchaîne les présentations. Peut-être le défi consiste-t-il à nous faire sentir mal à l'aise en groupe ? Je ne peux m'empêcher de me tordre les doigts.

La blanche aux grosses bottes, percée principalement d'épingles de nourrice et de boulons, lâche un petit rire moqueur.

— Alors Véra, on flippe ?

Je la fusille du regard. Mais en même temps, je préfère largement être comparée à l'intello dans *Scoubidou* qu'être traitée de salope.

Ian se tourne alors vers le roux bodybuildé et sa copine aux multiples bracelets.

— C'est quoi le défi que vous avez préféré ce soir ?

La fille pouffe de rire avant de répondre :

— Sans hésitation celui dans le sex-shop, fallait qu'on prenne des articles dans les rayons et qu'on dise à voix haute ce qu'on en pensait ! couine-t-elle en lançant à son partenaire un regard langoureux.

Ian rigole avec elle et je souris aussi. Jusqu'à hier, un défi comme ça m'aurait paru irréalisable. Aujourd'hui je me dis plutôt qu'ils s'en sont tirés à bon compte.

La fille asiatique, coiffée d'une crête rose pétant, fait la moue.

— Pourquoi on a pas eu ça, nous ?

— T'inquiète pas, mon cœur, on ira demain, la rassure son amie en lui massant l'épaule.

J'essaie de trouver la bonne position sur le canapé, mais même le mouvement le plus infime crée une onde de choc. Si c'est comme ça qu'ils accueillent les VIP, je me demande bien quel genre de mobilier ils ont pour les clients « normaux ».

— Et il y en a parmi vous qui s'étaient déjà rencontrés avant les épreuves en direct ? s'enquiert Ian à la ronde.

— Nan, dit la fille aux bracelets en dévorant son mec des yeux. Cette soirée a été trop kifante ! ADDICT vaut carrément mieux que tous les sites de rencontre !

J'aimerais bien savoir combien de temps elle a passé sur ces sites dont elle parle. Je suis malgré tout obligée d'avouer qu'ADDICT a bien fait les choses en me donnant Ian pour partenaire. C'est vrai que je leur avais fourni pas mal d'infos sur le questionnaire d'inscription et qu'ils ont dû en récupérer un tas sur ma page ThisIsMe. Ont-ils aussi contacté Liv et Eulie ? Quand tout ça sera terminé, il faudra que je mène mon enquête pour savoir qui a dit quoi…

— Et toi, poursuit Ian en se tournant vers Samuel, ils t'ont pas attribué de partenaire ?

— Si, répond-il en haussant les épaules, mais elle était allergique à la gelée au citron vert.

Avant que quiconque ait le temps de lui demander des explications, la sonnerie de son téléphone retentit. C'est pas juste ! Dès qu'il a lu son message, Samuel se lève et va fermer la porte. Je me raidis en entendant le *clic* menaçant.

— Pourquoi t'as fait ça ? lui demande Miss Bracelets.

— Parce que ADDICT m'a offert cinquante dollars de bonus pour le faire, sourit Samuel.

Le rouquin abat violemment sa main sur la table, faisant valdinguer la planche de verre vers Ian et moi. Heureusement, Ian a la présence d'esprit de l'arrêter avant qu'elle nous rentre dans les genoux. Leur mobilier ne pourrait pas se tenir tranquille un moment ?

Le rouquin va se poster en face d'une caméra et la menace du poing.

— Hé les mecs, moi j'aurais fermé cette porte pour seulement trente dollars.

Je m'attends presque à voir les caméras acquiescer. À la place, les lumières s'assombrissent. On se regarde tous d'un air interrogateur et chacun sort son téléphone pour voir qui touchera les cinquante prochains dollars. Mon écran demeure désespérément muet.

Soudain, une cacophonie de bips envahit la pièce, nous faisant tous rebondir stupidement sur nos sièges. Les écrans de télé noirs se mettent à clignoter en lumière stroboscopique avant d'être remplacés par les visages de Gayle, la femme qui m'a interviewée, et d'un homme d'une trentaine d'années au crâne rasé, avec un T-shirt de groupe de rock et des boucles d'oreilles de la taille de donuts qui risquent de laisser des séquelles.

— Bienvenue aux défis du Grand Prix ! crient nos maîtres de cérémonie à l'unisson.

Le mot « BIENVENUE » s'affiche alors sur les écrans, en alternance avec leurs visages, avec en arrière-plan des feux d'artifice, le tout accompagné d'une musique staccato que j'avais entendue lors de l'émission du mois dernier. L'image finit par se stabiliser sur les présentateurs debout sur un podium et entourés d'une foule en délire que j'identifie sans peine comme des Observateurs à leur sourire béat. L'homme se présente comme étant Guy après avoir introduit Gayle au public.

Il agite un doigt vers nous.

— Je vous rappelle les règles une dernière fois : vous jouez désormais en équipe. Autrement dit, si un seul d'entre vous abandonne, tout le monde perdra ses prix !

Miss Épingles-de-Nourrice brandit le poing et nous dévisage tour à tour en finissant par moi.

— Si jamais l'un de vous fait sa chochotte, je jure que je lui réglerai son compte !

J'ai soudain une furieuse envie d'aller aux toilettes.

La caméra zoome ensuite sur Gayle.

— Nous allons commencer par quelques défis apéritifs pour briser la glace. Alors mettez-vous à l'aise, et que le fun commence !

Je demanderais bien aux autres ce qu'on leur a promis comme Grand Prix, mais ce serait comme demander à quelqu'un son poids ou sa taille de soutif. Je souffle donc à Ian :

— Tu crois qu'il y a combien de gens qui nous regardent ?

Immédiatement à l'écran, la lèvre supérieure de Guy se lève en un rictus satisfait.

— Excellente question, Vee. Vous avez en effet une tonne de nouveaux admirateurs. Ça vous dit d'essayer de deviner leur nombre ? Oh, et puis, faisons-en un défi à cent dollars ! Celui ou celle qui s'en approchera le plus remporte la mise.

Chacun y va de son estimation, de vingt mille spectateurs (ma proposition) jusqu'à un demi-million (celle du rouquin). Guy et Gayle échangent un large sourire avant de décréter qu'un certain Ty gagne, lequel se trouve être le rouquin. Ils ne nous donnent pas pour autant le nombre exact de gens connectés. En même temps, la deuxième estimation la plus haute se montait à cent mille spectateurs, ce qui signifie qu'on est regardés par une foule de gens.

Je devrais ressentir un frisson de célébrité, mais au lieu de ça, je me demande combien paie le public au total pour regarder sept jeunes enfermés dans un salon VIP aux meubles branlants. Et qu'est-ce qu'ils s'attendent à voir au juste ?

12.

— **E**t le défi amuse-bouche suivant nous est proposé par l'une de nos spectatrices ! applaudit
Gayle en arborant un sourire factice.

Elle est aussitôt remplacée à l'écran par un slogan aux
couleurs criardes : « VOYONS VOIR QUI OBSERVE » accompagné d'un roulement de tambours. Apparaît alors une
chambre d'étudiants où s'entasse un groupe de jeunes.
Une fille aux cheveux longs et aux yeux vitreux prend
la parole, lisant à voix haute son téléphone :

— Démarrons en douceur par les présentations. Pour
cinquante dollars chacun, il vous suffit de donner votre
nom et de dire de quelle ville vous venez. Allez les…,
conclut-elle le poing levé avant d'être coupée.

Cinquante dollars pour me présenter aux autres
joueurs ? Trop fastoche… Il doit y avoir un piège
quelque part, mais je n'arrive pas à trouver où. Ces présentations pourraient même jouer en notre faveur. J'ai
lu quelque part qu'il est plus difficile de faire des sales
coups à quelqu'un à partir du moment où on le connaît.
Non pas que les autres joueurs veuillent nous attaquer.
Qui sait, je pourrais même devenir amie avec certains

d'entre eux. Mais sans doute pas au point de relever avec eux un des défis cochons d'ADDICT. Plutôt dans l'esprit de les revoir une fois que tout sera terminé, histoire d'en rigoler ensemble, comme les joueurs du mois dernier réunis par ADDICT pour l'émission intitulée « Épilogue ».

Le tour de table commence par l'Asiatique à crête rose, elle s'appelle Jen. Sa copine qui nous a menacés de nous faire la tête au carré se prénomme Micky. Elles viennent de Reno et en profitent pour lâcher qu'elles ont rejoint le Mile-High Club en s'envoyant en l'air dans le vol qui les amenées jusqu'à Seattle. Miss Bracelets, l'accro aux UV, s'appelle Daniella. Elle et son partenaire Ty sont de Boise et ont également pris l'avion juste après leur dernier défi. Reste Samuel qui habite Portland.

Lorsque vient mon tour, Micky lève les yeux au ciel.

— C'est quoi comme nom, V ? Tes parents sont tombés en panne d'inspiration après la première lettre ?

Jen, Ty et Daniella s'esclaffent avec elle.

— Perso, je préfère ça à avoir un nom de souris ! rétorqué-je du tac au tac.

Je sens qu'on va bien s'entendre toutes les deux…

À en juger par son expression, ses deux neurones s'activent pour trouver une réplique cinglante, mais avant qu'elle n'y parvienne, les visages souriants des deux maîtres de cérémonie reviennent à l'écran. Gayle demande alors à Ty d'aller ouvrir une porte sur le mur qui se trouve dans son dos, puis d'ouvrir le coffre rouge (et seulement celui-ci) à l'intérieur.

— Qu'est-ce que j'y gagne ? demande Ty sans bouger d'un poil.

— Toi et tes amis pourrez vous partager ce que contient le coffre rouge, le premier arrivé sera le premier servi ! lui répond Guy, le sourire toujours collé aux lèvres.

Ty se lève d'un bond et va inspecter ledit mur. Il n'y a aucune porte apparente.

— Y a une combine ? demande-t-il à la caméra au-dessus de lui.

C'est plutôt une question de QI, à mon sens. Très vite, l'un des motifs en spirale du papier peint s'illumine tel un bouton d'ascenseur. Lorsque Ty le pousse, une porte coulisse sans bruit. Je tourne la tête pour voir si le mur derrière moi recèle le même genre de compartiments. Combien de portes cachées la pièce renferme-t-elle ? À en croire le nombre de spirales, un bon paquet !

Daniella se lève pour aller se coller à Ty. Elle adresse un clin d'œil à la caméra avant de lui pincer les fesses. Samuel se retourne vers Ian et moi et lève les yeux au ciel, ce qui me donne un peu d'espoir : j'ose imaginer que si jamais on devait en venir aux mains, il serait un allié potentiel. Houla, calme-toi, Vee. Inutile de sombrer dans la paranoïa !

L'espace dévoilé par la porte coulissante comporte une rangée verticale de tiroirs de couleurs différentes. Ty tire sur la poignée du compartiment rouge situé au sommet qui s'ouvre comme une porte de frigo. Je me redresse un peu pour distinguer ce qu'il y a dedans et soupire intérieurement en découvrant des bouteilles de bière. Ça n'augure rien de bon s'ils veulent nous saouler. Bien sûr, Ty et Daniella poussent des cris de joie comme s'ils avaient mis la main sur un trésor caché. Micky et Jen ne sont pas en reste. Ty décapsule plusieurs bouteilles et les passe aux autres joueurs qui trinquent bruyamment.

Pendant ce temps, un message défile sur les écrans :

« CINQUANTE DOLLARS POUR CHAQUE BIÈRE CONSOMMÉE ! »

— Qu'est-ce que t'en penses ? chuchoté-je à Ian.

— Faut qu'on reste sociables tout en faisant gaffe de garder le contrôle...

— OK, une bière chacun au max.

Nous nous dirigeons vers le compartiment ; Ian propose au passage à Samuel de lui en rapporter une. Celui-ci décide de nous suivre, sans doute pour éviter de passer pour un rabat-joie. Ian attrape une bière dans le coffre, la décapsule et me la tend. Je l'examine de près pour m'assurer qu'il n'y a pas anguille sous roche.

— Il y a eu le sifflement de gaz classique lorsque je l'ai débouchée, m'informe Ian.

Je place le goulot sous mes narines. Pas de doute, ça sent bel et bien la bière. En plus, je suis morte de soif. Mais techniquement, je n'ai pas l'âge légal pour en boire. Ce n'est pas ça qui m'arrêterait dans la vie de tous les jours, mais qui voudrait être filmé en train d'enfreindre la loi ? Je fais part de mes scrupules à Ian.

— Qui ira prouver que ce n'est pas du jus de pomme ? rigole-t-il.

Pas faux. Je prends une petite gorgée. Le liquide s'avère glacé et amer. Ce n'est certainement pas du jus de pomme. L'étiquette est en allemand, mais je repère vite le degré d'alcool : 8,5 %. Elle est forte. Venant

d'eux, ça ne m'étonne pas. Au temps pour la légalité…
Si ADDICT bafoue ouvertement l'interdiction de servir de
l'alcool à des mineurs, quelles autres lois vont-ils nous
demander de violer ?

Ty et les filles se sont regroupés dans un coin de la
pièce, descendant tranquillement leur bière comme s'ils
étaient à une soirée. Ils se racontent des histoires de
cuite à grand renfort d'éclats de rire ; le public est très
certainement en train de boire leurs paroles.

D'un petit coup de coude, Ian me fait signe d'aller
les rejoindre. J'ai beau les trouver détestables, je comprends sa stratégie. Si jamais des clans venaient à se
former, il ne faudrait pas qu'on en soit exclus. Samuel
semble avoir le même raisonnement car il vient se glisser en lisière du groupe, les yeux braqués sur ses
pieds.

J'en profite pour détailler les participants. De toute
évidence, ADDICT a essayé de diversifier au maximum la
distribution, que ce soit en termes d'origine ethnique,
d'orientation sexuelle, de physique et Dieu sait quelles
autres catégories encore. La recette parfaite pour en
appeler à une base sociodémographique la plus large
possible comme le formulerait Tommy.

Est-ce qu'on se fréquenterait si on était dans le même
lycée ? À part Ian et moi, bien sûr. Dans mon école, les
groupes ne sont pas aussi exclusifs que dans d'autres,
mais chacun sait à peu près où se situer. En dehors de
Sydney, Liv et Eulie, je traîne surtout avec les filles qui
savent faire la différence entre *Vogue* et *Voici* et qui res-
pectent mon look au croisement du vintage et du petit
budget.

Bien qu'à l'aise dans mon cercle d'amis, j'ai toujours envié à Sydney sa facilité à s'adresser à tout le monde. Dans un coin de ma tête, je me demande comment les gens me traiteraient si je n'étais pas sa meilleure amie. Je le découvrirai peut-être bientôt à mes dépens après le fiasco du dernier défi...

Micky lâche un rot sonore et lève sa bouteille vers la caméra :

— La bière allemande, elle déchire !

— On devrait pas trop boire, les prochains défis exigeront peut-être une bonne coordination... Enfin, je dis ça comme ça, glisse Samuel l'air gêné.

— Merci le binoclard, lui lance Micky, je te rappelle quand même que le jeu s'appelle ADDICT, pas BISOU-NOURSLAND !

Je remarque néanmoins que sa gorgée suivante est un peu moins franche.

— Je propose un toast, dit Ian en levant sa bouteille. Trinquons aux Grands Prix et à l'argent à gogo !

Tout le monde se rallie à la cause et les bouteilles s'entrechoquent comme si nous ne formions qu'une seule et grande famille. Il se peut que ça ne se passe pas trop mal en fin de compte, malgré la présence de cette épouvantable Micky. Au fil des gorgées, la bière coule mieux et me détend peu à peu. Je regarde l'heure sur mon portable et la montre à Ian : plus que deux heures trente-huit à tenir. Une envie soudaine de chanter « Dix kilomètres à pied » me prend, mais je me retiens de peur d'avoir l'air ridicule.

Ian me prend la main, ce qui accroît encore ma sensation de bien-être.

— On va y arriver, me glisse-t-il à l'oreille.

Je lui serre les doigts. Plus la peine de faire semblant d'être juste amis.

Ian essaie d'inclure Samuel dans une conversation à propos de jeux vidéo. Bien que je n'aie pas grand-chose à dire sur le sujet, je m'efforce de sourire avec bien-veillance pour les caméras. De toute façon, même si des crocs venaient à me pousser, je ne ferais sans doute pas peur à grand monde.

Des haut-parleurs invisibles se mettent soudain à cracher de la musique techno et les couples commen-cent à se trémousser en brandissant leurs bières. Leur deuxième… j'ai compté.

À l'instant où les bips retentissent, les écrans noirs reprennent vie ; le slogan « VOYONS VOIR QUI REGARDE » s'affiche avant de laisser place à deux beaux mecs serrés l'un contre l'autre sur un canapé de velours rouge.

L'un d'eux nous fait un signe de la main.

— Salut les joueurs ! Ici Houston ! ADDICT vous offre à chacun un bonus de cent dollars si vous dansez tous !

Son ami et lui joignent l'acte à la parole et se mettent à sauter sur place le poing levé, vite rejoints par une foule massive derrière eux.

Ça ne me gêne pas de danser. À vrai dire, j'adore ça. Mais l'idée d'être payée pour refroidit un peu mes ardeurs. ADDICT s'attend à ce que nous fassions les beaux, tels des chiens savants, dès qu'on nous agite une récompense sous la truffe… D'accord, c'est un peu le principe du jeu !

La musique est la même dans notre salle, à Houston et apparemment partout où sont rassemblés les Observateurs, puisque sur chacun de nos écrans filmant un endroit différent, les gens se trémoussent au même son. C'est comme si nous partagions tous la même piste de danse gigantesque. À côté de moi, Ian se déhanche du mieux qu'il peut, et il se débrouille plutôt pas mal pour un hétéro. Même Samuel esquisse des mouvements de bras d'avant en arrière. Je sens que tous les regards sont fixés sur moi. Les sourcils froncés, Micky se penche à l'oreille de Jen pour lui dire quelque chose. Ian sourit et attrape ma main libre pour me faire tournoyer sur moi-même. J'hésite une fraction de seconde. Est-ce que je veux passer pour la fille qui crache sur de l'argent facile ? Et quel mal y a-t-il à danser de toute façon ? Surtout si ça peut permettre de nouer des liens avec le reste du groupe. Ian me donne le tempo, et, calée sur son rythme, je sens rapidement une énergie nouvelle se répandre dans mon corps.

Je me laisse envelopper par la musique et me surprends à rire de plaisir en voyant des Observateurs qui me font coucou à l'écran. Le volume sonore semble augmenter à chaque chanson et je me détends peu à peu sans plus me soucier des caméras. La bière était-elle droguée ? Je dépose ma bouteille vide au pied du mur et continue de me trémousser. Tous les joueurs s'éclatent, se rentrant dedans en un pogo bon enfant. Même la mine renfrognée de Micky s'adoucit. Après deux ou trois chansons, la musique ralentit et je reprends mon souffle dans les bras de Ian. L'éclairage se met en mode bougies et les images à l'écran se floutent progressivement, ce qui donne à la salle une ambiance chaude et intime. C'est super agréable. Si tous les défis sont de cet acabit, je vais passer une soirée géniale. En attendant, je me blottis contre Ian.

Seulement, pas question pour ADDICT de nous donner trop de répit. La musique s'arrête de manière abrupte, aussitôt relayée par des bips stridents. Ce n'est qu'à ce moment que je m'aperçois que je crève de chaud. Je décolle mes cheveux de ma nuque et Ian me souffle doucement sur la peau. J'en ai des frissons dans le cou.

Guy et Gayle sont de retour à l'écran, sourires plâtrés aux lèvres.

— Eh bien, certains membres du public sont loin d'être convaincus que les mouvements de Samuel puissent être considérés comme une danse, mais puisque c'était un défi facultatif, nous n'allons pas le pénaliser cette fois.

Dans un éclat de rire, elle poursuit :

— Et c'est maintenant l'heure de notre dernière mise en bouche ! Sur le mur derrière la table, vous trouverez quatre portes, chacune menant à un salon privé. Choisissez qui vous voulez pour y participer à une partie torride de « Sept minutes au paradis ». Je suis sûre qu'il n'est pas nécessaire de vous expliquer les règles.

Gayle fait un clin d'œil appuyé, puis reprend :

— Le joueur ou l'équipe qui fournira au public la prestation la plus distrayante remportera cinq cents dollars. Cent dollars pour le ou les deuxièmes. Un seul mot d'ordre pour tout le monde : profitez !

Ian me passe un bras autour de la taille.

— Ça te dit ?

J'espère qu'il plaisante ! Aussi tentante que soit une séance de bécotage avec lui, j'ai déjà assez donné dans la prostitution pour ce soir… Les Observateurs nous ont vus danser ensemble, ça ne leur suffit pas ?

— Je préfère qu'on se réserve pour plus tard…

Il me prend la main et l'embrasse.

— Pas de problème.

La musique reprend, toujours sur un rythme techno. Très romantique… Ty et Daniella sont déjà à l'ouvrage avant d'entrer dans leur salle. Je détourne les yeux pour ne pas voir ce qu'il fait de ses mains baladeuses.

Poussée par la curiosité, je vais quand même appuyer sur un bouton en spirale de l'autre côté de la pièce. Une porte coulisse sur un petit salon privé, meublé d'un lit étroit et d'une minuscule table de chevet, rien de plus. Hormis sans doute les accessoires rangés dans l'unique tiroir de la table…

La lumière tamisée me permet de voir qu'un miroir occupe tout le plafond. Je m'écarte pour que Ian puisse jeter un coup d'œil à son tour. Il rigole en suggérant qu'on pourrait au moins y faire une petite sieste. Ha ! Comme s'il était possible que je dorme, allongée contre lui !

Micky et Jen se prennent sauvagement la bouche, poussant des gémissements de plaisir tout en titubant vers leur espace désigné. Avant qu'elles n'y pénètrent, Jen se tourne vers Samuel :

— Ça te dit de venir ?

Il a l'air de sérieusement réfléchir à la proposition malgré les regards noirs dont le foudroie Micky par-dessus l'épaule de Jen. La raison finit par l'emporter sur sa convoitise et il décline l'offre. Les filles haussent les épaules et ferment la porte derrière elles.

Ian, Samuel et moi retournons nous asseoir sur nos canapés à ressorts. Samuel sort son téléphone et s'absorbe dans un jeu vidéo à en croire la manière dont il tripote son écran. Sa conversation avec Ian a dû le convaincre qu'il s'agissait d'une activité socialement acceptable en soirée. De toute façon, c'est toujours mieux que ce qui se trame à quelques mètres de nous. Je pose ma tête sur l'épaule de Ian et ferme les yeux tandis que nos compagnons de jeu se livrent à leurs galipettes en direct.

Des bips me tirent de ma rêverie en sursaut : sur les écrans s'affichent nos sept photos avec une ligne en dessous intitulée « COTE DE POPULARITÉ ». Argh ! J'ai le taux le plus bas, avec seulement 22 % d'opinions favorables, même Samuel me devance avec 24 %. Ian doit avoir une belle collection de groupies, son score se monte à 67 %. Ty et Daniella sont pour le moment en tête avec plus de 90 % de suffrages, talonnés de près par Micky et Jen. D'accord, ce que les pervers pensent de moi ne devrait me faire ni chaud ni froid, mais je ne peux pas m'empêcher d'éprouver le sentiment d'être rejetée.

Ian a beau jeu de me dire de ne pas faire attention à ces chiffres, avec son score, il est tranquille ! Quelques minutes supplémentaires s'écoulent avant que les portes dans notre dos ne s'ouvrent automatiquement. Je jette un coup d'œil, mais me retourne aussitôt en tâchant d'effacer de ma rétine l'image du ventre nu de Ty. Après s'être reboutonné et essuyé la bouche du revers de la main, les autres reviennent prendre leur place. Ils commentent en riant les scores affichés, puis ceux-ci disparaissent, laissant place au faciès goguenard de Guy.

— Et voici les résultats, selon les votes de vos Observateurs, celles qui ont le mieux tiré parti de leurs sept
minutes au paradis sont Jen, suivie de très près par
Micky ! Félicitations à vous, mesdemoiselles !

Je parie que c'est la première et la dernière fois que
Micky se fait appeler mademoiselle.

La tête de Gayle surgit à côté de celle de son homo-
logue pour l'annonce suivante :

— Nous voilà donc arrivés au terme du tour de
chauffe, ce qui signifie que la partie va pouvoir enfin
débuter ! Le round du Grand Prix ! N'oubliez pas que
vous devez tous réussir vos défis pour empocher vos
gains ! Alors… prêts pour le premier ?

Certains des joueurs répondent « Ouais ! », comme si
ADDICT attendait une réponse de leur part. Gayle et Guy
se penchent alors ensemble vers la caméra :

— Vous n'avez qu'un simple coup de fil à passer !

13.

Un coup de fil ? J'ai du mal à croire que notre première épreuve soit un vulgaire canular téléphonique. Pas avec de tels prix à la clé.

— C'est facile, poursuit Guy, nous vous donnons l'amorce. À vous ensuite de tenir quelques minutes en ligne. Qui veut se lancer ?

Personne n'ose répondre dans un premier temps, puis Daniella lève la main.

— Pourquoi pas ? Je passe des heures au téléphone chaque jour !

Le sourire de Gayle s'élargit.

— Excellent ! Cinquante dollars de bonus pour t'être portée volontaire, Daniella ! Tu vas devoir appeler ton ex, Marco. Tu dois lui dire que toutes ces fois où il t'a accusée de le tromper avec son frère, il avait parfaitement raison.

Le bronzage orangé de Daniella perd immédiatement de son lustre.

— Mais comment vous… ? Attendez, même si c'était vrai, tout est fini entre Marco et moi !

— Passe ce coup de téléphone, sinon toute l'équipe peut dire adieu à ses prix ! rétorque Gayle d'un ton qui n'admet pas la réplique.

Ty prend l'épaule de Daniella et la serre, un geste trop violent pour être romantique. Ses yeux furètent de droite et de gauche, comme si elle cherchait désespérément une sortie. Lorsqu'elle intègre enfin le fait qu'ADDICT ne va pas changer son épreuve et qu'elle n'a nulle part où se cacher, elle sort à regret son téléphone. Pendant ce temps-là, nous autres continuons de rebondir stupidement sur nos canapés à ressorts, relégués, pour quelques minutes du moins, au statut d'Observateurs passifs. Je compatis sincèrement avec Daniella, seulement je ne peux m'empêcher d'éprouver de la curiosité pour la tournure que l'appel va prendre. Mais que m'arrive-t-il ? !

Daniella nous tourne le dos, mais ADDICT a connecté son portable aux enceintes de la pièce, sans doute grâce à l'appli sournoise qu'ils nous ont fait télécharger. On entend donc parfaitement le téléphone sonner chez Marco tandis qu'un gros plan du visage de Daniella s'affiche à l'écran.

Après deux sonneries, une voix masculine décroche.

— Euh… salut, c'est Dani.

— Quoi de neuf ? lui demande la voix, un peu noyée par un fond musical.

Est-il possible qu'il ne soit pas branché sur ADDICT ? Daniella et Ty doivent être des célébrités à Boise à l'heure qu'il est, et ce mec ne regarde pas l'émission ? Les responsables d'ADDICT étaient-ils au courant en lui donnant ce défi ?

— Je voulais juste te dire que quand on était ensemble, je sortais aussi avec Nate. T'avais raison…

Après un bref instant de silence, la voix de Marco explose en invectives :

— Je le savais, sale pouffiasse !

Daniella a beau tenir son portable le plus loin possible de son oreille, son ex continue à déverser un torrent d'injures à en faire pâlir une nonne. En larmes, Daniella crie à la caméra « Ça y est, je l'ai fait ! » avant de raccrocher. Elle cherche Ty des yeux, mais celui-ci la dévisage comme si c'est lui qu'elle avait trompé.

— Alors, c'était pas si dur, hein ? demande Gayle, d'une voix mielleuse.

Chacun des candidats est ensuite appelé à tour de rôle. L'animatrice leur demande d'appeler des ex ou des amis avec un message conçu pour faire hurler leur destinataire. Ian doit ainsi contacter une ancienne petite amie pour lui faire croire qu'il regrette terriblement d'avoir rompu, que c'est sans doute la pire décision qu'il ait prise de sa vie et qu'il aimerait se remettre avec elle. La voix de la fille est si gonflée d'espérance que j'en ai mal au cœur pour elle.

Dès qu'il a raccroché, Ian éponge son front en sueur.

— J'espère que quelqu'un lui dira la vérité avant que je ne doive le faire… Quel défi de merde !

Comment les organisateurs d'ADDICT peuvent-ils savoir que nos interlocuteurs n'étaient pas connectés ? Leur ont-ils offert des places de concert ou autre pour les occuper ailleurs ? Je commence à croire qu'ils sont omnipotents…

Mon tour arrive. Il faut que j'appelle Tommy, que je lui dise que je sais qu'il est amoureux de moi, et que je lui donne trois bonnes raisons pour lesquelles on ne pourra jamais être ensemble. Je suis presque soulagée : Tommy n'est pas amoureux de moi et il sait que je joue à ADDICT. Je suis même quasiment sûre qu'il regarde l'émission. J'aurai beau lui raconter n'importe quoi, il saura que je joue la comédie. Ouf ! Il y a donc des limites au pouvoir d'ADDICT, ou peut-être n'ont-ils pas eu le temps de me concocter un défi aussi tordu que celui des autres, étant donné que j'ai participé très tard au round préliminaire. Peu importent les raisons, je compose son numéro.

Tommy décroche à la première sonnerie.

— Hey, désolée pour tout à l'heure !

Un bip strident me fait lever la tête : « COLLE AU SCÉ-NARIO » m'indique l'écran.

Quoi ? Je ne peux même pas m'excuser en guise d'intro-duction ? C'est ça qu'ils entendent par « intégrité du défi » ?

Quoi qu'il en soit, je continue à parler même si je n'ai pas capté la réponse de Tommy.

— Bref, je sais que t'as un petit faible pour moi. Mais il n'y a pas moyen qu'on puisse être ensemble, tu vois, parce que… on est trop similaires toi et moi… genre on est toujours tous les deux en coulisses. En plus, je te trouve un peu trop speed comme mec.

Et ce n'est pas faux, il suffit de l'avoir vu travailler sur ses décors plusieurs heures d'affilée sans prendre de pause.

— Et puis de toute façon, je serai jamais à la hauteur de tes exigences.

Houlà ! D'où vient ce dernier argument ? J'aurais mieux fait de réfléchir deux secondes avant d'appeler. Enfin, ce qui est fait est fait…

Il reste sans rien dire pendant quelques secondes avant de s'emporter :

— Waouh, je savais que tu étais égoïste, mais maintenant j'en ai la preuve par neuf !

Quoi ? Mais qu'est-ce qui lui prend ? Ne se doute-t-il pas qu'il s'agit d'un défi ? Ah mais non, suis-je bête ! Il ne fait que jouer le jeu !

— Tu veux que je te dise pourquoi tu pourras jamais sortir avec un mec comme moi ? Tout simplement parce que tu te détestes trop pour être avec quelqu'un qui t'aime pour les bonnes raisons ! Tu préfères t'intéresser à des gars qui te rabaissent et te donnent l'air d'une mendiante devant tous tes amis ! Je pensais que tu étais différente, plus intelligente que le reste de la bande. Mais maintenant, je comprends que tu n'avais juste jamais eu l'occasion de te révéler sous ton vrai jour !

Il me raccroche au nez avant même que je n'aie eu le temps de le faire.

J'ai l'impression de m'être pris un uppercut dans le ventre. Une fois de plus, je viens de me faire humilier aux yeux du monde entier. Et moi qui le considérais comme mon équipier... J'aimerais que la terre s'ouvre pour m'engloutir.

Ian se penche vers moi et me prend la main.

— Tu t'attendais à quoi ? Il est jaloux et blessé...

Je ne sais pas à quoi je m'attendais, mais ADDICT a obtenu de chacun d'entre nous ce qu'il voulait. Premier défi du Grand Prix, encore deux heures à jouer, et on est tous déjà en état de choc.

Guy revient à l'écran, il est maintenant en costume cravate et a laissé le sourire au vestiaire.

— Bon, vous avez passé le bonjour à vos amis, il est désormais l'heure d'appeler vos familles !

Nouveau coup de bambou derrière la tête. Jamais de la vie mes parents ne seront connectés à ADDICT, eux qui ont déjà du mal à se servir de la télécommande... Mon cerveau turbine dans tous les sens tandis que j'envisage les multiples possibilités que le jeu a pu trouver pour les tourmenter.

Un petit raclement de gorge et Guy explicite la consigne :

— Vous avez cette fois tous le même script. Chacun des joueurs va appeler le membre le plus proche de la famille d'un autre joueur, et lui faire passer un message simple : il suffit de dire que le joueur concerné vient d'être victime d'un terrible accident et de raccrocher. C'est tout.

Oh mon Dieu, oh mon Dieu, oh mon Dieu ! J'en ai les larmes aux yeux rien que d'imaginer la tête de mes parents quand ils entendront ces mots.

— Je peux pas leur faire ça, chuchoté-je.

Ian me serre dans ses bras :

— C'est clair que ça craint. Et crois-moi, mon père est pas le genre de type à qui il fait bon annoncer des mauvaises nouvelles. Mais imagine la joie de tes parents quand tu rentreras avec tes études payées. En plus, t'as plein d'amis qui regardent, et il y en aura au moins un qui les appellera pour leur dire la vérité. Je suis sûr qu'un de mes potes le fera.

Il se tourne alors vers l'une des caméras.

— Hein, les gars ?

Il prononce ces mots avec le sourire, mais je lis dans ses yeux une terrible appréhension. En même temps, il

n'a pas tort. Même si Syd est en rogne contre moi, elle
ne laissera jamais mes parents croire que j'ai eu un accident, ne fût-ce qu'une minute. Elle les contactera à la
seconde où elle verra ça. Au pire Liv et Eulie s'en char-
geront. Somme toute, le supplice ne sera que de courte
durée pour mes parents, en échange de cette manne
financière. En plus, mes amies en profiteront pour leur
expliquer le pourquoi de mon retard. J'ai tout à y
gagner. Quoi qu'il se passe, je sais de toute façon que
je serai privée de sortie…

— OK, finis-je par soupirer.

À moi l'honneur de commencer puisque j'étais la dernière à passer lors de l'épreuve précédente. Je dois
appeler le père de Jen et son numéro s'affiche sur
l'écran au-dessus de nos têtes. Malgré son attitude de
dure à cuire, Jen me lance un regard apeuré. Je lui
réponds d'un hochement de tête, espérant lui faire comprendre que je vais essayer d'épargner son père au maximum. En même temps, difficile d'annoncer à quelqu'un
que sa fille est gravement blessée en y mettant les
formes.

Je compose lentement le numéro, le son des touches
est amplifié par le haut-parleur et résonne dans la
pièce comme une marche funèbre. Dès que le père
de Jen décroche, je récite le script mot à mot, puis
raccroche avant qu'il n'ait eu le temps d'en placer une.
Peut-être que la fin abrupte du coup de fil lui fera
comprendre qu'il ne s'agit que d'un canular. Un canular qui atteint le summum du mauvais goût et de la
perversité. S'il vous plaît, amis de Jen, appelez-le sans
tarder !

Les autres appels se suivent et se ressemblent jusqu'à ce que Ty s'apprête à téléphoner chez moi. Je suis tellement anxieuse que mes ongles ont creusé de profonds sillons dans mes paumes.

Quand ma mère décroche, Ty prend un malin plaisir à annoncer la nouvelle d'une voix empreinte d'émotion, comme s'il venait juste de pleurer :

— Je suis vraiment désolé de devoir vous informer que Vee vient d'avoir un accident très grave.

Il reste suffisamment longtemps en ligne pour que j'entende le gémissement de douleur de ma mère et qu'il me transperce le cœur.

N'écoutant que mon instinct, je ne peux m'empêcher de crier :

— Je vais bien, maman !

À mon cri, Ty s'empresse de raccrocher. Maman m'at-elle entendue ? Je ferme les yeux et adresse une prière au ciel. Syd, c'est tout à fait normal que tu m'en veuilles, mais s'il te plaît, s'il te plaît, sois là pour ma mère comme tu l'as toujours été pour moi.

Des bips sonores me ramènent à la réalité du jeu. Sur les écrans défilent des images d'Observateurs poussant des huées, puis c'est Gayle qui apparaît, l'expression chagrine.

— Ma petite Vee, et toi qui croyais que le karma ne s'appliquait pas à toi ! soupire-t-elle.

D'où sort-elle ça ? Ah oui, je me souviens de ce que j'ai posté sur ma page ThisIsMe un peu plus tôt dans la soirée.

De gros caractères en rouge pétant s'affichent alors sous la mine désapprobatrice de Gayle : VEE A VIOLÉ

L'INTÉGRITÉ DU DÉFI PRÉCÉDENT. UNE PÉNALITÉ LUI SERA INFLI-
GÉE AU MOMENT QUE NOUS JUGERONS OPPORTUN.

C'est donc ça qu'ils entendaient par intégrité du défi ?
Je m'attends alors à ce qu'ils me donnent un avant-goût
du type de pénalité envisagée, mais en vain, l'écran
s'éteint. Ils veulent me faire mariner, c'est sûr. Peut-être
qu'ils m'enverront purger ma peine dans l'un de ces
fauteuils du couloir. Ou alors ils me forceront à aller
dans l'un des salons privés avec Ian. En même temps,
ça m'étonnerait qu'ils me laissent m'en tirer à si bon
compte.

Je serre les dents. Gayle aurait-elle raison avec cette
histoire de karma ? Est-ce que je mérite tout ce qui
m'arrive ? L'image du petit couple innocent croisé à
l'entrée du bowling me traverse l'esprit. Ian et moi
avons foutu en l'air leur rendez-vous galant. Et j'ai
peut-être aussi envoyé le bon samaritain des prostituées dans un traquenard en lui disant d'aller voir le
maquereau… Si ça se trouve, à cause de moi, il est
maintenant à l'hosto ! Au moins, ce que j'ai fait subir
à Sydney n'a pas eu de conséquences physiques. En
revanche, je n'ai rien fait pour empêcher Ian de bousculer Jake… Sans oublier que je me suis inscrite de
mon plein gré à ce round de Grands Prix qui vient
de traumatiser mes parents. Sur la soirée, j'ai accu-
mulé largement plus de mauvais points de karma que
de bons !

Et maintenant, le karma va sans doute vouloir me bot-
ter les fesses…

14.

— **E**lle va s'prendre une tannée, elle va s'prendre une tannée ! entonne Micky, aux anges.

Je m'affale dans cet imbécile de canapé à ressorts, qui me ballotte dans tous les sens.

— Ferme-la, bouffonne !

Houlà, c'est bien la première fois que j'emploie ce mot. Bravo, Vee. On peut dire que ce jeu enrichit ton vocabulaire.

Elle se lève d'un bond.

— Qu'est-ce tu m'as dit, salope ? T'as déjà failli tout faire foirer, et en plus, tu m'insultes ?

Elle commence à faire le tour de la table.

— C'est le jeu qui te paie pour foutre nos défis en l'air ? Comme ces Observateurs qui nous ont fait chier à Atlanta ? Si t'es une putain de taupe...

Waouh. Qu'est-ce qu'elle va imaginer ? Que je travaille pour ADDICT ? J'estime mentalement la distance qui me sépare de la porte et de Micky... c'est elle la plus proche. Génial, je vais me faire tabasser en direct !

Heureusement, Ian s'interpose avant qu'elle ne m'atteigne.

— C'est bon, calme-toi.

Elle bombe son torse de camionneuse.

— Tu me dis pas de me calmer, toi le beau gosse.

Il fait une tête de plus qu'elle et ne se laisse pas impressionner.

— Tu penses vraiment ce que tu viens de dire ?

Jen l'interpelle de l'autre côté de la table :

— Laisse tomber, bébé. Va pas abîmer les autres joueurs, on a besoin d'eux si tu veux ta Harley.

Micky pointe un doigt accusateur dans ma direction.

— T'as intérêt à ce que je te prenne pas en train de saboter nos défis, sinon tu peux dire adieu à ta jolie petite gueule.

C'est quoi son problème à cette fille ? Elle retourne malgré tout à sa place, c'est déjà ça de gagné. Je sais pertinemment qu'il ne faut pas jeter de l'huile sur le feu, mais je ne peux pas me retenir de lui répondre :

— Tu penses sincèrement que j'irais faire équipe avec les pourris qui sont derrière ce jeu ? Et qu'est-ce qui me prouve que c'est pas toi la taupe payée par ADDICT pour garantir à notre public remarques stupides et violence gratuite ?

— Tu veux que je te montre ce que c'est la violence ?

Jen retient sa copine par le T-shirt et lui murmure quelque chose qui la fait se rasseoir.

Ian revient à côté de moi et me glisse à l'oreille :

— Je crois que les défis téléphoniques l'ont plus ébranlée qu'elle n'ose le laisser paraître.

Le premier défi de Grand Prix de Micky avait été de dire à une fille que ça faisait plusieurs années qu'elle craquait sur elle et qu'elle était prête à tout pour sortir avec elle. La fille n'avait pas caché sa réaction dégoûtée et Micky avait piqué un fard. Au défi suivant, elle avait joué l'indifférente lorsque Ian avait appelé sa grand-mère à la maison de retraite, mais ses mâchoires crispées en disaient long.

— À ton avis, ils vont me pénaliser comment ? demandé-je à Ian.

— Ce qui est certain, c'est qu'ils vont te concocter un défi encore plus corsé.

— Comme si ceux qu'on avait eus jusqu'à maintenant ne l'étaient pas suffisamment...

ADDICT nous laisse une minute de répit, sans doute pour une coupure de publicité, ou peut-être parce qu'il y a un round de Grand Prix encore en cours dans une autre ville. Les joueurs en profitent bien sûr pour aller reprendre une bière. Au milieu de leurs rots joyeux, je me blottis contre Ian et me prends à rêver d'être avec lui en dehors du jeu. Il m'apaise en me chuchotant combien j'ai été forte jusqu'à maintenant et autres cajoleries d'autant plus sexy que je sens son souffle chaud comme une caresse sur mon cou. Quel besoin de défis pour pimenter les choses quand le moindre contact avec lui suffit à m'électriser ?

Mais toutes les bonnes choses ont une fin, et Gayle réapparaît à l'écran pour nous informer que tout est désormais en place pour l'épreuve suivante.

— Tout le monde est prêt ? s'enquiert-elle en se passant la langue sur les lèvres.

Plus d'exclamations enthousiastes cette fois, mis à part pour Ty. Nous savons pertinemment que nous allons souffrir... Un coup d'œil à mon téléphone m'apprend qu'il reste encore une heure quarante de jeu.

Gayle joint les mains comme si elle s'apprêtait à chanter un solo.

— Le round suivant a été taillé sur mesure pour chacun d'entre vous. Vous trouverez le long du mur en face quatre portes qui vous mèneront à des pièces spécialement aménagées pour vous. Vous irez donc en deux groupes. Dès qu'on appellera votre nom, vous vous dirigerez vers la porte qui sera ouverte.

La première pivote sur des gonds invisibles. Mène-t-elle à une de ces pièces pour pervers ? Ou alors à un plongeoir installé sur le toit ? Je n'ai franchement aucune envie de rencontrer la clientèle habituelle de ce club.

Guy rejoint Gayle à l'écran et appelle Ian. Celui-ci me serre brièvement dans ses bras, puis se dirige d'un pas décidé vers la porte. Il ne montre aucun signe de nervosité.

— Une fois la porte fermée, une minuterie se déclenchera et la porte restera bloquée pendant quinze minutes, sauf en cas d'incendie, évidemment, précise Gayle.

Intéressant comme manière de procéder : c'est nous-mêmes qui acceptons de nous laisser prendre au piège. Ian se contente de hausser les épaules et referme la porte derrière lui, sans doute impatient d'en avoir fini. Je comprends son empressement, tout en frissonnant à l'idée d'un défi qui requiert une porte verrouillée. Mon nom ne fait pas partie du premier groupe. Ce sont Samuel, Micky et Ty qui vont s'enfermer après Ian, laissant Daniella, Jen et moi ronger notre frein.

Pendant que nos partenaires se font torturer ou bien livrer aux rats, les deux filles et moi convergeons vers le compartiment rouge où nous trouvons des barres cho-colatées à côté des bières. Nous nous servons. C'est à cet instant que je comprends que nous sommes toutes les trois le maillon faible de nos couples respectifs. Cette séparation a-t-elle pour but de nous terroriser davantage durant la seconde phase ?

Jen grignote sa confiserie et s'essuie la commissure des lèvres avec sa manche :

— Micky n'est pas aussi peau de vache qu'elle en a l'air, tu sais. C'est juste que le jeu l'a drôlement affectée.

— Ou peut-être qu'il lui fait révéler son vrai visage ? rétorqué-je, n'ayant aucune envie d'excuser si vite le comportement de sa partenaire. En tout cas, merci de l'avoir retenue tout à l'heure… je trouve juste ça din-gue qu'elle puisse croire que je suis de mèche avec ADDICT.

— Ah ouais ? me dit Jen d'un air dubitatif.

— Tu vas pas t'y mettre non plus ! m'exclamé-je, cho-quée.

— C'est bon, je rigole, lâche-t-elle en me donnant un petit coup de poing sur l'épaule. S'il y a une taupe dans l'équipe, je parie que c'est Samuel. Il est beaucoup trop calme à mon goût.

Daniella, l'air effrayé, prend à son tour la parole :

— J'ai super peur du noir. Vous pensez qu'ils vont nous mettre dans une chambre noire ?

— Maintenant qu'ils connaissent ta phobie, c'est bien possible…, lui réponds-je.

Ce n'est pas que je veuille être méchante avec elle, mais il faudrait enfin qu'elle comprenne que le jeu exploite la moindre de nos faiblesses contre nous.

Je vois sa lèvre trembloter et tâche de la réconforter un peu.

— Même s'ils te laissent dans le noir, il ne t'arrivera rien de mal. Tu n'auras qu'à fermer les yeux et essayer de récupérer un peu pour l'épreuve suivante.

Plus facile à dire qu'à faire…

— T'es folle, dès que j'aurai fermé les yeux, ils m'enverront des araignées ou autres horreurs dans le genre. Tu te souviens de cette fille, Abigail, qui a joué le mois dernier ? Elle avait la phobie des serpents et t'as vu ce qu'ils lui ont fait !

Je me rappelle les traits de cette fille, paralysés par la terreur. Je m'étais dit qu'aucun des serpents n'était venimeux et que si jamais elle se tenait tranquille, il ne lui arriverait rien. Mais elle n'avait pas réussi à se détendre et je l'avais regardée se débattre, en proie à une peur panique. Tout ça pour me divertir.

Jen attrape une nouvelle barre de chocolat.

— Cette fille rêvait d'être actrice ; t'as cru qu'elle criait pour de vrai ? Mon œil ! Le jeu était juste une gigantesque audition pour elle. Même après, elle a pas arrêté de faire parler d'elle avec sa page ThisIsMe. T'as pas entendu ce qu'elle a fait la semaine dernière ? Elle a sauté d'une falaise super haute dans une chute d'eau, et comme par hasard, il y avait quelqu'un pour la filmer ! C'est juste une malade qui adore attirer l'attention sur elle !

— Ça me semble un peu exagéré, tout ça pour décrocher un rôle ? En plus, depuis cette fameuse vidéo, on n'a plus du tout entendu parler d'elle sur le réseau, dis-je en prenant une canette de soda.

— Tu parles, c'est rien qu'un gros coup de pub, rigole Jen.

Nous discutons des autres défis du mois dernier, échangeant nos points de vue sur ceux qui étaient les plus excitants, avant de dévier sur les derniers ragots du Web concernant les différents joueurs. De toute façon, les compteurs seront remis à zéro à partir de ce soir, les seuls membres du casting qui importent sont les plus récents.

Tiens, voilà que je me considère comme membre d'un casting ? Intéressant.

Je finis par me dire que Jen et Daniella ne sont pas si antipathiques que ça. Elles sont avant tout mal accompagnées. En même temps, si elles avaient été avec des partenaires plus sympas, elles n'auraient sans doute pas été sélectionnées pour ce round des Grands Prix, puisque c'est surtout eux qui apportent la valeur ajoutée en termes d'audience. Est-ce « grâce » à Ian que nous sommes là ? Ou ai-je commis tellement de bourdes que les gens veulent en voir plus ?

La première porte se rouvre au son d'une corne de brume. Ian en sort en titubant, les yeux injectés de sang. Que lui est-il arrivé ? Je me précipite pour le guider vers notre canapé et note avec étonnement les tremblements qui lui parcourent le dos.

— Qu'est-ce qu'ils t'ont fait ?

— Ils m'ont rappelé des trucs dont j'avais aucune envie de me souvenir, et dont j'ai aucune envie de parler. Désolé…

Bon… Et moi qui croyais qu'on était partenaires.

— Je comprends, Ian. Tu veux que j'aille te chercher un truc à boire ou à manger ?

— Non, merci, bafouille-t-il en se balançant d'avant en arrière, la tête entre les mains.

Qu'est-ce qui a pu le secouer autant ? La deuxième porte s'ouvre alors, et Ty en sort, tout en décontraction. Il brandit un poing victorieux et demande à Daniella de lui apporter une bière. Mais je vois bien à la manière convulsive dont il cligne des yeux qu'il se retient de pleurer. À croire que même les psychopathes peuvent être déstabilisés...

Puis c'est au tour de Micky de ressortir, les yeux embués de larmes.

— Le premier d'entre vous qui la ramène, je le fais sortir du jeu à grands coups de pied dans le cul, équipe ou pas, compris ?

Arrive ensuite Samuel, la tête basse. Il va s'asseoir sans rien dire et fixe ses phalanges. J'ai du mal à déterminer combien le défi l'a éprouvé, puisqu'il a déjà adopté cette posture à plusieurs reprises au cours de la soirée.

Guy refait alors son apparition à l'écran pour battre le rappel.

— Allez, hop ! Go, go, go, le deuxième groupe ! À commencer par Daniella.

C'est en tremblant qu'elle s'avance vers la première porte. Elle se retourne avant d'en franchir le seuil pour nous adresser un timide signe de la main. Guy m'appelle en deuxième. Si seulement je pouvais rester quelques minutes avec Ian. Ça me fait mal de l'abandonner alors qu'il semble si vulnérable. Mais je n'ai pas le choix... Je le serre brièvement dans mes bras, davan-

tage pour me rassurer moi, puis je me dirige vers ma
porte.

Un courant d'air frais m'accueille, comme si elle
débouchait sur l'extérieur. Des lumières au sol me gui-
dent vers une pente plutôt raide. Dès que j'ai passé le
pas de la porte, celle-ci se referme avec un clic sonore.
J'ai bien l'impression d'entendre aussi le tic-tac d'un
compte à rebours, ou serait-ce celui d'une bombe ? Je
suis les lumières le long d'un couloir qui doit descendre
d'au moins un étage sous la salle de jeu. Au bas de la
rampe, le couloir fait un coude qui donne sur deux
portes. Les flèches lumineuses s'arrêtent sur celle de
gauche. Je la pousse et découvre une pièce baignée
d'une lumière rouge. Le plafonnier éclaire un petit
espace où trône un siège en cuir, juste en face de
l'entrée.

La voix de Gayle résonne alors, semblant venir de partout à la fois :

— Assieds-toi, Vee, et mets-toi à l'aise.

Je me glisse dans le siège et la porte claque derrière
moi. C'est un genre de manège ou quoi ? Un panneau
s'avance soudain lentement vers moi, illuminé de petites
lueurs qui gagnent en intensité à mesure que la lumière
rouge s'obscurcit. Je suis presque dans le noir total. Mon
pouls s'accélère. M'auraient-ils donné par erreur le défi
de Daniella ? Si ça se trouve, à l'heure qu'il est, elle est
sur une scène dans un chemisier trempé tandis que Matthew rit à gorge déployée et que Sydney l'accuse d'être
une amie pourrie.

Mes yeux commencent à s'ajuster et je distingue
mieux les contours du panneau. Celui-ci comporte un

volant en son centre et divers boutons à sa droite. C'est un tableau de bord. Je vais faire une simulation de conduite ?

— Ceinture, Vee ! me dit la voix toujours désincarnée de Gayle.

Ce n'est qu'en entendant Gayle me répéter la consigne d'un ton plus ferme que je comprends que c'est un ordre.

— C'est bon, c'est bon, maugréé-je en tâtonnant des deux côtés du siège pour la trouver ainsi que la fixation.

Je déroule la ceinture, puis la boucle. Peut-être y a-t-il une sorte de grand 8 dans le bâtiment ? C'est tout à fait plausible puisque trois étages séparent le club du salon VIP… J'ai déjà fait des manèges dans le noir, et même si ce ne sont pas mes favoris, j'y ai survécu.

Le décor se précise peu à peu. Je découvre graduellement des grilles d'aération, un autoradio puis différents cadrans et jauges. Soudain je sursaute en reconnaissant l'autocollant sur le bouton du son : « Mets le son à donf » ! C'est la copie conforme de mon tableau de bord !

Les sourcils froncés, j'allume la radio et tombe sur un morceau de rock indépendant que j'écoute souvent. Qui a bien pu fournir à ADDICT les détails de ma playlist ? Syd se serait-elle mise de mèche avec eux pour me rendre la monnaie de ma pièce ?

Le bruit d'un moteur au démarrage s'élève du tableau de bord et mon siège vibre comme dans une vraie voiture. C'est plutôt agréable, apaisant même. À tel point que je me cale bien en arrière dans le fauteuil et ferme les yeux. J'ai beau songer qu'ADDICT va en profiter pour lâcher des araignées dans la pièce, je n'en ai étrangement rien à faire.

La chanson qui passe est l'une de mes préférées et j'entonne les paroles à mi-voix. Celle qui suit est encore mieux. C'est super confortable, comme dans ma voiture. Leur chef décorateur a vraiment un excellent sens du détail, de même que Tommy pour nos décors de scène. Ils poussent même le vice jusqu'à diffuser une vague odeur de gaz d'échappement de manière à rendre la mise en scène encore plus réaliste. Des gaz d'échappement ? Dans une pièce fermée ?

Je bondis vers l'avant. Ils n'ont pas le droit de faire ça ! Je m'escrime sur ma ceinture de sécurité, mais impossible de la détacher, elle est bloquée. Plus je tire dessus, et plus j'ai l'impression qu'elle se resserre. Et voilà que le volume de la musique augmente.

Je prends soudain conscience dans un frisson que la playlist qui passe est celle-là même que j'écoutais lors de cette fameuse nuit dans le garage : elle commençait tout en douceur avant de monter progressivement en puissance. Comment peuvent-ils savoir ça ? Ont-ils juste simplement interrogé mes amis sur mes goûts musicaux et eu un coup de chance ?

L'odeur me semble de plus en plus forte et j'ai la tête qui commence à tourner. Je tente de me raisonner. Ce n'est rien de plus qu'une mise en scène ! Je parie que quelqu'un fume une cigarette dehors et me souffle sa fumée à travers la grille d'aération pour me faire paniquer. Autant dire que ça fonctionne à merveille !

Je sors mon téléphone pour appeler du secours, mais il ne capte pas. Les murs sont probablement en acier.

Comme en prison. Cette pensée me fait frémir de plus belle. Je continue à m'acharner sur ma ceinture, en vain, jusqu'à ce que je me souvienne que la scène est forcément filmée.

Je lève la tête vers l'endroit où une caméra doit logiquement se trouver.

— Guy, Gayle ! Laissez-moi sortir !

Je ne me soucie même pas de savoir si je viole ou non l'intégrité du défi.

Est-ce le rire de Gayle qui me parvient faiblement des haut-parleurs ?

— Si vous regardez ce défi, appelez immédiatement le 911 ! Ils sont en train de m'asphyxier avec des gaz d'échappement et j'ai des vertiges ! C'est pas une blague ! Appelez la police et dites-leur de venir au salon VIP du Poppy Club ! S'il vous plaît !

Est-ce que l'un des Observateurs va répondre à mon cri de détresse ? Ou chacun comptera-t-il sur les autres pour passer les coups de fil nécessaires, comme je l'ai entendu dire lors de ma formation aux premiers secours ?

— Sydney, Liv, Eulie, appelez les flics toutes les trois et tout de suite ! Je vous en supplie ! Ce sont des vrais malades !

Je croise les doigts pour qu'elles reçoivent mon message. ADDICT doit diffuser les images en léger différé pour mieux contrôler ce que voient les Observateurs. Comme Jen et Daniella relèvent leur défi en simultané, il est fort probable que la production change de chambre de torture à volonté. Mais ils n'iront pas jusqu'à me blesser quand même ? Il y a forcément une limite à ce qu'ils peuvent faire. Forcément.

Ma tête me dit le contraire et je me sens lentement partir. Je rassemble toutes mes forces pour détacher ma ceinture, elle est si serrée sur ma poitrine. J'étouffe. Même si ce n'est qu'un canular malsain, tous mes muscles me crient de fuir. Je me contorsionne sur le côté pour glisser sous la première lanière. J'arrive à passer le bras puis l'épaule, mais j'ai beau forcer avec ma tête, elle ne veut pas passer. Je déplace le bassin au maximum pour me donner plus d'angle, puis me presse contre le dossier avant de descendre centimètre par centimètre comme une danseuse de limbo. J'en suis quitte pour une vilaine douleur au cou, mais j'ai au moins réussi à me débarrasser d'une sangle. Reste celle à la taille.

Je me sers du volant comme point d'appui et tortille du bas du corps pour m'extraire par le haut. Au bout de quelques minutes, je suis en nage, mais libre.

Enfin, pas tout à fait… Je m'extirpe du siège et avance bras tendus jusqu'à toucher le mur derrière la « voiture ». Celui-ci est froid et lisse, comme du marbre… ou comme une tombe. Je finis par trouver à tâtons la poignée de la porte. Je la tourne, la tire, la pousse, mais elle est fermée à clé, bien sûr.

Ont-ils vraiment l'intention de m'asphyxier dans cette pièce sous l'œil d'une caméra ? Peut-être est-ce un retour de bâton du karma qui me promet une mort à laquelle j'ai échappé la dernière fois ? Peut-être était-ce ma destinée de mourir dans mon garage ?

Houlà, il faut que je chasse ces idées folles de ma tête ! Mais mon cerveau est tout embrumé, et j'ai la tête qui tourne de plus en plus…

Je trouve l'énergie de tambouriner contre la porte :

— Laissez-moi sortir !

Je me mets face à la caméra et supplie les Observateurs de venir à mon secours. Le moteur continue de ronronner, la musique aussi.

Dos au mur, je me laisse alors glisser jusqu'au sol. Les fumées toxiques m'ont l'air plus épaisses à ce niveau, non ? Non, impossible, la fumée est censée aller vers le haut... Je me sens toute flagada, je n'arrive plus à réfléchir. Je pose la tête sur les genoux et ferme mes yeux qui commencent à piquer. J'en ai même la gorge qui brûle. Je ne sais pas quel gaz ils diffusent, mais c'est bien plus puissant que des gaz d'échappement. Quand je m'étais endormie, il y a des mois de ça, je n'avais rien senti du tout.

Ou peut-être bien que si ? Je n'en sais rien, j'ai tellement essayé de refouler cet « incident » que je n'ai jamais repensé aux détails, même quand j'ai tenté d'en parler au psy.

Qu'est-ce que je pouvais bien avoir dans la tête ce soir-là ? Tout le monde sait combien il est dangereux de rester assis au volant dans son garage avec le moteur qui tourne. L'idée de couper le contact a bien dû me traverser l'esprit à un moment ou à un autre. Mais j'étais si bien dans mon fauteuil, il faisait si bon, bercée par cette musique... En plus, j'étais toute chamboulée. C'est ça, j'étais furieuse après Sydney, un détail auquel je n'avais jamais repensé depuis. On venait de répéter son rôle pendant des heures, et à la fin de la soirée, tout ce qu'elle avait trouvé à me dire au lieu de me remercier, c'était que sa robe la grossissait... un costume que j'avais déjà retouché deux fois !

Étais-je déprimée au point de vouloir me suicider ? Ça ne tient pas debout. À la limite, à l'extrême limite, j'avais peut-être fait ça dans l'espoir d'attirer un peu l'attention. Une supposition un peu folle, mais une petite voix dans mon cerveau me dit qu'elle contient un grain de vérité…

J'abats la main sur le sol froid : ce jeu craint, ces élucubrations craignent, j'ai juste envie de rentrer chez moi et de dormir pour oublier ! Je martèle à nouveau la porte des poings, à m'en faire mal, et hurle ma colère. Je m'en veux de m'être fichue dans ce pétrin, j'en veux à ADDICT d'inventer des défis aussi malsains et aux Observateurs qui n'ont pas levé le petit doigt pour me venir en aide. Je finis par me retourner, le feu aux joues, et fais des doigts d'honneur à la caméra, bien décidée à me battre coûte que coûte. Je ne leur offrirai pas le plaisir de me voir pleurer.

Clic !

J'ai les jambes ankylosées et me relève avec difficulté. Cette fois, la porte s'ouvre quand je tourne la poignée. Je la pousse avec appréhension, m'attendant à moitié à basculer dans un nouveau cauchemar.

Je me retrouve en fait dans le même couloir que tout à l'heure, avec ses lumignons au sol, comme dans les avions. L'air y est frais et délicieusement pur. Je le respire à pleins poumons avant de reprendre la rampe qui conduit au salon où m'attendent les autres joueurs. La porte pivote juste au moment où j'arrive.

La lumière qui m'accueille me semble encore plus intense que lorsque j'avais quitté la pièce, et je cligne des yeux. Ian m'attend en face de la porte, bras grands ouverts. Je m'y abandonne avec gratitude.

— T'as réussi, me dit-il.

— Comme si j'avais eu le choix, soupiré-je.

Mon corps et mon esprit ont rendu les armes. Si j'en avais la force, je quitterais sur-le-champ cet endroit infernal, mais mes genoux ne me soutiennent plus.

Ian doit sentir ma faiblesse et me porte à moitié jusqu'à notre canapé. Je me réfugie dans ses bras avec l'espoir d'oublier le reste du monde. Les battements de son cœur sont si forts, si résolus, si… vivants. Lorsque je relève la tête pour voir l'état des autres, je les découvre assis ensemble près du compartiment à bières. Jen et Daniella semblent encore plus marquées que moi, si tant est qu'une telle chose soit possible.

ADDICT repart à l'attaque en nous assaillant de musique techno. Un coup d'œil à mon téléphone m'apprend qu'il nous reste encore une heure à jouer. Une heure ? Déjà que l'idée de tenir une minute de plus m'est totalement insoutenable, alors une heure entière…

Guy et Gayle reviennent à l'écran en habits de gala, comme si on fêtait le nouvel an.

— Félicitations à toutes et à tous, vous avez franchi une étape de plus ! Passons maintenant à la suite ! annonce Guy.

— Non, réponds-je, épuisée.

Guy fronce les sourcils tandis que ceux de Gayle s'élèvent de plusieurs centimètres. Micky et Ty font volte-face en serrant les poings, l'air mauvais, comme si je venais de cracher à l'église. En revanche, je note que Daniella et Jen acquiescent en silence, ce qui leur vaut des regards méchants de la part de leur équipier. Les écrans affichent alors nos photos et nos cotes de popularité pendant quelques secondes. Pas la peine de regarder pour deviner que la mienne a encore baissé. Et alors ?

— Vous venez d'essayer de me tuer. J'en ai plus que marre !

Guy revient à l'écran :

— Tu as tout à fait raison.

Ah bon ?

Il me refait son coup du doigt qui frétille.

— Pas sur le fait qu'on ait voulu te tuer, mademoiselle-je-dramatise-tout ! ironise-t-il. Ce sont juste tes nerfs aidés par la bière. On dirait que ton cerveau t'a joué des tours. C'est dingue ce que l'esprit humain peut aller s'imaginer quand on est plongé dans le noir, hein ? Mais soyons un peu sérieux : tout le monde est en un seul morceau, non ?

Personne ne répond.

— Le public considère que vous avez mérité un petit remontant suite à ce défi, intervient Gayle. Nous sommes d'accord. Regardez donc vos téléphones.

Merci, gentil public ! Il ne faudra pas que j'oublie de vous envoyer des cartes de remerciements parfumées à l'anthrax ! Je n'ai plus aucune envie d'obéir aux ordres d'ADDICT, mais la curiosité l'emporte et je clique sur la bannière « VOYONS VOIR QUI REGARDE ». J'y trouve une vidéo postée par Liv et Eulie.

Les deux se tapent dans la main en guise de préambule :

— Je suis si fière de toi, Vee ! T'es la fille la plus courageuse que je connaisse ! commence Liv.

— T'es encore plus une star que tu-sais-qui, poursuit Eulie en rigolant.

Elles me racontent ensuite que tous nos amis sont à fond derrière moi et qu'une giga fête sera organisée le lendemain en mon honneur. Elles ne se rendent évidemment pas compte que je vais être privée de sortie au moins jusqu'à l'été, mais je reprends du poil de la bête en m'apercevant que tout le monde ne me déteste pas.

Ian et les autres joueurs sont tous absorbés par des vidéos sur leur portable, et je remarque que leurs traits se sont détendus, même ceux de Micky.

— Alors, on se sent mieux à présent ? lance Gayle à la cantonade.

— Pas suffisamment, suis-je la seule à répliquer.

— Ça veut dire que tu n'as pas lu tous tes nouveaux messages, sourit Gayle.

J'en découvre en effet un autre. Je manque laisser tomber mon téléphone en en prenant connaissance : ils ont rajouté à mon Grand Prix un stage de deux mois dans l'une des plus prestigieuses maisons de couture new-yorkaise. Les autres joueurs doivent avoir des prix tout aussi alléchants que le mien car ils explosent tous en cris de joie.

— J'y crois pas ! dit Ian visiblement secoué.

— Ils essaient de t'acheter avec quoi ?

— Un avocat pour ma procédure d'émancipation, me chuchote-t-il.

Je lui jette un regard interloqué qu'il balaie d'une phrase :

— C'est mon passeport pour la liberté totale. Et toi, ils t'ont proposé quoi ?

Je lui raconte en quelques mots. Je lis une telle lueur d'espoir dans ses yeux qu'il semble avoir totalement surmonté son traumatisme de tout à l'heure.

— À ce prix-là, on peut bien endurer une heure de plus, non ?

— J'en sais rien, lui réponds-je.

Les organisateurs d'ADDICT ont-ils vraiment essayé de m'asphyxier ? Ici, en pleine lumière et dans les bras de Ian, l'idée paraît grotesque. En premier lieu parce qu'ils ne pourraient pas s'en tirer impunément. Je suis crevée, en proie à un stress terrible et ils s'amusent à jouer sur nos peurs. C'est leur manière de procéder. Et je dois avouer que personne d'autre n'offre des récompenses aussi tentantes. Avec un stage du tonnerre et une scolarité tous frais payés, voilà ma carrière sur les meilleurs rails possibles.

— Rien ne pourra nous arrêter, lance Ian en me plantant un baiser sur la joue.

— Ouais, on est carrément invincibles, renchéris-je en levant les yeux au ciel.

Nous sommes ramenés à la réalité du jeu par un battement de mains de Guy.

— Alors, tout le monde est prêt à continuer à présent ?

— Ouais ! crient les autres joueurs.

Je suis loin d'être enthousiaste, mais leur pot-de-vin a fonctionné : j'opine du chef.

— Formidable ! sourit-il. Voici donc venue l'heure de lancer la dernière phase !

À l'écran, les visages des présentateurs s'estompent. La musique techno, elle, est remplacée par une mélodie

New Age du genre cours de yoga, ce qui m'horripile
encore plus que le boum-boum orchestré sur synthé.
J'inspire à fond plusieurs fois de suite, mais l'air semble
se raréfier. Une goutte de sueur me perle le long du
nez. Les écrans blancs nous narguent toujours, cependant au bout de quelques secondes, un message commence à défiler :

« VOUS N'AVEZ QU'À CHOISIR UNE VICTIME ».

15.

L'annonce met toute la salle en ébullition et les questions fusent, excepté pour Micky qui ricane. Je me sens à nouveau au bord de l'étourdissement, comme si mon cerveau voulait s'échapper. Je serre les dents pour me forcer à rester en contact avec la réalité.

Ils veulent une victime.

Comment ai-je pu croire un seul instant qu'ils m'offriraient mes études rêvées sur un plateau d'argent sans me rendre folle au préalable ? J'essaie de me lever malgré mes genoux qui tremblent.

Ian me retient en douceur par le poignet et me chuchote à l'oreille :

— Va pas foutre en l'air tes études maintenant !

Il se tourne ensuite vers la caméra.

— Vous voulez qu'on choisisse une victime ? Pour quoi faire ?

— Pour le fun, mon pote, s'esclaffe Ty.

Comme moi, les autres sont scotchés à l'écran. Ils attendent que Guy ou Gayle nous précisent le but de la manœuvre. Mais les écrans restent résolument vides.

— Si ça se trouve, c'est une ruse, et la victime désignée gagne un bonus, hasarde Ian en se frottant la joue.

Les autres joueurs affichent un sourire dubitatif. À
vrai dire, je n'y crois guère non plus.

Une nouvelle bière à la main, sa cinquième, Micky
me désigne du menton.

— Je vote pour elle. *V* pour *Victime*, non ? Ou peut-
être pour *Vierge* ?

Jen dépose un baiser dans le cou de Micky avant de
déclarer :

— Je vote aussi pour la victime vierge !

Quoi ? Et moi qui croyais qu'on avait sympathisé
autour des barres chocolatées ! Qu'elle aille se crever
un œil sur l'un des piercings de sa copine !

Je croise les bras pour lutter contre le vertige qui
s'empare de moi, et me force à prendre la parole, même
si je ne suis pas sûre à cent pour cent d'arriver à articuler le moindre son.

— Écoutez, c'est de la folie ! Vous comprenez pas à
quoi ils jouent ? Ils essaient de nous monter les uns
contre les autres, rien que pour leur plaisir !

Ty avale une gorgée de bière avant de réagir.

— Peuh, tout ce qu'on a à faire, c'est de voter, c'est
pas comme si on allait te faire quelque chose ! Pas vrai,
tout le monde ?

Une bière dans chaque main, il ouvre les bras et se
tourne lentement vers le reste du groupe.

— Mais oui, acquiesce Micky, à moins que la vierge
refuse de voter et nous fasse perdre nos prix. Dans ce
cas-là, tu m'étonnes qu'on lui fera sa fête !

Ian secoue la tête de dégoût.

— Si quelqu'un touche le moindre de ses cheveux, il aura affaire à moi !

— Ouh, monsieur le chevalier servant ! dit Micky en prenant un air faussement effrayé. Tu crois que ton petit numéro te donnera accès à la culotte de Vee la Vierge ?

Ty m'adresse un clin d'œil.

— Allez, je vais laisser la petite mignonette souffler… je vais voter pour son héros, Ian.

Il lève une de ses bouteilles et la siffle d'un trait.

La salle retombe un instant dans le silence, puis la voix de Guy sort des haut-parleurs :

— Et vous, Samuel, Daniella, Ian et Vee ? Vous votez pour qui ?

Daniella met la bouche en cœur.

— Dis, Vee, c'est vrai que tu es encore vierge ?

Je lui jette un regard noir.

— OK, désolée. Peu importe. Je vais être gentille moi aussi et voter pour Ian.

Samuel est toujours perdu dans la contemplation de ses mains.

— Désolé, Vee, mais je vais voter pour toi, histoire d'avoir une majorité simple…

Je le fusille lui aussi du regard. Il suit le reste du troupeau pour se protéger, et je suis un adversaire moins redoutable que Ian. C'est bien sûr la meilleure stratégie à adopter quand on est seul comme lui. Mais quand même !

Ian vote pour Ty tandis que mon suffrage va à Micky, comme si cela avait une quelconque importance.

Nous attendons les instructions suivantes dans une atmosphère de nervosité palpable. Tous les joueurs vont se rasseoir sur les canapés tandis que les haut-parleurs nous assaisonnent d'une soupe pop digne d'un ascenseur. Plus personne n'a envie de danser.

— Ils essaient juste de nous faire flipper un maximum, tu verras, me susurre Ian dans le creux de l'oreille.

— Si ADDICT me lance tous ces idiots aux trousses, je me barre, un point c'est tout ! Et on perdra tous nos prix !

— Ça me paraît raisonnable, dit-il en m'embrassant sur la joue.

Nous devons encore patienter cinq longues minutes. Rien ne se passe, mis à part que Micky va se chercher une autre bière et que j'ai la chair de poule de la tête aux pieds. J'en viens à espérer qu'ADDICT nous dévoile le contenu du prochain défi, qu'on en finisse au plus vite. Ian tâche de me calmer en me murmurant des paroles d'encouragement, mais il n'a pas reçu trois votes contre lui !

— Il y a des toilettes quelque part ? demandé-je en direction des écrans toujours muets.

Ils ne vont tout de même pas ignorer nos besoins naturels, si ? En même temps, je n'ai pas le souvenir d'avoir passé d'autre porte dans le couloir.

Micky, dont la vessie doit être aussi large que le détroit de Gibraltar vu la quantité de bière qu'elle s'est enfilée, me montre du doigt :

— Pense même pas à t'enfuir, sinon je te règle ton compte !

— Du calme ! s'interpose à nouveau Ian. On veut tous nos prix, et personne n'a intérêt à ce que ça foire.

— Tu trouveras la porte des WC sur le mur derrière toi, Vee, m'indique la voix désincarnée de Gayle.

J'aurais dû m'en douter, encore une porte dissimulée. Je me retourne vers la paroi où les salons privés s'étaient ouverts tout à l'heure et vois une spirale s'allumer sur la gauche. Les jambes cotonneuses, je contourne le canapé et remarque au passage que personne n'ose croiser mon regard, comme si je n'existais plus depuis le moment où ils m'avaient désignée comme victime. Mon Dieu ! N'est-ce pas la stratégie utilisée par les militaires en temps de guerre ?

J'appuie sur le bouton en forme de spirale et une porte pivote sur ses gonds. Derrière, je découvre une minuscule salle de bains, sans fenêtre, il va sans dire.

— Si t'es pas sortie d'ici cinq minutes, on vient te chercher par la peau des fesses ! me lance Jen en cherchant des yeux l'approbation de Micky.

Celle-ci la lui manifeste en lui claquant un baiser sonore sur les lèvres.

Je referme la porte sur moi, ravie d'entendre une ventilation se mettre automatiquement en marche pour couvrir d'éventuels bruits embarrassants. Il n'y a pas de verrou, mais c'est le premier moment de relative intimité dont je profite depuis plusieurs heures. Je m'assieds sur les toilettes et enfouis ma tête entre mes mains pour la millionième fois de la journée. Maintenant, c'est moi la « victime ». Qu'est-ce que ça peut bien signifier ? Vont-ils me pousser à bout comme avec les Amis de la chasteté ? Ou m'arracher les yeux comme les prostituées menaçaient de le faire ? Pourront-ils me culpabiliser et m'humilier comme l'ont fait Syd et Tommy tout à l'heure ? J'ai beau résister de toutes mes forces, je me mets à pleurer.

Je laisse les vannes ouvertes pendant une minute avant de serrer les poings. Je suis trop idiote. Si jamais Micky débarquait dans la pièce et me trouvait en larmes, bonjour la cata ! Les caméras fonctionnent-elles ici aussi ? Oh, non ! Mes entrailles se contractent violemment à l'idée qu'ils puissent me filmer. J'inspecte le plafond et n'en vois aucune, mais cela ne veut pas dire qu'ils n'en ont pas dissimulé dans les murs. Pourquoi n'y ai-je pas pensé avant d'utiliser les toilettes, putain ! Le public a-t-il assisté à toute la scène ? Ce public qui n'a pas levé le petit doigt lorsque je suffoquais dans le noir...

La jupe plaquée contre les cuisses, je remonte ma culotte, tire la chasse et me lave les mains. Un bref coup d'œil dans la glace me renvoie une triste image : les yeux injectés de sang et cernés de coulures de maquillage, je fais peur à voir. Ça valait bien la peine que je me refasse une beauté tout à l'heure... Je m'asperge le visage d'eau froide. Mes yeux sont moins rouges, mais mon mascara disparaît totalement dans le processus : je ressemble maintenant à une collégienne, ce qui me fait penser à la moquerie affectueuse de Ian à ce propos. Bien sûr, je pourrais aller chercher mon sachet de cosmétiques sur le canapé et réparer les dommages, voire me créer une nouvelle identité, mais c'est sans doute ce qu'ADDICT attend de moi.

— Dépêche-toi, j'ai super envie aussi, me parvient la voix suraiguë de Daniella qui toque à la porte.

— Garde ton string en place, j'en ai plus pour longtemps, lui réponds-je d'une voix éraillée, mais déjà moins tremblotante.

Je respire un grand coup avant d'ouvrir la porte, la tête haute. En allant me rasseoir, je gratifie les autres, sauf Ian, d'un regard dédaigneux. Maudits soient ces satanés ressorts de canapé qui me surprennent à nouveau !

— On dirait que quelqu'un a pleuré, rigole Micky.

— Ferme-la, rétorqué-je. Je suis fatiguée.

Elle caresse d'une main les pointes de la crête rose de Jen.

— Ça m'étonne pas, tu dois te coucher beaucoup plus tôt d'habitude…

— Plus tu lui répondras et plus elle te harcèlera, me chuchote Ian. Concentre-toi sur moi. On va sortir d'ici en vainqueurs. Imagine un peu comment on fêtera ça !

Tout en l'écoutant, je me perds dans la contemplation du tapis cramoisi sous la table en verre. Ses motifs en spirales convergent tous vers un point central et mes yeux sont happés par ces tourbillons sans fin.

Je reprends mes esprits lorsque, derrière nous, la porte se rouvre. Les lèvres peintes d'un rouge à faire pâlir d'envie les prostituées antiques, Daniella sort de la salle de bains et va reprendre sa place. Des effluves de parfum musqué envahissent la pièce, réveillant mon début de migraine. ADDICT n'aurait pas pu inventer plus efficace pour assaillir notre odorat.

Je reprends mon inspection du tapis, persuadée que quelque chose ne tourne pas rond même si je n'arrive pas à mettre le doigt dessus. Je finis par percevoir des taches concentriques plus foncées autour de son point central. Je me penche pour les examiner de plus près en appuyant doucement mes coudes sur la table pour ne pas la faire osciller.

Les bips reviennent alors, suivis de la voix de Guy.

— Vous êtes les seuls participants au round des Grands Prix encore en jeu, nos Observateurs n'ont plus d'yeux que pour vous désormais !

Jen et Micky adressent un signe à la caméra. J'ai envie de repartir aux toilettes. Pourquoi nos présentateurs n'apparaissent-ils même plus à l'écran ? Ça me fiche les jetons de les entendre en effet surround sans avoir de support visuel.

La voix de Gayle prend le relais et elle ordonne d'un ton sec :

— Daniella, va ouvrir le compartiment vert.

Celle-ci se lève d'un bond et bat des mains.

— Ouais ! Encore des goodies !

Génial, qu'est-ce que ça va être cette fois ? Du whisky et de l'arsenic ? Je n'ai même pas envie de savoir. Je me reconcentre donc sur les taches foncées du tapis. À la réflexion, on dirait plutôt des trous. Des trous ? Lorsque je réalise à quoi ils servent, c'est comme si je recevais un coup de poing dans le ventre : c'est une grille d'évacuation. Quel genre de salon VIP a besoin d'une grille d'évacuation en plein centre d'un tapis dont je mettrais ma main à couper qu'il est imperméable ? Je relève brusquement la tête.

Daniella jette un œil furtif au contenu du compartiment, étouffe un petit cri et le referme aussi sec. Elle se tourne vers nous en mordant ses lèvres lourdement maquillées sans aucune considération pour la couleur de ses dents.

Ty abat sa main sur la table.

— Arrête de faire ta chochotte ! Y a quoi dedans ?

Elle esquisse un sourire tremblotant et taché de rouge à lèvres, puis ouvre à nouveau le compartiment pour qu'on en voie l'intérieur.

Nous en oublions tous de respirer : sept pistolets y sont accrochés.

16.

Il ne me faut qu'une poignée de secondes pour arriver à la porte.

Micky est hélas aussi rapide et écarte Ty et Daniella de son chemin.

— Tu bouges pas d'ici, salope !

Elle m'agrippe par le coude et me tord le bras derrière le dos. Je pousse un cri de douleur tout en tâchant d'atteindre le bouton de porte.

— Je reste pas dans une pièce où des imbéciles bourrés jouent avec des armes à feu !

Ian vient à la rescousse et essaie de faire lâcher prise à Micky.

— Laisse-la tranquille !

— Cette petite princesse de merde va pas nous faire louper nos prix ! aboie celle-ci en plantant ses ongles à travers ma manche.

Jen et Ty rejoignent la mêlée et empoignent Ian pour l'éloigner de moi et de la porte. Il se débat tandis que j'essaie de me débarrasser de Micky, mais son emprise est trop solide. Elle me jette à terre avant de m'écraser de tout son poids. Ma colonne vertébrale semble proche

de la rupture. Ses épingles de nourrice s'impriment douloureusement dans ma joue lorsqu'elle se penche à mon
oreille avec son haleine qui empeste la bière.

— J'étais sûre qu'une chienne comme toi adorerait
la levrette !

J'ai beau me tortiller dans tous les sens, pas moyen de
me dégager. Elle me plaque le visage contre le tapis qui
pue le caoutchouc. Voilà qui confirme mes soupçons : il
est bel et bien imperméable. Je frémis rien qu'en imaginant quels fluides ont pu déjà s'écouler dessus.

En arrière-fond, la musique se change en hard rock
et la basse saturée résonne en rythme avec mon cœur.
Je pousse un grognement et parviens à me libérer un
coude que j'abats sans scrupule dans les côtes de Micky.
Elle se venge en m'attrapant par les cheveux. Les larmes
me montent aux yeux, mais n'ayant plus le visage écrasé
contre le tapis, je peux au moins voir brièvement ce qui
se passe dans la pièce. Samuel est toujours assis sur son
canapé tandis que Daniella s'est recroquevillée dans un
coin, accroupie les bras autour des épaules, et observe
d'un air horrifié la bagarre quasi générale.

Sur ma gauche, Ty, Jen et Ian esquivent et donnent
des coups de poing. À la seconde où Ty décidera de
poser sa bière pour fondre sur Ian, tout espoir sera
perdu. Ian semble s'en rendre compte au même instant
que moi, et dos au mur, il décoche un coup de pied
digne d'un film de Tarantino dans la poitrine du body-
builder, l'envoyant valdinguer sur Jen. Les deux se
retrouvent par terre. Hourra ! Au moins l'un de nous
deux va réussir à s'échapper, mettant ainsi fin à cet
effroyable jeu.

Ian se précipite sur la porte et tourne la poignée. Puis il se met à la secouer dans tous les sens.

— Qu'est-ce qu'il se passe ?

Je sens Micky desserrer son étreinte, mais le poids qui m'oppresse la poitrine ne s'allège pas quand je vois Ian s'escrimer en vain sur la poignée. Il y a quelque chose qui cloche. Le temps que je me mette à genoux, Micky s'est jetée sur le dos de Ian et lui tire les cheveux. Il fait volte-face et son mouvement brusque la déloge de son dos, enclenchant un effet domino : elle tombe sur moi, et à mon tour, je suis propulsée contre Ty et Jen qui viennent à peine de se relever. Nous finissons tous au tapis dans un concert de jurons. Je me retrouve par hasard sur le haut de la pile, comme une poupée de chiffons au beau milieu d'une meute de rottweilers. Je roule sur le côté et me précipite vers Ian. Biceps bandés, il s'acharne sur la poignée de toutes ses forces, sans résultat...

— Salauds ! Vous nous avez enfermés, c'est du kidnapping ! hurle-t-il, le poing brandi vers la caméra.

Micky vient s'interposer entre Ian et la porte, et essaie à son tour de l'ouvrir. Elle éclate de rire en constatant qu'elle est bel et bien bloquée. Quelle est cette folle qui se marre alors qu'elle est prise en otage ?

La musique passe alors sans transition du hard rock à une ritournelle de manège avant d'être noyée par une nouvelle vague de bips stridents. Un message s'affiche alors à l'écran :

« LA PORTE DOIT ÊTRE BLOQUÉE. NOUS ENVERRONS UN AGENT D'ENTRETIEN DÈS QUE POSSIBLE. »

— Vous n'avez pas le droit de faire ça, je vais vous coller un procès ! crié-je en direction de l'écran.

« ET QUI AU JUSTE COMPTES-TU POURSUIVRE EN JUSTICE ? »

— Je vais commencer par elle, dis-je en montrant Micky du doigt.

« BIEN DU COURAGE DANS CE CAS, CE SERA TA PAROLE CONTRE LA SIENNE. »

Le public voit-il les messages d'ADDICT ? Ou bien juste une version expurgée qui protège les administrateurs du jeu ? C'est peut-être pour ça que les présentateurs ne montrent plus leurs charmants minois, maintenant qu'ils nous ont fourni des armes à feu.

Je me cache derrière Ian, sors mon téléphone de ma poche et compose le 911 à la hâte. Le visage de Micky s'anime d'un rictus de bête sauvage et elle tente de se jeter sur moi. Ian la repousse avant qu'elle ne m'atteigne. Peu importe de toute façon, mon appel a été bloqué. Mon grognement de dégoût provoque le rire de Ty et de Micky.

— J'y crois pas ! Vous êtes tous des psychopathes ou quoi ? On est enfermés à double tour dans une salle avec des pistolets ! Y a que Ian et moi pour trouver ça dément ?

— Ils ont sans doute retiré les percuteurs, hasarde Samuel toujours blotti sur son canapé, ou sinon ils les ont chargés avec des balles à blanc.

— Et tu es prêt à jouer ta vie sur ces suppositions ?

— Calme-toi, ma petite, grogne Ty. Personne ne tire sur personne, c'est juste un jeu.

Daniella a une main devant la bouche, comme pour étouffer un cri, mais rien n'en sort. Jen et Micky se mordillent les lèvres en gloussant, sauraient-elles quelque chose qui m'a échappé ?

J'essaie à nouveau mon téléphone. Peut-être que si j'efface l'application d'ADDICT, je débloquerai l'accès… Mais il faut un mot de passe.

— Enlevez votre sale programme de mon portable tout de suite, m'emporté-je en l'agitant sous une caméra.

Sans grande surprise, je n'obtiens aucune réponse. Je me frotte le haut des bras en tâchant de lutter contre la panique qui menace de me submerger. Je constate que la manche de ma veste est déchirée, laissant affleurer de profondes griffures sur mon épaule.

— Il faut que je voie un docteur, crié-je à la caméra, votre pitbull a fait des siennes !

— Tu méritais largement pire, dit Micky en se portant une main au front.

« VOUS TROUVEREZ UNE TROUSSE DE PREMIERS SECOURS DANS LE COMPARTIMENT JAUNE. NOTRE DOCTEUR VIRTUEL ESTIME QUE VOUS VOUS PORTEZ TOUS BIEN. NOUS PROCÉDERONS À UN CHECK-UP LORSQUE L'AGENT D'ENTRETIEN AURA DÉBLOQUÉ LA PORTE. »

Les compartiments ! Je me jette dessus, non pas pour la trousse de secours, mais pour empêcher les autres d'avoir accès aux pistolets. Je note au passage que quelqu'un, Daniella sans doute, a déjà refermé la porte du compartiment vert dans lequel ils se trouvent.

Ty est malheureusement plus rapide que moi et il se plante devant.

— Oh que non !

J'essaie de le contourner, mais ce type est une véritable armoire à glace.

— J'ai besoin de pansements, et probablement d'un sérum contre la rage !

Ian arrive pour m'épauler.

— Écoute, mec, on est tous bloqués ici, laisse-la prendre ce qu'elle veut.

Ty nous arrête d'un bras.

— Je m'en charge. Juste au cas au l'un de vous deux serait assez stupide pour attraper un flingue et tirer sur le verrou de la porte. De toute manière, ça marcherait pas, ils ont fait le test à la télé.

Ce n'est vraiment pas notre jour de chance. Il faut que ça tombe sur la seule information scientifique stockée dans la cacahuète qui lui tient lieu de cerveau…

Mon bras me fait mal. Si ça se trouve, j'aurais vraiment besoin d'un sérum contre la rage, ou pire…

— C'est bon, je vais pas prendre de pistolet. Donne-moi juste quelque chose pour mon bras, OK ? Sauf si tu préfères que je me vide de mon sang au point qu'ADDICT doive arrêter le jeu…

En même temps, ça m'étonnerait vraiment qu'ADDICT mette fin au round pour quelque raison que ce soit.

Face à face, Ty et moi nous regardons en chiens de faïence, puis il consent finalement à ouvrir le compartiment jaune. Il y fouille quelques instants avant de me tendre plusieurs pansements et autres produits.

Une fois assis sur notre canapé, Ian me désinfecte les griffures avec des lingettes antiseptiques avant d'y coller les pansements. De l'autre côté de la table, Jen maintient un sac de glace sur le front de Micky. Je lui ai fait mal, moi ? Tant mieux !

Les bras croisés, Ty nous défie du regard d'oser nous approcher des compartiments muraux. Daniella ronronne à ses côtés et tandis qu'elle lui passe une main dans les cheveux, ses multiples bracelets cliquettent telles des clés de prison.

À notre gauche, Samuel, toujours muet, nous jauge par-dessus ses lunettes. On est tous assis comme dans les tableaux représentant la Cène, la nourriture et les apôtres en moins.

Le hard rock laisse maintenant place à de la musique d'ascenseur. Qui est le DJ qui nous torture ainsi ? Satan en personne ?

« OK LES JOUEURS, L'HEURE EST VENUE DE MÉRITER VOS CADEAUX ! »

Les consignes nous sont désormais uniquement communiquées via une série de textes qui défilent sur les écrans. Aussi artificiels qu'aient été Guy et Gayle, leur absence rend l'atmosphère dans la pièce encore plus suffocante.

« TY, PLACE LES PISTOLETS SUR LA TABLE, UN DEVANT CHAQUE JOUEUR. »

Mon estomac se met aussitôt à faire des siennes. Ty fixe le message le front plissé, comme s'il ne savait pas lire. Ou peut-être a-t-il un sursaut de conscience après tout ?

« TON EFFORT SERA RÉCOMPENSÉ D'UN BONUS DE CENT DOL-LARS. »

Inutile de le lui dire deux fois. Il se lève, un large sourire aux lèvres. Je retiens mon souffle, priant pour que les armes se soient transformées en colombes entre-temps, comme par enchantement. Mais dès qu'il ouvre la porte, mes espoirs s'effondrent. La poisse qui me colle aux basques depuis le début de la soirée est décidément tenace.

— Ne fais pas ça, Ty ! ADDICT nous fait le coup de *Sa Majesté des mouches* ! Ils veulent nous transformer en bêtes sauvages, montre-leur que tu sais réfléchir par toi-même ! lui crié-je.

— Tu peux pas maîtriser ta gonzesse ? demande Ty à Ian.

— Elle a raison, Ty, ne leur obéis pas, dit Ian, les traits tendus.

— Espèce de tapette, réplique celui-ci en retirant une arme du compartiment. Waouh, un SIG-Sauer P226, le pied ! Le meilleur ami des Navy SEALs !

Un pistolet à la main, il en sort un autre et le place devant Daniella. Les deux suivants vont à Jen et Micky. Celle-ci se penche pour l'examiner avec un sifflement admiratif. Je ne peux réprimer un frisson lorsqu'elle relève les yeux sur moi. Ty dispose les trois dernières armes devant Samuel, puis moi et finalement Ian. Ce dingue les a posés canons face à nous deux.

Je croise les bras et me mets à chanter à tue-tête.

— Que tous ceux qui nous regardent appellent le 911 ! Que tous ceux qui nous regardent appellent le 911 !

Qu'est-ce qu'ils peuvent faire de toute façon ? Me menacer de « lourdes conséquences » ? Troquer les pistolets contre des mitrailleuses ?

Je poursuis ma rengaine en boucle. Même si ADDICT a réussi à bloquer mes appels à l'aide lorsque j'étais toute seule dans l'autre pièce, ils ne vont pas pouvoir me censurer *ad vitam aeternam*, surtout maintenant que les rounds du Grand Prix sont terminés dans toutes les autres villes du pays. Ils foutraient leur émission en l'air. Ils vont bien devoir finir par nous laisser partir ou sinon laisser les Observateurs entendre ce que je chante. Dans un cas comme dans l'autre, le jeu sera terminé. Et tant pis pour l'école de stylisme.

« IL EST TEMPS DE LA FERMER, VEE. »

— Il est plutôt temps de me laisser abandonner. Je déclare forfait ! Je déclare forfait ! Je déclare forfait !

J'alterne ce nouveau couplet avec des demandes au public de contacter la police, et Ian joint bientôt sa voix à la mienne.

« REGARDEZ VOS TÉLÉPHONES. »

— Vous n'obtiendrez plus rien de moi avec vos cadeaux ! Même des études de stylisme et un stage prestigieux ne valent pas ce que vous voulez qu'on fasse. Nos vies n'ont pas de prix ! m'interromps-je un instant dans mon chant.

— Ouais, ben, partir avec mon père en Irlande avant qu'il soit trop malade pour le faire, ça le vaut carrément, alors boucle-la ! lâche Ty, l'air furieux.

« REGARDE TON TÉLÉPHONE, VEE, TES PARENTS TE DIRONT MERCI. »

Qu'est-ce que mes parents ont à voir là-dedans ? J'allume mon écran et découvre un long message. Je lis les premières lignes et me rends compte que ce sont des notes de mes entretiens avec le psy, ce qu'elle tapait sur son clavier pendant que je blablatais. Genre le style de musique que j'avais écouté ce fameux soir dans ma voiture. C'est fou ce que ses notes contiennent comme détails ! Je m'étais trouvée si maligne à détourner son attention de l'incident dans le garage en lui débitant toutes les conneries qui m'avaient alors traversé l'esprit. En réalité, sans m'en rendre compte, je lui avais en fait confié à quel point je me sentais invisible en présence de Sydney, allant jusqu'à lui raconter cette soirée où j'étais sortie avec Jason Walker et où il m'avait appelée par le nom de ma meilleure amie sans le faire exprès. Quant aux anecdotes suivantes, elles sont encore plus humiliantes ! Qu'est-ce qui m'a pris de m'épancher en confidences auprès de la psy ? Et merci le secret professionnel !

Comme si cela n'était pas suffisant, j'ouvre un second message et découvre avec horreur les détails de la consultation de mes parents chez le même psy ! Ils y avouent ne pas avoir eu de relations intimes depuis... Mon Dieu, non ! Ils seraient mortifiés si jamais ça devait se savoir !

Je lève les yeux sur l'écran. Ian fait de même et je ne peux m'empêcher de remarquer son regard affolé.

« NOUS RESTERONS BOUCHE COUSUE SI VOUS LE DEMEUREZ AUSSI. »

L'envie de chanter m'est totalement passée.

« VOILÀ QUI EST MIEUX. CHAQUE JOUEUR VA MAINTENANT RAMASSER SON PISTOLET. QUICONQUE NE LE PREND PAS LE LAISSE DE FAIT À LA DISPOSITION D'UN JOUEUR DÉSIGNÉ PAR NOS SOINS. »

Micky est la première à se saisir de son arme. Tout le monde l'imite, sauf moi.

Je m'éclaircis la gorge et déclare :

— Ça n'en vaut pas la chandelle. On n'a qu'à boire quelques bières et discuter tranquillement. Histoire d'éviter que ça finisse en bain de sang.

Le front de Ian se creuse tandis qu'il me jette un regard tourmenté.

— Prends le pistolet, Vee.

Oh oh, ils doivent avoir déterré des histoires sur sa famille encore pires que les miennes ! Sauf s'ils lui ont offert un nouveau bonus ? Mais qu'est-ce qui pourrait le motiver à ce point ? J'aimerais tellement pouvoir lire dans ses pensées en ce moment...

En ce qui me concerne, mes pensées sont focalisées sur l'arme luisante en face de moi, me faisant grelotter malgré la chaleur. J'ai la bouche sèche.

— C'est dingue !

Ian dévisage tour à tour les participants réunis en cercle autour de la table avant de répondre :

— T'as raison, c'est dingue. Mais si tu ne la prends pas, tu seras à leur merci.

Je dois fournir un effort surhumain pour que chacune de mes inspirations ne se termine pas en gémissement pitoyable. Malgré des lèvres tremblantes, je me force à argumenter encore une fois :

— Ne pas prendre d'arme pourrait s'avérer plus sage que d'en prendre une. Aucun de nous n'irait tirer sur une personne sans défense !

— Oh, bien sûr que non, annonce Micky avec un claquement de langue.

« TU AS TRENTE SECONDES POUR TE DÉCIDER. »

— Fais le bon choix, Vee, susurre alors la voix de Gayle à travers les haut-parleurs.

Ce conseil arrive un peu trop tard...

Un compte à rebours se déclenche à l'écran. Je prends le temps de regarder tous les joueurs. Micky et Ty caressent amoureusement leurs armes. Même Samuel tient la sienne comme s'il était un habitué, ce qui me surprend... ça lui vient sans doute des jeux vidéo. Daniella et Jen ont la leur posée sur les genoux.

Plus que vingt secondes.

— Personne ne te demande de le pointer sur quelqu'un, il suffit que tu prennes le flingue en main, m'encourage Ian.

— C'est ça, leur mode de fonctionnement, chuchoté-je, tout en sachant pertinemment que tout le monde m'entend, ils procèdent petit pas par petit pas.

— Tu n'auras pas à tirer, reprend Ian, mais si tu le prends, ça fera une arme de moins pour les autres.

Micky et Ty me fixent comme des pythons prêts à bondir sur leur proie. Je devrais peut-être prendre mon pistolet et faire feu sur les caméras.

Restent dix secondes.

Une goutte de sueur perle sur le front de Ian.

— S'il te plaît, Vee ! Seul, je ne pourrai pas nous protéger tous les deux.

Je n'en ai vraiment aucune envie, mais rester assise sans arme serait de la pure folie. Alors qu'il ne reste plus que trois secondes au décompte, je me saisis du pistolet. Lourd et graisseux, il n'a absolument rien d'un joujou. Je le dépose sur mes genoux, ne me souciant guère de tacher ma jupe. Micky émet un petit grognement satisfait.

« GÉNIAL. MAINTENANT RELAXEZ-VOUS UN PEU, VOUS ALLEZ VOIR UN PETIT FILM. JEN, VA OUVRIR LE COMPARTIMENT ROSE SI TU LE VEUX BIEN, TU Y TROUVERAS DES FRIANDISES SPÉCIALES POUR LA PROJECTION. »

Elle se lève sans trop savoir comment tenir son arme, et jette un coup d'œil interrogateur à Micky.

— Pointe le canon vers le bas, lui dit celle-ci.

Jen s'exécute et se dirige vers le compartiment sur la pointe des pieds. J'ai une boule au ventre rien qu'à imaginer ce qu'ADDICT sous-entend par « des friandises spéciales ». Forcément quelque chose de tordu. Mais lorsqu'elle ouvre la porte de la couleur indiquée, une forte odeur s'en dégage ; elle me soulève le cœur. Jen en retire un carton de popcorn, décoré du nom de la marque sur ses quatre faces. Après l'avoir ramené jusqu'à la table, elle fait encore quelques allers-retours pour nous approvisionner en bonbons affichant aussi clairement leur marque. Les sponsors croient-ils réellement que cette pub va augmenter leurs ventes ? Oups, question débile : s'ils le font, c'est que ça marche…

— Il y a un mini-frigo rempli de Red Bull, t'en veux un, chérie ? demande-t-elle à Micky.

Bien sûr, ce sont les mêmes qui ont abusé de la bière qui s'empressent de lever la main pour en avoir une canette. Alcool plus taurine, c'est vraiment le cocktail gagnant !

Seuls Ty et Micky piochent dans le popcorn qu'ils s'enfournent par poignées. Samuel attrape un sachet de bonbons en haussant les épaules. Dès que Jen a repris sa place, la lumière baisse et un film apparaît sur les écrans. Son titre ? *Les Armes à feu pour les nuls…*

Les cinq minutes suivantes nous apprennent à charger notre pistolet, à l'armer, à reculer la culasse puis à tirer à une ou deux mains. Chaque nouvelle parcelle d'information me donne envie de crier et de m'arracher les cheveux. Nous allons mourir par balles. Notre sang s'évacuera via la grille au milieu du tapis, et la pièce sera fin prête pour accueillir la prochaine fournée de joueurs. Mes genoux s'entrechoquent tellement que le pistolet menace d'en tomber à plusieurs reprises.

Ian me prend la main.

— C'est que du bluff. Ils cherchent juste à nous faire flipper.

Pour une tentative, c'est plutôt réussi ! Ian est blanc comme un linge et contre mes doigts, je sens son pouls qui cogne.

« JUSTE AVANT D'EN ARRIVER À LA PARTIE FUN, IL NOUS RESTE UN PETIT COMPTE À RÉGLER. QUELQU'UN VA DEVOIR PAYER LES CONSÉQUENCES DE SON NON-RESPECT DES RÈGLES... »

C'est une blague ? Qu'est-ce qu'on va pouvoir m'infliger de pire, à présent ? À peine la question m'a-t-elle traversé l'esprit que j'ai envie de me foutre des gifles : je sais maintenant pertinemment qu'une fois que la réponse se présentera, elle me sera insupportable...

Au milieu des cris de joie de Micky, le bourdonnement d'une conversation se fait entendre de derrière l'une des portes utilisées pour les défis sur mesure. Le panneau coulisse et deux personnes trébuchent dans la salle, les yeux bandés.

Quand je comprends qui sont nos nouveaux camarades de jeu, le pistolet posé sur mes genoux pèse soudain une tonne.

Tommy et Sydney viennent de nous rejoindre.

17.

J'ai beau m'effondrer intérieurement, je bondis de mon siège.

— Partez, partez pendant qu'il en est encore temps !

Ils arrachent leur bandeau et clignent des yeux, hébétés par la lumière soudaine. Le panneau par lequel ils sont entrés est en train de coulisser dans l'autre sens.

Je me précipite sur Tommy et Sydney et tente de les pousser vers la sortie.

— Courez !

Mais la porte se referme déjà. Micky et Ty qui s'étaient levés, sans doute pour m'empêcher de m'enfuir, se rasseyent, un sourire satisfait aux lèvres.

Sydney a un air complètement perdu que je ne lui ai jamais connu. Sa confusion se mue toutefois en choc lorsqu'elle enregistre la présence de l'arme que je tiens à la main.

— Rassure-moi, c'est pas une vraie ?

Je cache l'arme dans mon dos et avoue :

— Je sais pas...

Tommy parcourt la salle d'un regard à la fois curieux et dégoûté. Il finit par poser les yeux sur moi et secoue la tête d'un air de dire *Je t'avais pourtant prévenue...* Les autres joueurs sont confortablement assis, certains mangent même du popcorn, comme si mes amis et moi étions devenus la nouvelle attraction.

Syd vient se planter à quelques centimètres de moi, les yeux rivés aux miens.

— Là, t'as vraiment dépassé les bornes ! Pourquoi t'as pas abandonné après qu'ils t'ont fait croire que tu respirais du monoxyde de carbone ? Merde, Vee !

Elle m'attrape par le bras et me tire vers le panneau par lequel ils sont entrés. Je la laisse m'entraîner dans son sillage d'indignation.

— Mais qu'est-ce que tu as vu au juste ? Vous m'avez entendue vous supplier d'appeler le 911, ou vous pensiez que ça faisait aussi partie de mes « hallucinations » ?

Elle ignore superbement ma question et se met à toquer à la porte.

— C'est bon maintenant, laissez-nous sortir.

Les écrans se rallument avec leurs bips caractéristiques, et Sydney lève la tête pour lire celui suspendu au-dessus d'elle. Je lui mets une main sur l'épaule, sachant d'avance que le message risque de la faire partir au quart de tour.

« CETTE PORTE EST ÉQUIPÉE D'UN MINUTEUR ET NE POURRA ÊTRE OUVERTE QUE DANS UNE DEMI-HEURE, À MOINS, BIEN SÛR, D'UNE URGENCE. LES JOUEURS VOUS INDIQUERONT OÙ TROUVER LES RAFRAÎCHISSEMENTS. FAITES COMME CHEZ VOUS. »

— Non, je ne ferai pas comme chez moi ! s'exclame Sydney en frappant sur le mur. Et les pistolets, vous appelez pas ça une urgence ?

Elle met les doigts dans la rainure quasi invisible entre le mur et le panneau coulissant, mais c'est en vain qu'elle essaie de tirer. Elle se rue ensuite sur la porte principale et tourne la poignée. Voyant que ça ne marche pas, elle se met à tambouriner dessus en criant :

— Vous nous avez dit que Vee avait les nerfs à vif et que Tommy et moi devions venir la chercher. Maintenant qu'elle est avec nous, laissez-nous sortir ou j'appelle mon père, il est avocat !

Micky éclate de rire avant de proposer une bière aux autres joueurs. Elle passe entre Sydney et moi en se pavanant délibérément comme sur des hauts talons.

Syd sort son téléphone et lâche un juron quand elle découvre qu'il ne capte pas. Elle revient au milieu de la pièce.

— Passe-moi le tien, Vee.

Je me sens tellement mal. C'est donc ça ma punition. Il ne leur a donc pas suffi de me mettre en danger et d'effrayer mes parents ? ADDICT joue à fond la carte de la culpabilité, et ça marche à merveille puisque je suis Capricorne. De toute façon, je me sentais déjà assez coupable avant même de participer à ce round final. Alors de savoir que, par ma faute, mes amis m'ont rejointe dans un enfer dont ils ne connaissent pas les règles… Je n'ose même pas imaginer s'il leur arrive quelque chose !

C'est la tête basse que je réponds à Sydney :

— Aucun de nos téléphones ne marche, ils ne laisseront personne sortir, et inutile de les menacer de poursuites judiciaires. Pas tant qu'on est là, à l'écran, pour le plaisir des Observateurs… Ils viennent de nous donner des pistolets et de nous montrer une vidéo pour apprendre à les utiliser. Je suis désolée de vous avoir fait venir ici.

Tommy a la mâchoire serrée. Il se tourne vers Ian qui s'est levé du canapé et lui hurle dessus :

— Tout ça, c'est à cause de toi, connard !

Il avance vers lui, les poings crispés.

Ian a toujours le pistolet le long du corps, mais ses yeux luisent de colère.

— Je serais toi, je ferais pas un pas de plus.

Je me jette au-devant de Tommy et pose ma main sur sa poitrine.

— T'as pas regardé ce qui s'est passé ? Tant qu'on est bloqués ici, on a de la chance d'avoir Ian qui assure nos arrières !

— Tu appelles ça assurer tes arrières ? T'aurais jamais atterri ici s'il t'avait pas baratinée !

Je plaque cette fois mes deux mains sur son torse et suis surprise de constater qu'il est aussi ferme que celui de Ian.

— Personne ne m'a mis de pistolet sur la tempe. Pas encore, tout du moins. Ian a autant à perdre que moi dans ce round de Grand Prix. Malheureusement, Sydney et toi êtes dans le même bateau maintenant. Si seulement vous n'étiez pas venus…

— Un peu tard pour les regrets, non ? rétorque Sydney, les mains sur les hanches, comme à la scène deux de l'acte un.

— Pourquoi vous n'avez pas appelé la police si vous vouliez m'aider ? plaidé-je.

— La police ? Pour un jeu ? Tout le monde sait que les séquences sont scénarisées ! réplique-t-elle d'un ton exaspéré.

À mon tour de m'énerver :

— Tu crois vraiment à ce que tu racontes ?

Je me tourne vers Tommy, lui au moins doit avoir compris.

— Dans le Colorado, l'épreuve finale du round du Grand Prix était un saut en parachute, et ils se sont tous ouverts... ADDICT ne fait que jouer sur tes peurs ! s'emporte Tommy.

— Ah oui ? Eh bien, fais-moi confiance, on ressent exactement la même chose, qu'elles soient réelles ou pas, soupiré-je. On s'est tous fait avoir.

Tommy m'écarte d'un bras pour s'avancer vers Ian.

— C'est pas comme si ton partenaire était au-dessus de tout soupçon : il est du genre exhibitionniste sur le Web, j'ai trouvé quelques sites plutôt crades où je donnerais ma main à couper qu'il apparaît sur plusieurs images. Il me reste plus qu'à les passer dans un logiciel de reconnaissance faciale pour en être sûr à cent pour cent.

Il sort son téléphone et se tourne vers moi.

— Attends, je vais te montrer.

J'essaie immédiatement de le lui prendre des mains.

— Je croyais que tu captais pas ! Vite ! Compose le 911 !

Micky et Ty bondissent de leur siège tandis que Tommy, les yeux écarquillés, serre son portable contre sa poitrine :

— J'ai pas plus de réseau que vous, j'ai téléchargé la vidéo tout à l'heure, se défend-il.

Il clique sur un lien et me met l'écran sous les yeux.

— C'est des conneries, tout ça ! s'écrie Ian, les joues en feu.

La vidéo montre une pièce sombre où des gens aux trois quarts nus se livrent à une sorte de catch ou un truc dans ce goût-là. Je repousse la main de Tommy.

— C'est vraiment pas le moment de regarder des vidéos bizarres.

Tommy ne l'arrête pas pour autant.

— Il faut que tu comprennes avec qui tu fais équipe, et surtout à qui tu peux faire confiance.

Micky s'esclaffe en venant jeter un coup d'œil par-dessus mon épaule :

— Alors, Vee la vierge aurait peur de voir un bout de fesse ?

Les écrans reviennent à la vie, coupant court à la discussion.

« ASSEZ DE BAVARDAGES. VOICI VOTRE TÂCHE SUIVANTE : POINTEZ VOTRE ARME SOIT SUR LA VICTIME QUE VOUS AVEZ CHOISIE PRÉCÉDEMMENT, SOIT SUR L'UN DES NOUVEAUX ARRIVÉS. »

Sydney sursaute dans sa paire de talons aiguilles :

— Mais qu'est-ce...

Je pousse un petit cri avec la vive impression de m'être vidée de mon sang tout d'un coup. Est-ce de cette manière que je vais mourir ? Moi ou l'un de mes amis ? Est-ce vraiment ce spectacle que réclame le public ? Ma gorge se serre douloureusement. Pourquoi n'ai-je pas été dire bonjour à papa et maman à la fin de la pièce ? Toute bonne fille qui se respecte l'aurait fait...

Micky et Ty appuient leurs avant-bras sur le dossier de leur canapé et ajustent leur visée. Elle tient son arme à deux mains, lui n'a besoin que d'une seule. Les canons de leur pistolet nous fixent résolument, Ian et moi, de leur œil unique.

Samuel prend une profonde inspiration avant de lever le sien :

— Je suis désolé, Vee. Je te jure que je n'appuierai pas sur la détente.

— Me voilà vachement rassurée, articulé-je d'une voix chancelante.

Je songe brièvement à aller me réfugier dans les toilettes avec Syd et Tommy, mais je me souviens ensuite qu'elles ne ferment pas à clé.

— Prends ton flingue, ordonne Ty à Daniella.

Cette dernière croise les bras, comme frigorifiée :

— Je sais pas, ça devient vraiment flippant...

— Je pensais que tu valais mieux que ça, lui lance-t-il, la mâchoire crispée.

Elle se retourne lentement en se mordant la lèvre, puis finit par s'emparer du pistolet à deux mains, l'une sur la crosse et l'autre sous le canon. Grâce au film, je connais maintenant les termes techniques. Sont-ce là les dernières choses que j'aurais apprises avant de mourir ?

Daniella pleurniche à moitié, essuyant sa joue trempée sur son épaule. Ses mouvements mal assurés font cliqueter ses bracelets au rythme de ma terreur.

— Ben voilà, lui dit Ty.

Micky chuchote quelque chose à l'oreille de Jen avant de lui mordiller le lobe. Dans un soupir, Jen prend son arme. Ce qui fait un canon de plus pointé sur moi, et un autre sur Ian.

Je me tourne vers lui ; sur son cou, une veine palpite sous l'afflux du sang. Il lève lentement le bras et met Ty en joue.

Il règne un silence si profond dans la salle que j'entends le grésillement des lampes au-dessus de nos têtes.

J'aimerais tant fondre sur le tapis, aussi affreux soit-il, mais il faut que je réfléchisse.

— Sydney, Tommy, vous n'avez rien à voir là-dedans.

Je leur indique la porte du bout de mon pistolet :

— Allez vous mettre là-bas.

Je contourne la table pour me poster près de mon canapé, c'est-à-dire à l'opposé de l'endroit où je leur ai dit de rester. Mais ils décident de me suivre.

— Non. Tout ce que vous allez réussir à faire, c'est à donner à ces imbéciles une cible plus large. Je sais que vous êtes assez intelligents pour comprendre ça.

Tommy se penche à mon oreille et murmure :

— Et assez intelligents pour avoir prévenu la police en venant ici. C'est l'affaire de quelques minutes avant qu'ils n'arrivent à cet étage. Il faut juste qu'on gagne du temps.

La nouvelle me donne envie de pousser la chansonnette. Est-ce qu'ADDICT a entendu ses paroles ? Je ne sais pas trop si ce serait ou non une bonne chose.

— J'aurais dû m'en douter. T'es formidable, Tommy. Maintenant, va gagner du temps en te postant là-bas s'il te plaît. Je te promets de regarder toutes les vidéos que tu voudras dès qu'on sera sortis de ce guêpier, lui chuchoté-je en retour.

Il attrape Syd par le bras et tente de la guider vers la porte, mais naturellement, celle-ci refuse de bouger. Elle se dégage et met ses mains sur mes épaules, comme si elle n'avait rien à faire de tous ces canons braqués sur elle.

Si ses yeux sont embués de larmes, son maquillage demeure toujours aussi parfait.

— Vee, t'as beau t'être comportée de manière détestable ce soir, j'ai accouru pour te secourir, pas pour me planquer dans un coin.

— Tu sais, Syd, tu as raison sur toute la ligne. J'ai été horrible. Je me débrouillerai pour me faire pardonner. Mais si tu veux vraiment m'aider, s'il te plaît, reste en dehors du champ de tir. Je t'en supplie, fais ça pour moi.

Elle ne bouge pas d'un iota. Comment la convaincre de se protéger alors qu'elle est programmée pour prendre systématiquement ma défense ?

Les lumières s'assombrissent d'un cran.

Je la pousse vers la porte.

— Vas-y maintenant avant qu'ils n'éteignent tout et que tu te retrouves coincée au beau milieu des tirs croisés. Tu ne serais plus utile à grand-chose après ça...

Elle tremble, mais je ne sais pas si c'est de peur ou de frustration. Le bon sens finit par l'emporter et elle s'écarte enfin, suivie de près par Tommy.

Je me dirige vers le canapé, me cognant au passage contre cette stupide table, ce qui la fait se balancer dans un grincement sinistre. Samuel la stoppe de sa main libre tout en me gardant dans sa ligne de mire. Au lieu de m'asseoir, j'imite Ty et Micky et passe derrière le canapé pour me servir du dossier comme support. Les coussins n'arrêteront sans doute pas les balles, mais c'est tout de même réconfortant d'avoir un bouclier. Je prends mon temps pour viser Micky, qui sourit d'un air mauvais. J'ai du mal à croire que je pointe une arme sur un être humain.

À nouveau, l'éclairage diminue d'intensité. Ian n'a toujours pas quitté le centre de la pièce et est à découvert. Il contourne la table et vient s'agenouiller derrière le canapé de Samuel. Pourquoi n'ai-je pas pensé à dire à Syd et Tommy de se mettre à couvert ? Encore un point sur lequel j'ai manqué de jugeote ce soir... Mes amis ont l'air si vulnérables, debout dans l'angle de la salle.

Les deux couples d'en face nous imitent – même s'ils mourraient plutôt que de l'admettre – et se glissent derrière leurs canapés respectifs. Je suis sûre que Samuel ferait volontiers la même chose si Ian n'avait pas déjà pris la place. Du coup, il se dépêche d'aller s'accroupir aux côtés de Ty et Micky. Nous sommes donc deux pelotons d'exécution à nous faire face, toutefois, à cinq contre deux, le rapport de force nous est largement défavorable.

Il nous aura fallu moins d'une minute pour nous mettre en position, mais ADDICT s'impatiente déjà, ainsi qu'en témoignent les bips de mauvais augure.

« ARMEZ VOTRE PISTOLET. »

Au cas où on ne se souviendrait pas de la marche à suivre, ils repassent un morceau de la vidéo nous montrant le geste à effectuer.

J'ai mal au ventre. Je serre les cuisses pour que mes jambes arrêtent de trembler et lâche :

— Vous pensez vraiment vous en tirer comme ça ? Si ces pistolets sont chargés et que l'un de nous se prend une balle, c'est la fin assurée pour votre jeu.

« PAS LA FIN. PLUTÔT DE LA PUBLICITÉ. »

Ces mots ne s'affichent que sur l'écran en face de Ian et moi, pas sur celui à notre droite, et disparaissent quasi instantanément. De fait, Sydney et Tommy qui ont dû pencher la tête n'ont sans doute pas eu le temps de les lire.

— Vous voulez rire ? Même si personne ne réussit à vous trouver, qui sera assez fou pour vouloir jouer après ça ?

Les autres joueurs font une drôle de tête. L'écran qui leur fait face serait-il hors service ?

Celui que je regarde affiche brièvement une réponse à ma question :

« LES GENS QUI AIMENT GAGNER JOUERONT TOUJOURS. »

Une partie de mon cerveau est forcée de reconnaître qu'ils n'ont pas tort, bien que cette idée me révulse. Il suffit de voir ce que j'ai fait dans l'espoir de gagner mes frais de scolarité…

Si ADDICT demeure inflexible, peut-être puis-je en appeler à une parcelle de logique chez les autres joueurs ? Ils doivent croire que je suis devenue folle, n'ayant entendu que mon côté de la conversation.

— Hey, les gars, arrêtons-nous là ! Ils veulent qu'on se tire dessus, pour leur faire de la pub qui plus est ! Vous croyez que j'exagère ? Regardez au centre du tapis sous la table : c'est une grille d'évacuation. Vous savez à quoi elle sert ? À nettoyer la pièce au jet d'eau… de notre sang !

— Mon œil, ouais, ricane Micky, c'est plutôt pour nettoyer la pisse des trouillardes comme toi qui mouillent leur culotte !

Sur ces mots, elle arme son pistolet en tirant la culasse vers l'arrière. Le clic sonore me fait frissonner. J'en ferme les yeux pendant quelques secondes avant de les rouvrir et d'imiter son amie, le tout en évitant soigneusement de me regarder. Ty les suit, puis Ian. *Clic, clic, clic.*

Ty se tourne vers Daniella, les sourcils froncés :

— T'attends quoi ?

— Ils sont vraiment chargés ? demande-t-elle à la caméra.

« QU'EN PENSES-TU ? »

Tous les écrans fonctionnent à nouveau. Y a-t-il eu des messages adressés aux autres ce soir que je n'ai pas vus ?

Jen tremble comme une feuille.

— C'est la première fois que j'ai une arme dans les mains... et si le coup partait tout seul ?

— T'es trop bête, lui répond Ty, faut que t'appuies sur la détente pour ça. Quand tu armes le pistolet, tu enclenches juste une balle.

— Et faudrait encore que ce soient des balles réelles, ajoute Samuel.

Quoi ? Il croit encore que ce sont des balles à blanc ? Et le public, que s'imagine-t-il ? Il n'y a toujours pas le moindre signe de la police... Tout le monde est-il persuadé qu'on est en pleine partie de paintball ? Qu'on va sortir d'ici avec au pire quelques contusions ? Je suis certaine qu'il y a des sadiques qui espèrent voir le sang couler pour de vrai. Au moins, mes amis doivent regarder ça avec horreur... et un sentiment d'impuissance puisqu'ils ne savent pas où nous sommes.

Je ne me souviens plus ce que disait la vidéo à propos de sécurités et de balles engagées, mais je sais qu'armer notre pistolet est la dernière étape avant de presser la détente. Et Daniella aussi en a conscience. Une traînée de mascara lui coule le long des joues. Mais finalement, la peur d'être la prochaine victime si elle sabote le round des Grands Prix semble l'emporter, car elle se résout à reculer la culasse de son arme. *Clic.*

— Vee ? me souffle Ian.

J'ai la même réticence que Daniella à faire un pas de plus vers l'irréparable, mais en même temps, si l'inimaginable se produit, il faudra bien que je puisse me protéger… et mes amis aussi. Je retiens ma respiration et arme mon pistolet. *Clic.*

La lèvre supérieure de Micky est ourlée d'un voile de sueur. Plutôt bon signe.

— Combien de temps va-t-on devoir tenir comme ça ? s'enquiert Jen d'une voix étranglée.

ADDICT ne daigne pas lui répondre.

— Tout ce qu'ils nous ont dit de faire, intervient Ian, c'est d'armer nos pistolets, ils ont pas précisé combien de temps il fallait les garder armés. On a rempli cette partie du défi, je vous propose de remettre la sécurité et de baisser nos armes avant que quelqu'un ne soit blessé.

Samuel acquiesce de la tête. J'aurais préféré qu'il s'exprime à voix haute.

Nous avons tous les yeux rivés sur les écrans dans l'attente qu'ADDICT vienne mettre son grain de sel.

Ian s'adresse ensuite aux joueurs de l'autre côté de la table :

— Je vais compter, et à trois, on remet tous la sécurité, ça vous va ? Ça nous évitera de franchir le point de non-retour !

Il prend une profonde inspiration et démarre le décompte.

— Un.

Jen lève un sourcil interrogateur en direction de Micky, mais celle-ci ne me quitte pas des yeux.

— Deux.

Je sens des sueurs froides me dégouliner le long du dos. La salle est plongée dans un silence total. Plus de musique ni même un canapé qui couine.

Encore une respiration bruyante de Ian. Serons-nous les deux seuls à remettre la sécurité ? Un voile rouge devant mes yeux me fait craindre de tomber dans les pommes à tout instant.

— Trois.

Je m'apprête à repositionner la culasse, mais avant d'avoir eu le temps de le faire, le monde bascule dans le noir. Toutes les lumières se sont éteintes. Un stroboscope se met à pulser. Des cris résonnent. Des coups de feu retentissent.

18.

J e me baisse instinctivement. Le métal du pistolet menace de glisser de mes paumes moites, mais je parviens à le maintenir appuyé sur le dossier du canapé au-dessus de ma tête. Mon cœur bat à tout rompre, comme s'il cherchait à s'échapper, et lorsque mes oreilles se débouchent enfin, j'entends un son de guitare nasillard qui aurait toute sa place dans une soirée folk. Yee-ha ! Ils ont un sens de l'humour vraiment douteux…

Je ne sens quasiment plus mon bras droit tant il est engourdi et décide d'abaisser l'arme. Je suis même tentée de la lâcher, mais il se peut que j'en aie besoin pour me protéger contre tous ces canons encore braqués sur moi. Malgré l'obscurité, j'en ai l'intime conviction.

— Tout le monde va bien ? demandé-je à la cantonade d'une voix posée, n'ayant aucune envie de provoquer une nouvelle salve de tirs.

— Affirmatif, répond Ian quelque part à ma gauche.

Je hausse la voix pour me faire entendre par-dessus les banjos.

— Tommy ? Syd ?

289

Un bruissement me parvient du coin opposé de la salle, précédant la voix de Sydney, cristalline comme à l'habitude.

— On est OK.

Je pousse un soupir de soulagement.

— Et tu vérifies pas si nous aussi on va bien ? demande Micky d'un ton moqueur.

— Je me doute bien que vous avez survécu, vu que j'ai pas appuyé sur la détente...

Je l'entends qui grogne :

— Genre t'as pas tiré ! À moins que ce soit ton petit copain qui nous ait canardés ?

Je sens Ian qui remue à côté de moi.

— Contrairement à certains, j'ai une parfaite maîtrise de mes doigts !

— C'est pas ce que la demoiselle m'a rapporté, rigole Ty.

Samuel prend ensuite la parole, pour la première fois depuis des heures me semble-t-il.

— Il y a eu cinq détonations. Moi, j'ai pas tiré. Et les bruits venaient pas de ce côté, c'est donc forcément vous.

Ian a du mal à contrôler sa colère.

— Mon canon est froid, viens le toucher si tu veux.

Micky, bien sûr, ne résiste pas :

— J'aurais parié qu'il avait le canon froid, ils font la paire avec sa copine frigide !

Tout tourne-t-il autour du sexe pour elle ? Pourquoi n'avoue-t-elle pas qu'elle a craqué et tiré ? À moins que... Je m'aperçois avec fureur qu'il reste une autre alternative.

Je m'éclaircis la voix pour qu'elle porte autant que celle de Sydney.

— Et si c'était ADDICT qui avait tiré ? Ou peut-être qu'ils ont diffusé une odeur de poudre à canon par les conduits d'aération et passé des enregistrements de détonations. Dans un cas comme dans l'autre, ils ont voulu nous faire craquer nerveusement pour qu'on appuie sur la détente. Vous avez donc pas pigé ? C'est notre feu d'artifice final !

Plusieurs secondes s'écoulent sans que personne ouvre la bouche. Dans le fond, ils se doutent bien que mon scénario est des plus plausibles.

— Dans le noir et avec les flashs du stroboscope, impossible de dire d'où venaient les coups de feu, surenchérit Ian.

— Quelle bande de connards ! s'exclame Jen en sanglotant à moitié. Rallumez les lumières ! De toute façon, votre public ne peut pas nous voir dans le noir !

Je ne l'aurais pas cataloguée dans la catégorie pleurnicharde. En même temps, je ne me serais jamais imaginée non plus avec une arme à la main.

— Ça sent la pisse ici, déclare Ty.

C'est vrai que je détecte une légère odeur d'ammoniac qui se mêle à celles de poudre à canon et de popcorn. Berk.

ADDICT doit être en train de savamment doser l'éclairage, car même si je ne vois aucune lueur au-dessus de ma tête, je commence à distinguer la forme de mes bras. Je me relève à moitié, non seulement pour ne plus être au contact de ce maudit tapis, mais aussi pour discerner les formes qui émergent de la pénombre : les canapés, puis les têtes des joueurs en face qui me renvoient mon regard. La table suspendue est invisible, mais je finis par percevoir les épais filins qui la relient au plafond.

« OK. PAS D'EXCUSES. VOUS DEVEZ REMETTRE VOS VICTIMES EN JEU MAINTENANT. ET, POUR ÊTRE BIEN CLAIRS, VOUS DEVREZ LES MAINTENIR DANS VOTRE LIGNE DE MIRE PENDANT LES VINGT DERNIÈRES MINUTES DU JEU. »

Ces lignes me rappellent la finale du mois dernier, celle où les candidats étaient debout au bord du toit. J'étais persuadée qu'il y avait un filet en dessous. Tandis que les joueurs tremblaient de tous leurs membres, ADDICT n'arrêtait pas de faire des pauses pour rediffuser les moments forts des défis précédents. C'est ce qu'ils doivent être en train de nous faire subir. Tout ça par pur plaisir sadique…

Le temps que mes pupilles se dilatent, je vois Ty se lever lentement derrière le canapé qui lui sert de barricade, l'arme toujours pointée sur Ian. Il souffle quelque chose à l'oreille de Daniella qui ne tarde pas à l'imiter. Jen et Micky me visent à nouveau, ou plutôt mon canapé, ce qui revient de toute façon au même. Samuel suit le mouvement tandis que Ian lève son arme sur Ty.

Mon pistolet est posé sur mes genoux, je ne sais pas trop quoi en faire. Je l'inspecte à tâtons et localise la culasse. Dois-je la désengager ? Il faut malgré tout que je me protège, et je parierais qu'aucun des autres joueurs n'a remis sa sécurité. ADDICT n'a pourtant donné aucune consigne sur ce point. Ai-je vraiment le choix ? Non. Si je veux me défendre ainsi que mes amis, je dois adopter l'état d'esprit d'une combattante dans ce jeu de malades. Je pose un genou à terre et mets Micky en joue.

Nous attendons. L'éclairage s'assombrit à nouveau et la musique s'arrête, si bien que le moindre son, même très faible, devient tout à coup audible : le grésillement de l'électricité, les bruits de tuyauterie à l'étage supérieur, la respiration saccadée des joueurs et leurs mouvements, aussi infimes soient-ils. L'obscurité est impénétrable, comme une créature vivante qui me colle aux yeux, au nez et à la bouche et que j'ai envie d'arracher avant de finir étouffée. Mais c'est impossible et mon cœur se remet à battre à un rythme effréné. Je lâche un hoquet, incapable que je suis de me contrôler plus longtemps. Soudain, de l'autre côté de la pièce, quelqu'un rit. Micky.

Je sens Ian qui se rapproche de moi tout en douceur.

— Baisse la tête pendant un moment et concentre-toi sur ton souffle : inspire bien à fond et expire lente-ment, me chuchote-t-il.

Je suis ses conseils sans pour autant faire dévier mon arme de sa cible. Bien que je n'aie plus rien à cirer des consignes d'ADDICT, si jamais Micky tirait, il faudrait bien que je réplique. Ma respiration revient peu à peu à la normale, mais une brusque migraine me martèle le crâne. Je retire une main de la crosse pour me masser les tempes. Tout cela n'est qu'un mauvais rêve, hein ? Je tâche de m'imaginer ailleurs.

Soudain, l'un des cours sur la physique quantique de mon prof de sciences me revient à l'esprit. Un truc à propos d'un chat… Le chat de Schrödinger ! Cette his-toire illustre comment les événements restent dans le domaine de la probabilité jusqu'à ce qu'ils se produisent, ou qu'il y ait quelqu'un pour en témoigner. Le M. Schrödinger en question affirmait que s'il mettait son chat dans une boîte, personne ne pourrait dire avec certitude si le chat était vivant ou mort tant qu'on n'aurait pas ouvert la boîte. Je me demande maintenant si les Observateurs sauront ce qu'il est advenu de nous avant que quelqu'un ne retire le couvercle de notre boîte diabolique.

Non, Vee, arrête. Il faut plutôt que j'évoque des pensées positives qui me permettent de ralentir les battements erratiques de mon cœur. Cette obscurité totale pourrait être n'importe où n'importe quand. Je pourrais être vivante aussi bien que morte. OK, je choisis l'option vivante. Pendant que j'y suis, je choisis aussi les ténèbres d'une nuit sans lune, couchée sur une moelleuse couverture à côté d'un beau garçon doux et chaud. Lorsqu'il me prend dans ses bras, son cœur bat fort, mais c'est de passion plutôt que de peur.

J'en suis presque à croire en cette romance fabriquée quand une faible lueur réapparaît dans la pièce. Les pistolets pointés sur moi n'en redeviennent que trop visibles, mettant un point final à l'épisode fantasmé. Les larmes me montent vite aux yeux, accompagnées d'une terrible boule au ventre.

Laquelle ne fait que s'alourdir lorsque Sydney lâche un soupir théâtral.

— Bon, ça va faire quatre minutes. Il est grand temps de changer de tableau. Je suis persuadée qu'il y a mille choses plus intéressantes à faire que de pointer des armes dans le noir.

Je remarque un léger frémissement dans son ton que je n'avais jamais entendu auparavant.

J'aimerais tellement qu'elle la mette en veilleuse pour une fois. En même temps, la patience et elle ont toujours fait deux.

— Te gêne pas, ma poule, lui lance Ty, t'as qu'à venir ici pour me dire ce que t'as derrière la tête. Il me reste une main de libre.

Des chuchotements staccato me parviennent du côté de Syd et Tommy.

J'ai la désagréable sensation qu'une colonie de bestioles est en train de me cavaler sur le corps.

— Reste où tu es, Syd !

Ce n'est pas l'envie qui me manque d'aller la tacler, mais le moindre geste de ma part occasionnerait de dangereux mouvements de pistolets.

— Tu t'appelles comment ? demande Syd.

— Ty, comme dans massage Ty-landais !

Électrisée, je me redresse.

— Ne bouge pas d'un pouce, Syd !

Je la connais assez pour savoir qu'elle veut essayer de changer la donne, mais on n'est plus dans le cadre d'une pièce de théâtre de lycée. Tout le charme du monde ne lui permettra pas de sortir de cette salle. Ni moi, du reste. J'ai un haut-le-cœur rien qu'à imaginer les doigts boudinés de Ty se poser sur ma meilleure amie. Et il ne faut pas oublier Daniella. Elle pourrait piquer une crise de jalousie et tirer parti du fait d'avoir une arme en main.

— La vache, la copine de Vee la vierge est encore plus soûlante qu'elle. On devrait peut-être changer de cible, grogne Micky.

— Ça te ressemble bien en effet, mettre en joue quelqu'un qui ne peut pas se défendre. Il faut pas oublier pour autant que je t'ai dans ma ligne de mire, répliqué-je.

J'ai du mal à croire que j'ai craché ces mots, mais au moins, Micky garde son pistolet braqué sur moi. Ça me rend folle que Syd soit là, totalement sans défense. Ma meilleure amie si courageuse et si têtue qu'elle porte toujours ce stupide corset qui doit lui faire mal au dos depuis le temps.

— Syd, tu restes auprès de Tommy, OK ? lui dis-je en essuyant une larme.

Il a dû lui dire qu'il avait appelé la police. À moins qu'il n'ait peur qu'elle aille le répéter au plus mauvais moment.

— Il faudrait qu'on soit armés nous aussi, intervient Tommy.

Non, mais qu'est-ce qui lui prend ? Surtout si la police doit arriver d'une minute à l'autre. Ou compte-t-il justement là-dessus ? Ce qui voudrait dire que sa requête sert à le faire passer pour un dur. Qui essaie-t-il d'impressionner ? Le public n'en vaut vraiment pas la peine…

— Je crois qu'il y a assez d'armes à feu dans la pièce, lui réponds-je, inutile d'en rajouter.

Mon bras droit me lance soudainement. Peut-être est-ce la fatigue d'avoir maintenu mon pistolet droit si longtemps. Je ne sais pas combien de minutes je pourrai encore résister. Il reste combien de temps ? Un petit quart d'heure ? Et si moi je fatigue, qu'en est-il des autres ? Il suffirait sans doute que le stroboscope se remette en marche, ou d'une autre détonation, pour que l'un des joueurs craque et presse la détente.

Plus on sera fatigués et plus il leur sera facile de nous pousser à la faute.

Les lumières s'éteignent, nous laissant à nouveau dans le noir total.

— Il faut qu'on mette fin à tout ça aussi vite que possible, chuchoté-je à Ian.

Avant qu'un des joueurs ne commence à souffrir de crampes au bras. Avant que Sydney ne se décide à se rapprocher de Ty et nous fourre dans un pétrin encore plus sombre. Et surtout avant qu'ADDICT n'introduise quelque trouvaille qui nous fasse basculer une bonne fois pour toutes. Je sais qu'ils vont le faire.

— Je suis en train de réfléchir à un plan, me répond-il à voix basse.

— Dans quel style ? On se jette au sol et on prie pour que tout se passe bien ?

Je n'avais pas l'intention d'être si cinglante, mais le désespoir fait ressortir mon côté cynique.

— J'imagine qu'il n'y avait pas de fenêtre dans les toilettes ? grogne-t-il.

C'est ça son plan ?

— Tu parles que non ! Il n'y a de fenêtre nulle part dans ce théâtre des horreurs !

En prononçant ces mots, un flot d'images me traverse l'esprit : scènes, publics, fenêtres et pistolets... Une production perverse dont nous sommes les acteurs. Ces vicieux d'Observateurs doivent être bien au chaud chez eux, à siroter des cocktails, les doigts de pied en éventail. En train de placer des paris tranquillement. Attendant que le sang coule.

Le fait de me représenter ainsi nos spectateurs fait germer en moi une graine d'idée, mais je n'arrive pas à mettre le doigt dessus. Exactement la même sensation que lorsque mon cerveau élabore la synthèse entre mon expérience de couturière et les coupons de tissu que j'ai sous les yeux pour faire éclore le design parfait. *Réfléchis, Vee !* Si seulement je pouvais explorer la salle à loisir. Peut-être qu'il existe un moyen d'ouvrir l'une des nombreuses portes. Combien en a-t-on vu jusqu'à maintenant ? Neuf ? Je plisse les yeux pour essayer de distinguer quelque chose dans l'obscurité. ADDICT utilise sûrement des caméras infrarouges afin de diffuser des gros plans de chacun des joueurs. Ils croient pouvoir capturer notre angoisse, ça les excite même. Je suis sûre que les plus tordus des Observateurs regrettent de ne pas pouvoir être dans la pièce avec nous pour pouvoir sentir notre peur. Je me vois soudain dans une arène de la Rome antique, entourée de milliers de spectateurs en folie qui réclament du sang tandis que l'empereur se délecte de la violence sur son trône doré.

Je fais pause sur le fil de mes pensées. J'y suis.

Parmi le public, il y a toujours ceux qui souhaitent avoir les meilleures places. Toujours. Le mur à notre gauche n'a pas le même revêtement. Et à la différence des autres qui sont truffés de panneaux coulissants et autres bizarreries, il ne possède qu'une porte des plus normales dans un coin. Quand nous sommes arrivés avec Ian au début de ce round des Grands Prix, nous sommes passés devant cette rangée de fauteuils dans le couloir : ce sont les places du premier rang.

Je suis persuadée que la tenture de soie dans le corridor n'a pas qu'une fonction décorative : c'est le rideau de scène, maintenant relevé pour le plaisir de quelques voyeurs fortunés. Ainsi le mur brillant à côté de la porte n'en est pas un, c'est une fenêtre sans tain. Les Observateurs ne sont qu'à quelques pas de nous, je les sens.

Dois-je faire part de mon intuition à Ian ? Et si Tommy avait vu juste, et que Ian m'avait manipulée pour peaufiner sa réputation en ligne ? Micky avait peut-être raison quand elle parlait d'une taupe infiltrée par ADDICT. Par quel autre moyen pourrait-il se payer une école privée ? Syd aussi l'a trouvé un peu suspect, et elle sait très bien juger les gens... ou pas ? Si elle est si bonne juge, pourquoi m'avoir choisie comme meilleure amie ? Moi qui ai mis en doute sa loyauté et me suis inscrite à un jeu atroce qui pourrait bien nous coûter la vie à toutes les deux...

Ian a été mon roc ce soir. Or si je compte m'échapper d'ici en un seul morceau, j'ai impérativement besoin d'un allié. Après tout, qui me dit que Tommy ne s'est pas trompé en croyant le reconnaître sur des sites douteux ? Il a vu ce qu'il voulait bien voir sur ces sites Internet, pas ce qu'ils contenaient vraiment. En même temps, c'est le garçon le plus intelligent que je connaisse. Comment aurait-il pu faire erreur à ce point ? C'est à s'en arracher les cheveux ! Je n'ai pas le temps de chercher la vérité, il faut que je fasse confiance à mon instinct.

Je couvre ma bouche avec ma paume et expose ma théorie à Ian, en priant le ciel qu'il soit vraiment de mon côté.

— C'est de la folie ! réagit-il, mais je sens bien une note d'incertitude dans son ton. Et en admettant que tu aies raison, qu'est-ce qu'on est censés faire ?

Il a au moins le mérite de chuchoter sans faire mention de ce que je lui ai révélé.

Frustrée, je secoue la tête. Pourquoi ne voit-il pas les choses aussi clairement que moi ? Il s'y refuse peut-être. Ira-t-il jusqu'à me mettre des bâtons dans les roues ?

— On n'a qu'à utiliser nos pistolets !

Il garde le silence pendant quelques secondes.

— Soit les balles passent à travers la vitre et risquent de blesser ceux qui se trouvent derrière, soit elles rebondissent dessus. Ni l'une ni l'autre de ces options n'est acceptable.

Je ne suis pas certaine que le public mérite vraiment d'être épargné, mais décide d'accorder à Ian le bénéfice du doute.

— Et si on utilisait un des canapés comme bélier pour défoncer la vitre ?

— Ils sont super lourds et ils n'ont pas de roulettes. Ça m'étonnerait qu'on puisse prendre assez d'élan pour la casser.

Nous n'avons rien d'autre à lancer dans la pièce, à part des bouteilles de bière et des seaux de popcorn. À moins bien sûr de projeter un des joueurs à travers la cloison… Je dois dire que cette perspective me tenterait assez pour certains d'entre eux. Si seulement on pouvait se servir de la table en verre.

Attends un peu ! Elle est utilisable en l'état : attachée à ses câbles, on peut la propulser comme un missile ! Et puisqu'il n'y a pas de canapé de ce côté-là de la table, il n'y a donc rien pour couper son élan. Je murmure mon idée à Ian. Il résiste tout d'abord, mais ne trouve aucune alternative. Nous échangeons discrètement quelques idées pour mettre notre plan à exécution sans que les autres nous fassent feu dessus. À peine nous sommes-nous mis d'accord sur un scénario qui semble tenir la route que j'entends un petit *clic*.

— C'était quoi ?

— J'ai remis la sécurité, m'annonce-t-il.

Mon cœur se serre. Je me sens si vulnérable. Mais c'est lui qui a raison. Ça ne servirait à rien de s'échapper si nous blessons accidentellement quelqu'un au passage. Et ADDICT n'a jamais stipulé que nous devions laisser nos pistolets armés. Donc tant que nous gardons nos victimes désignées en joue, ils n'ont aucune raison de nous accuser d'avoir violé les règles du défi. Je repositionne moi aussi la culasse de mon arme, en veillant à toujours avoir Micky dans ma ligne de mire.

— Prête ? me demande Ian.

Je n'ai pas vraiment le choix. À tout instant, Syd risque de se diriger vers Ty, ce qui pourrait fortement déplaire à certains joueurs. Il se peut aussi qu'ADDICT mette la musique à fond, ou déclenche les extincteurs automatiques, ce qui pousserait les plus nerveux d'entre nous à tirer à tort et à travers.

Je me lève à côté de Ian en murmurant :

— C'est parti !

Il se penche sur moi.

— Il faut que je te dise quelque chose avant : je sais pas ce que ton pote Tommy a trafiqué comme vidéo de moi sur le Net, mais je peux t'assurer que rien n'est vrai dans ce qu'il t'a raconté…

Je n'ai aucun moyen de démêler le vrai du faux. Je sais très bien que Tommy peut éditer n'importe quelle vidéo comme il l'entend. Quoi que Ian ait fait sur la Toile, ça n'a aucune espèce d'importance pour le moment. Ce qui compte, c'est que nous menions à bien notre tentative d'évasion. Tout de suite. Je comprends cependant qu'il ait voulu me donner sa version, histoire de clarifier les choses.

À mon tour de lui faire une confidence.

— Mon vrai nom, c'est Vénus. Je voulais juste que tu le saches, au cas où… Et il faut que tu protèges Syd à tout prix, OK ?

— On va s'en sortir, Vénus, me souffle-t-il avant de s'emparer de mes lèvres.

Va-t-on s'en sortir indemnes ? Et Syd et Tommy aussi ? Qu'est-ce que je ne donnerais pas pour revenir en arrière, pour assister des coulisses au baiser entre Syd et Matthew ? Ils pourraient s'embrasser pendant des heures que ça ne me ferait ni chaud ni froid.

J'inspire un grand coup.

— Allez, à l'attaque ! dis-je, regrettant de ne pouvoir faire part de notre plan à Syd et Tommy.

Nous nous déplaçons lentement sur la droite, et Ian commence à rire doucement avant de monter progressivement en volume. J'ai beau m'y attendre, je ne peux m'empêcher de frissonner. Personne ne tire. Jusque-là, tout va bien.

— Qu'est-ce qui te fait marrer ? demande Ty.

— Nous, répond Ian. On est en train de se comporter comme des lapins pris dans les phares d'une voiture. On ne peut rien faire, alors pourquoi ne pas offrir aux spectateurs le show qu'ils attendent ? Peut-être que si on est assez bons, ils vont nous rajouter quelques prix sympathiques.

Il passe derrière moi et j'attrape d'une main le bas de sa chemise tout en gardant mon canon pointé sur Micky. Nous contournons pas à pas le canapé jusqu'à arriver à la table. Ian m'encourage d'une pression de la main, avant d'aller se poster à l'angle de la table basse, du côté des autres joueurs. Je reste de mon côté et tâtonne dans le noir jusqu'à trouver le câble qui la maintient suspendue. Avec un peu de chance, Ian a saisi l'autre. S'il doit me trahir, ça va se jouer dans les secondes qui viennent.

— Quelqu'un veut faire de la balançoire avec nous ? propose Ian en poussant le plateau de verre.

— On est censés tenir notre visée, connard ! lui crie Micky.

Je ravale une remarque désobligeante et m'efforce de garder un ton léger.

— Il y en a parmi nous qui savent jouer et viser en même temps !

— Vous faites quoi ? demande Sydney du coin opposé de la salle.

Je tire sur mon câble en parfaite synchronisation avec Ian.

— Si ADDICT est satisfait de notre prestation, ils vous laisseront peut-être sortir.

Les efforts de Ian combinés aux miens nous permettent déjà de faire coulisser la lourde table avec une belle amplitude. Je garde mon arme plaquée contre ma poitrine pour éviter que les câbles ne me la fassent sauter des mains.

— Quelqu'un veut faire un petit tour avant que Vee et moi ne montions dessus ? rigole Ian.

— Je crois pas que ces câbles puissent soutenir votre poids, intervient Samuel d'une voix tremblante.

— Tu sous-entends que je suis grosse ? demandé-je, faussement offusquée.

Ian et moi en remettons une couche et les câbles se mettent à grincer.

— Dernière chance ! crie Ian, allez Micky ! Toi et Jen, venez nous montrer comment vous maîtrisez !

La table vient heurter le mur pendant qu'il parle. J'espère que personne n'a entendu.

— Va te faire foutre ! lui rétorque Micky.

Les sbires d'ADDICT vont-ils intervenir et nous arrêter à la dernière seconde ? Ironiquement, notre mystérieuse animation nous fait peut-être grimper dans les votes auprès des Observateurs.

— À la prochaine poussée, me prévient Ian dans un murmure.

C'est le moment de vérité. Si jamais ça devait échouer, je n'ai hélas pas de plan B pour sauver mes amis. Mes genoux flageolent sous le coup de la tension. Ils menacent de me lâcher comme lors de la dernière audition où je me suis présentée. Comme quand je me suis renversé le verre d'eau sur la tête. Comme à chaque fois que je me retrouve au centre de l'attention… J'essaie de me redresser. C'est maintenant que je dois me montrer forte. Ce soir, j'ai le premier rôle.

La table nous revient à vive allure. J'inspire profondément, bande mes muscles et tords le câble de toutes mes forces. Ian va-t-il m'accompagner dans cette dernière poussée, ou va-t-il choisir ce moment pour me trahir et révéler son vrai visage ?

La table vole. Les câbles poussent un hurlement métallique et le plateau heurte de plein fouet le mur, qui va, j'espère, s'avérer être une fenêtre.

Un fracas assourdissant retentit à travers la pièce. C'est alors que j'entends le son le plus doux de toute la soirée : les cris affolés des spectateurs qui se trouvent effectivement de l'autre côté de la paroi vitrée.

Bienvenue au cœur de l'action, sales voyeurs !

19.

C'est quoi ce bordel ? s'écrie Micky.
— — Oups, dit Ian.
Nous rattrapons les câbles du mieux que nous le pouvons et renvoyons le plateau, déclenchant une nouvelle cascade de verre à l'endroit de l'impact. Éclate alors une volée de coups de feu. Je me baisse tandis que le stroboscope vient à nouveau strier la nuit et que les tirs s'intensifient autour de nos têtes. Est-ce pour de vrai ? Les cris le sont en tout cas.

En dehors des flashs brutaux, il y a une nouvelle source de lumière qui se déverse du couloir. J'espère que les spectateurs qui s'y trouvent en ont pour leur argent point de vue sensations fortes. Une vague de haine m'envahit : eux qui étaient si proches de nous n'ont même pas levé le petit doigt pour nous venir en aide.

Le stroboscope finit par s'arrêter, mais la lumière provenant du couloir nous permet d'y voir plus clair dans la pièce. Ce qui rend notre tâche à la fois plus simple et plus complexe puisqu'on voit tout en étant vus. Je distingue Ty qui se lève derrière son siège, il ne sait manifestement plus qui viser de Ian ou de moi.

— Vous foutez quoi au juste ? demande-t-il.

— Ce qu'ADDICT nous a dit de faire, réponds-je, vous avez pas reçu le même message que nous ?

Ian et moi rattrapons notre câble respectif et poussons à nouveau le lourd plateau. Même si les autres joueurs ne se rendent pas compte que nous avons enfreint l'intégrité du défi, ADDICT est forcément au courant. Ce n'est qu'une question de minutes avant qu'ils ne nous infligent une nouvelle sanction, voire pire. N'ayant plus de raison de faire semblant de mettre Micky en joue, je coince mon arme dans l'élastique de ma jupe, ce qui me libère les mains pour la prochaine poussée.

La table basse vient heurter la paroi vitrée une énième fois, à quelque soixante centimètres du sol, et le trou de l'impact s'élargit encore, mesurant désormais une trentaine de centimètres de diamètre. Davantage de lumière, et davantage de cris. J'aurais tant aimé que la table traverse carrément le faux mur pour aller faucher ces spectateurs indignes qui semblent déguerpir sans demander leur reste.

Les écrans se remettent alors en marche et proclament en lettres énormes :

« VIOLATION DE L'INTÉGRITÉ ! VISEZ VOTRE VICTIME DÉSIGNÉE SUR-LE-CHAMP OU TOUT LE MONDE PERD SES PRIX ! »

Le son strident d'une corne de brume accompagne le message.

Micky bondit sur ses pieds et regarde le trou dans le mur d'un air sombre, sans pour autant cesser de me mettre en joue.

— Ils essaient encore de s'échapper alors qu'on gagne nos prix dans huit minutes à peine !

On est plutôt à huit minutes de se faire massacrer dans un final retentissant. Ian et moi échangeons un coup d'œil avant de renvoyer le plateau une dernière fois, puis il vient me rejoindre de mon côté de la table. Un gros morceau de verre se détache de la paroi endommagée, ménageant une ouverture encore plus large.

— Arrêtez ça ou je tire, abrutis ! glapit Micky.

Ian attrape mon câble et envoie la table valdinguer de travers.

— On a même pas nos armes à la main. Tu veux vraiment nous canarder de sang-froid ?

Je retiens ma respiration : va-t-elle vraiment passer à l'acte ?

Ses traits sont distordus par la colère :

— Je vous laisse une dernière chance de lâcher cette putain de table et de revenir dans le défi !

— Pareil, renchérit Ty à ses côtés.

Ian et moi repoussons encore mollement la table, celle-ci va rebondir sans dommage contre la paroi de verre.

— Et vous pensez que vous et ADDICT réussirez à convaincre les milliers de spectateurs que vous nous avez tiré dessus en état de légitime défense alors qu'on a rangé nos armes ? En plus, Tommy a prévenu la police avant d'arriver ici ! Vous croyez vraiment pouvoir vous en sortir comme ça ? leur crié-je.

Je jette un coup d'œil à Jen et à Daniella, espérant qu'elles vont se ranger de notre côté, mais les deux filles ont toujours leurs pistolets plus ou moins braqués sur nous.

— Et toi, tu crois que tu vas réussir à me mener en bateau ? crache Micky en enjambant le dossier du canapé.

Je m'éloigne d'elle de quelques pas. Mais au lieu de faire feu, elle agrippe le câble que Ian a en main, l'empêchant de relancer la table. J'en profite pour me précipiter sur le trou dans la paroi vitrée.

Ian est sur mes talons et Tommy et Syd accourent de leur côté. Je donne un coup de pied sur le bord de l'ouverture, faisant tomber de grosses échardes de verre. Le trou arrive maintenant un peu plus haut que mes genoux et atteint à peu près les cinquante centimètres de largeur. Problème : il est hérissé de rebords aiguisés comme des poignards.

Du couloir nous parvient alors la voix de l'un des Observateurs :

— Faut qu'on se bouge, ces petits merdeux sont en train de s'enfuir !

Micky en profite pour se jeter sur Ian pendant que je m'escrime à dégager le bas du trou à grands coups de pied. Sydney essaie de s'y mettre aussi, mais ses talons aiguilles ne sont pas d'une grande aide. Tommy, lui, reste planté là, les bras ballants, jusqu'à ce que Ty le ceinture dans un craquement sinistre.

— Arrêtez ! gémit Tommy. On a pas signé pour ça, arrêtez ça tout de suite !

Tu m'étonnes, Syd et lui n'ont rien signé du tout, à part pour me sauver. Mais ni Ty ni ADDICT ne se soucient de ça.

Ian empoigne Micky sous les aisselles et la balance de droite et de gauche pour essayer de lui faire donner des coups de pied à Ty qui a tiré Tommy vers le centre de la pièce. Daniella s'est effondrée dans un coin, les mains sur les oreilles. Est-elle en train de pleurer ? Pendant ce temps-là au moins, elle ne nous attaque pas.

Je continue à m'acharner sur la vitre. Ian, lui, fait tournoyer Micky, et ses pieds doivent avoir trouvé leur cible puisque Ty se plie en deux en poussant un petit cri aigu. Tommy s'écroule.

J'en appelle à Samuel :

— Viens me donner un coup de main !

Je casse du pied un nouvel éclat de verre, un peu chagrine de ne pas porter de chaussures plus lourdes.

— Tu me demandes de foutre mon avenir en l'air, Vee, et ça, je peux pas, me répond Samuel en secouant la tête.

Non mais, ce mec est une véritable blague !

— Si on reste ici, aucun d'entre nous n'aura de futur, pauvre crétin ! T'as pas réfléchi à ce qu'ADDICT allait nous balancer d'ici cinq minutes ? Ça ne prend que quelques secondes de tuer quelqu'un !

Mon coup de talon suivant dans la vitre est plus brutal et fait tomber une plaque de la taille de la tête de Samuel. L'ouverture est maintenant dégagée du sol jusqu'au niveau de ma taille. Je constate que Ty est déjà en train de se redresser. Tommy gît toujours à ses pieds, et il ne semble plus guère en état de repousser qui que ce soit. Ian continue de balancer Micky de droite et de gauche, ce qui devrait empêcher Ty de m'atteindre pendant encore… quelques secondes. Il faut que j'y aille !

Je tire sur mes manches au maximum pour m'en protéger les mains, puis me mets à quatre pattes. Je commence à ramper vers le couloir tout en douceur pour ne pas casser les quelques plaques de verre qui n'ont pas explosé en mille morceaux. Ma veste frotte contre le bord supérieur du trou, heureusement son rembourrage m'évite de me faire taillader le dos. Ça y est, j'y suis. Il n'y a plus personne dans le couloir. Si je vais à droite, j'arriverai sur la porte fermée à clef. À gauche, c'est la route pour retourner à l'accueil, avec le risque de tomber sur les Observateurs en embuscade.

Le temps que je prenne une décision, deux mains me saisissent les chevilles et me retournent comme une crêpe. Je relève la tête et découvre le visage gonflé de Ty de l'autre côté de l'ouverture. Il a beau être nez à nez avec ma culotte, c'est dans les yeux qu'il me regarde, et les siens sont luisants de colère. De là où je suis, son visage m'apparaît comme encastré dans la paroi. Je découvre que, de ce côté, elle est aussi transparente qu'une fenêtre et qu'elle est surmontée d'écrans qui diffusent différents angles de vue.

Ty bloque le bas de mes jambes sous ses avant-bras.

— Je peux rester toute la nuit dans cette position, tu sais, ou alors peut-être que je vais te tirer à l'intérieur…

Oh non ! Si jamais il me traîne, les bouts de verre vont me lacérer le dos ! Je m'étire sur la droite pour tenter de m'agripper à la tenture de soie, mais elle est trop loin. Je me contorsionne afin d'attraper mon pistolet toujours coincé dans l'élastique de ma jupe, mais mes vêtements sont sens dessus dessous et je n'y arrive pas. En revanche, la poche contenant mon téléphone est maintenant sur mon ventre. Je plonge la main dedans. Vais-je avoir le temps de composer le 911 ? Est-ce que je vais capter ici ?

Ty semble lire mes intentions et m'écrase les mollets pour se mettre sur les genoux. Il me tire par les chevilles et me fait glisser de quelques centimètres. Je sens des éclats de verre m'égratigner les jambes. Je persiste pourtant à fouiller ma poche, même si je n'aurai manifestement pas le temps de passer de coup de fil. C'est alors que mes doigts effleurent un autre objet : mon badge de campagne. Dieu bénisse Jimmy Carter ! Je le sors d'un mouvement fluide, l'ouvre et, sans prendre le temps de réfléchir, plante l'aiguille dans la joue de Ty.

— Aïe ! Espèce de salope !

Ignorant ses cris et ses injures, j'abats le badge sur son front et son autre joue. Il ne m'a pas encore lâchée mais l'aiguille fait des ravages. Il finit par se prendre le visage à deux mains. J'en profite pour sortir les jambes du trou et recule à quatre pattes, me tailladant les paumes au passage. Je me lève d'un bond et inspecte rapidement les dégâts : seul un éclat a percé la peau à la base de mon pouce gauche, provoquant une douleur lancinante. Je me passe ensuite les mains sur l'arrière des cuisses et découvre une douzaine de microcoupures. J'en fais tomber le verre qui s'y est fiché. Pour le reste, on verra plus tard.

Ty s'est mis à ramper à son tour à travers le trou, son visage figé en un masque de furie, mais ses larges épaules ne passeront pas sans lui causer de lourds dommages.

J'entends alors Ian qui hurle :

— Cours, Vee ! Le jeu se terminera si l'un de nous parvient à s'échapper !

En dépit de toute l'énergie déployée pour sortir de la salle, j'hésite encore quelques secondes, gênée de laisser tomber Ian, Syd et Tommy. Les abandonner dans ces conditions me paraît inhumain, mais notre seul espoir est que j'aille chercher du secours.

Ty se relève et commence à décocher de puissants coups de pied pour élargir le trou.

— Je vais te faire la peau, chienne !

Je sprinte en prenant à gauche, direction l'accueil.

— Je vais trouver la police ! crié-je en tournant la tête.

Le corridor s'assombrit d'un coup et je lâche un gémissement de douleur en heurtant un mur de plein fouet. Je porte une main à mon épaule meurtrie et reprends ma course, aiguillonnée par les bruits de bottes sur du verre derrière moi.

Un coup de feu retentit alors, suivi d'un silence de mort.

Non, non, non !

— Tu reviens ici, connasse, et tu te manges la sanction qu'ADDICT te donnera, sinon la prochaine balle atterrira dans la tête d'un de tes petits amis ! crie Micky.

Ma bouche est devenue toute pâteuse. Est-ce qu'elle bluffe ? Elle n'a pas tiré de sang-froid auparavant, mais je sais qu'elle est acculée dans ses derniers retranchements…

— Vas-y, Vee, l'écoute pas ! me dit Syd.

— Le jeu est déjà fini ! renchérit Ian.

Vraiment ? Que vont faire Ty et Micky si je persiste à m'enfuir ? Que feront-ils si je reviens sur mes pas ?

Mon cerveau me dit que Ian a raison, mais j'ai l'impression de les trahir. J'entends une explosion de verre. Ty doit quasiment être sorti de la pièce maintenant. Je tâtonne dans le noir jusqu'à me cogner le coude contre un angle aigu. Le bureau de réception. Je suis presque à la sortie. Je me rappelle alors que j'ai mon téléphone en poche. Le souffle court, je réussis tant bien que mal à l'extirper de ma poche. Un regard me suffit pour voir qu'il n'y a toujours pas de réseau.

Je peux au moins me servir de mon écran comme d'une lampe-torche et localise ainsi la porte principale. De derrière moi me parviennent grognements et cris assourdis, puis une nouvelle détonation.

Oh mon Dieu ! Mais même si Micky a commis l'irréparable, à quoi servirait-il que j'y retourne ? J'ouvre la porte qui débouche sur les deux ascenseurs et suis agressée par la luminosité, même si l'éclairage est tamisé. Les yeux plissés, je distingue du mouvement en face de moi : la porte de l'ascenseur de gauche est en train de se refermer sur cinq ou six Observateurs. Leurs vêtements aux couleurs criardes contrastent avec leur visage cireux. L'un des types, un quinquagénaire aux cheveux plaqués et blouson de cuir cintré, m'envoie un baiser.

Le salaud. Je le reconnais. C'était l'un des chaperons à la soirée des Amis de la chasteté, celui qui nous a expulsés du bowling.

Je bondis en avant tout en sortant mon pistolet. Je parviens à en introduire le canon entre les deux portes qui se referment. L'acier grogne contre l'acier et les Observateurs hurlent en se plaquant contre les murs. Ils trouvent ça moins marrant à présent ? Comme c'est bizarre… Le mécanisme des portes se relâche et elles se rouvrent dans un chuintement.

Je braque mon arme sur le vieux chaperon.

— Donne-moi ton téléphone, maintenant !

— On a laissé nos portables aux chauffeurs, dit-il dans un haussement d'épaules. ADDICT ne tolère aucune vidéo qui ne soit pas passée par eux d'abord.

Et merde. Est-ce que je les fais tous sortir de l'ascenseur et descends seule dans le hall à la recherche de policiers qui n'y sont peut-être même pas ? Je ne dispose pas d'assez de temps. Un autre plan germe alors dans mon esprit.

— OK, sors de là. Seulement toi.

L'homme s'adosse à la paroi, croise les bras, et se permet même de sourire.

— Tu n'oseras pas me tirer dessus.

Je pose un pied à l'intérieur de la cage d'ascenseur, au cas où les portes aient la mauvaise idée de se refermer. Devrais-je faire sortir l'un des autres ? Ils le méritent tous autant qu'ils sont. Mais la suffisance de ce mec me donne une terrible envie de lui faire ravaler son sourire méprisant.

Je raffermis ma prise sur la crosse.

— De toute façon, ce sont des balles à blanc, hein ? Pourquoi n'appuierais-je pas sur la détente ? Il ne se produira rien.

Je recule la culasse de la main gauche.

Il se passe la langue sur les lèvres.

— Ça fait partie du jeu de ne pas savoir si les armes sont réelles ou non. Par contre, je suis prêt à parier sur ce que tu vas faire. La violence ne correspond pas du tout à ton profil.

Je hoche la tête.

— Bien sûr, et tu es prêt à parier que mon profil n'a pas changé du tout au tout pendant ces quelques heures d'enfer ? Si j'apprends qu'un de mes amis a été blessé, ça ne me gênera pas le moins du monde de viser la partie de ton corps qui t'est la plus chère. C'est à toi de voir...

Il baisse les yeux sur son entrejambe, puis relève la tête, un sourire malsain plâtré aux lèvres.

— N'essaie pas de me menacer, petite fille.

— Un, commencé-je à compter, mon arme braquée sur son genou.

Une femme enrobée lui donne un coup de coude dans les côtes.

— Fais ce qu'elle te demande, de toute façon, ADDICT arrondira les angles après.

— Ferme ta bouche de grosse vache ! postillonne-t-il, le visage écarlate.

— Deux, reprends-je en remontant ma visée le long de sa jambe.

La porte commence à se refermer et je mets mon genou devant la lentille optique pour qu'elle se rouvre.

L'homme me fusille des yeux.

— Très bien, déclaré-je en repliant mon doigt sur la détente. Tr...

— C'est bon, petite traînée ! rugit-il.

Il sort si vite de l'ascenseur que j'ai peur qu'il ne me désarme.

— Pas si vite ! Sinon je fais feu. Et crois-moi, ça me procurerait un plaisir fou vu tout ce que j'ai dû subir ce soir.

Étonnamment, je suis persuadée que ça me soulage-
rait sur le coup. Et il doit le lire dans mes yeux car il
s'exécute sans broncher. Mon Dieu, je ne me reconnais
plus.

Je recule sans le quitter une seconde du regard.
Nous nous retrouvons face à face le temps que les
portes se referment derrière lui. Il a la peau anorma-
lement tendue, comme s'il était un habitué des liftings,
et son pantalon faussement décontracté doit bien
valoir dans les cinq cents dollars. Tout cet argent, et
lui qui le jette par les fenêtres pour un divertissement
morbide ! Je me fais une joie de le voir se tortiller et
supplier.

— On retourne dans la salle, lui ordonné-je, tu marches
devant.

Je le laisse prendre quelques pas d'avance. Il ouvre
la lourde porte ornée. Le couloir est toujours plongé
dans l'obscurité, mais les lumières du vestibule me permettent de voir Ty qui se tient le bras tout en longeant
le mur. Il a dû perdre ses repères. Son visage s'illumine
d'un sourire lorsqu'il nous aperçoit. Je plisse les yeux
pour essayer de distinguer ce qui se passe derrière lui,
mais c'est peine perdue.

Je me rapproche de l'homme et m'adresse à Ty :

— Retourne d'où tu viens, sinon je bute ce type. C'est
l'un des flambeurs d'ADDICT, il a même fait une brève
apparition lors de l'un de mes défis. Si jamais tu
l'abîmes, tu pourras dire adieu à tes prix.

— Tu te fous de la gueule de qui ? rigole Ty.

L'homme se raidit.

— Je te conseille de ne pas t'approcher de moi. Si elle me tire dessus, je vous garantis que ça vous coûtera très, très cher !

— Mais…, hésite Ty, mon bras…

— Recule, lui dit l'homme, manifestement habitué à donner des ordres.

— Qui a été touché ? demandé-je à Ty.

— J'ai pas été voir, répond Ty.

Quel monstre d'égoïsme !

Je m'assure qu'il a bien pris les devants et vois qu'un liquide sombre s'écoule de son coude. Il sait où trouver la trousse de secours de toute façon. On commence à entendre une cacophonie de gens qui crient et se débattent.

— Et maintenant, princesse ? On fait quoi ? me questionne l'homme.

— Tu vas bloquer la porte.

On a besoin de cette lumière.

Il m'obéit.

— Maintenant tu vas suivre ce couloir jusqu'à la salle. Pas de gestes brusques, mais ne va pas te traîner non plus.

Il se met en marche en se dandinant. Je reste quelques pas en retrait, l'arme braquée sur son arrière-train et le téléphone dans l'autre main en guise de torche. Je vérifie régulièrement que personne n'arrive dans mon dos. Des cris perçants proviennent de la salle de jeu. Les organisateurs d'ADDICT auraient-ils envoyé des renforts ?

— Syd, Tommy, Ian, vous allez bien ?

— Ça ira mieux quand cette tarée arrêtera de tirer dans le plafond ! me crie Syd.

Je me sens tout d'un coup plus légère, tout le monde est sain et sauf ! Lorsque nous arrivons devant notre salle, je dis à Ty de ramper à travers l'ouverture.

— Pourquoi ? Je croyais que tu voulais mettre fin au jeu ?

— Obéis-lui, lui dit l'homme.

Ty s'allonge sur le sol pour se glisser à travers le trou qui fait à présent penser à l'entrée d'une caverne. Même s'il n'y a plus aucune lumière dans la pièce, les écrans au-dessus de la vitre sans tain diffusent des images en diverses teintes de vert. Mes soupçons quant à l'utilisation de caméras infrarouges sont donc confirmés. Je vois Micky et Ian tenter de se relever, ils viennent manifestement de lutter au sol et cherchent à savoir ce qui se trame dans le couloir.

— Qu'est-ce qui se passe ? interroge Micky en se mettant à quatre pattes pour être dans l'axe du trou dans le mur.

Pourquoi n'a-t-elle pas suivi Ty dans le couloir ? Croit-elle qu'il y a une chance que le jeu continue tant qu'elle reste à l'intérieur ? Que lui ont-ils promis en plus de la Harley ? Les titres de propriété d'une arène de combats de chiens ?

— Ian, Tommy, Sydney, sortez de la pièce ! annoncé-je d'un ton qui n'admet pas la réplique.

Micky se redresse et prend le pistolet des mains de Jen.

— La prochaine fois que je tire, ce sera pas un tir de sommation.

Je vois sur un écran qu'elle vient de mettre Syd en joue.

— Si vous ne suivez pas les instructions de Vee, aucun de vous ne recevra de prix, je vous le garantis, leur dit l'homme d'une voix forte.

La tête de Ty ressort par l'ouverture.

— Et vous êtes qui au juste ? Le boss d'ADDICT ?

— Non, mais je t'assure qu'ils feront tout pour me faire plaisir…

Le silence se fait. Je suis convaincue qu'ils attendent confirmation sur les écrans de ce que l'homme vient de dire. Mais ADDICT est sans doute trop occupé à lever une armée. Les écrans extérieurs nous montrent toujours les joueurs sous le même angle.

— J'ai l'impression qu'il n'y a personne pour soutenir vos propos, monsieur l'investisseur, reprend Micky d'une voix assurée, l'arme toujours pointée sur Syd. Je parie qu'ils s'en foutent si on vous tire dessus.

L'homme se met à trembler.

— Mais moi je ne veux pas ! Et j'ai les moyens de faire en sorte que vous touchiez vos prix.

On entend du mouvement dans la pièce, suivi de murmures enragés.

C'est Ty qui joue le rôle du porte-parole.

— Et vous nous donnez quelle garantie ?

— Si Vee me tire dessus, je vous jure que vous ne gagnerez pas le moindre prix. Et si elle ne tire pas, sachez que je récompense toujours ceux qui m'apportent leur soutien. Tout comme je punis ceux qui s'opposent à moi.

— Vous oubliez que c'est nous qui avons les flingues, gronde Micky. ADDICT souhaite peut-être qu'on vous descende en premier, et après ce sera au tour de Vierge et de ses potes.

Elle se tourne vers l'ouverture et met le type en joue.

— T'as fumé ou quoi ? intervient Ian. Tout ce qui se passe dans cette pièce est retransmis sur les ondes, et conservé sur bandes vidéo. Tu veux passer le restant de tes jours derrière les barreaux, ou devenir l'esclave de quiconque en détient une copie pour éviter la prison ?

Je stabilise ma visée et enchaîne d'un ton péremptoire :

— En plus, on va pas se laisser tirer comme des lapins, nous aussi on est armés, et ce serait de la légitime défense. Pas que ça ait une grande importance, puisqu'il n'y a apparemment aucune caméra dans le couloir. Il n'y a que moi qui ne sois pas filmée.

J'ai l'impression que le sang a gelé dans mes veines.

— J'en sais rien, répond Ty.

— Eh bien moi, si. Je ne joue plus. Je vais punir ce connard comme il le mérite, et vous faire perdre vos prix par la même occasion.

L'homme se raidit encore davantage.

— Je vais sortir mon portefeuille. Il est rempli de cash et de cartes de crédit. À vous de vous en servir.

Il joint l'acte à la parole et dépose au sol un épais portefeuille en cuir.

J'avise Micky sur l'écran qui regarde fixement le trou dans la paroi. Elle est sans doute en train de calculer ses chances de pouvoir me sauter dessus avant que je n'appuie sur la détente.

Je suis fortement tentée de la provoquer, mais décide finalement de la laisser réfléchir. Elle a beau être pleine de vice, elle n'est pas bête pour autant.

Ses épaules s'affaissent et elle abaisse son arme.

— Allez, cassez-vous d'ici, bande de merdes.

Jen essaie de la prendre dans ses bras, mais Micky la repousse.

Quelques instants après, je vois Tommy émerger de l'ouverture, suivi de près par Syd et Ian. Avant de nous diriger vers la sortie, je montre du doigt le portefeuille du type.

— Sors ton permis de conduire.

— Pourquoi ? Vous ne pourrez rien acheter avec.

En effet, mais je n'en ai de toute façon ni l'intention, ni même l'envie. L'idée d'aller m'acheter des cadeaux avec l'argent de cette ordure me révulse.

— Contente-toi de le faire.

Il va pouvoir se rendre compte de ce qu'est une atteinte à la vie privée.

Il s'agenouille pour extirper une carte avant de reposer le portefeuille par terre. La lumière diffuse que fournissent mon téléphone et les écrans verdâtres ne me permet pas de vérifier si c'est son permis ou sa carte de membre chez les Pervers anonymes, mais il faut qu'il sache que je ne plaisante pas. Il se met debout et me la tend.

Il n'y a pas moyen que je le laisse s'approcher, il pourrait me faire tomber l'arme des mains. Je lui fais donc signe de remettre la carte à Tommy. Je prends la tête de la file tout en marchant à reculons pour le garder dans ma ligne de mire. Ian ferme la marche et pointe son pistolet sur le dos du type.

Lorsque nous atteignons les ascenseurs, j'écarte la cale de la porte d'un coup de pied et crie à l'attention des joueurs restés dans la salle :

— Si l'un de vous bouge avant que nous ne soyons sortis de l'immeuble, je tire dans les fesses du mec !

À ma connaissance, personne n'est jamais mort d'une balle dans le postérieur. Je claque la porte, imaginant parfaitement des mains voraces se précipiter sur le portefeuille dans le noir.

Ian est sur le point d'appuyer sur le bouton d'appel de l'ascenseur VIP, je l'arrête d'un cri :

— Toute cette partie du bâtiment est contrôlée par ADDICT. S'ils envoient des renforts ou que leurs chauffeurs en bas sont armés, ils passeront forcément par l'entrée VIP.

Ian appelle donc le monte-charge affecté à l'entretien. Nous sursautons de concert lorsqu'une cloche retentit pour signaler son arrivée à l'étage. Dieu merci, les portes s'ouvrent sur un ascenseur vide. Mais je m'attends toujours à ce qu'ADDICT nous ait préparé un comité d'accueil armé jusqu'aux dents au rez-de-chaussée, voire potentiellement sur la piste de danse.

Nous nous apprêtons à monter dans l'ascenseur lorsque l'homme ouvre la bouche :

— Mon rôle d'otage est-il terminé ?

Je marque un temps d'arrêt. Si nous tombons sur quelqu'un d'ADDICT, ce type peut-il nous servir de monnaie d'échange ? Je suis loin d'en être convaincue, sinon ils seraient déjà venus le sauver. D'un autre côté, si la police est parvenue sur place, ça ferait mauvais genre qu'ils me voient débarquer avec un otage en joue.

— Tu peux rester ici, lui dis-je.

Nous nous engouffrons dans le monte-charge et j'appuie sur le bouton « Club » en priant le ciel qu'il ne soit pas protégé par un code d'accès.

Dès que les portes se ferment et que nous commençons à descendre, Sydney et Ian me tombent dans les bras. Je ne réalise pas encore qu'on a réussi à sortir de cette pièce maudite. D'ici combien de temps les autres candidats vont-ils laisser tomber et partir ?

J'aperçois Tommy par-dessus l'épaule de Syd. Il est planté dans un coin de l'ascenseur, l'air mal à l'aise. Je ne peux m'empêcher de ressentir un pincement au cœur pour mon partenaire, même si c'est lui qui m'a filmée lors du défi au théâtre. Il est venu me secourir après tout ! Quand Ian et Syd desserrent enfin leur étreinte, je vais prendre Tommy dans mes bras. Il a d'abord l'air surpris, puis il m'enlace à son tour de manière presque naturelle jusqu'à ce que je perde l'équilibre et lui flanque un coup dans la hanche. Je sens quelque chose vibrer dans sa poche ! Qu'est-ce que ça veut dire ?

Tommy recule d'un pas et me repousse d'une main. Il a le feu aux joues et baisse les yeux.

Je l'attrape par le col.

— Ton téléphone fonctionne ! Je viens de le sentir ! Réponds, qu'est-ce que tu attends ?

Il me fait un sourire, mais celui-ci ne monte pas jusqu'à ses yeux.

— Sans doute qu'on capte mieux ici.

Les mains tremblantes, il tire son portable de sa poche et se met à lire le message qu'il a reçu.

Je vérifie mon propre téléphone, mais toujours aucune réception. Je demande à Ian et à Syd de faire de même.

Les leurs sont bloqués aussi, il n'y a que celui de Tommy qui marche, malgré le fait qu'on soit dans un ascenseur.

— Pourquoi t'appelles pas le 911 ?

— Oui, oui, je vais le faire, marmonne-t-il.

— Vas-y alors, c'est quand même pas sorcier d'appuyer sur trois boutons !

Pourquoi hésite-t-il tant que ça ? Le chaos qui règne dans mon cerveau depuis plusieurs heures laisse place à une accalmie et j'y vois soudain clair.

— Où est la police, Tommy ? Les as-tu au moins appelés ?

Il garde les yeux rivés sur son écran.

— Bien sûr que je les ai appelés. Ils ont dû se tromper dans l'adresse ou un truc dans le genre. Le GPS n'est pas aussi précis qu'on le pense…

— Mais toi, tu l'es toujours ! rétorqué-je.

Les multiples pièces du puzzle de cette soirée s'assemblent désormais à merveille dans ma tête :

— Donne-moi ton téléphone, Tommy.

Je le vois appuyer sur une touche :

— C'est bon, j'ai dit que j'allais le faire, dit-il avec une moue boudeuse.

— Donne-le-moi, veux-tu, insisté-je.

— Donne-le-moi, veux-tu ! m'imite-t-il en montant dans les aigus. On croirait entendre un personnage dans l'une des pièces pour lesquelles t'as jamais été prise !

— Je vais pas le répéter une troisième fois !

— Tu lui donnes, maintenant, me soutient Ian.

Il appuie sur le bouton qui empêche l'ouverture des portes de l'ascenseur.

— Toi, on t'a pas sonné ! réplique Tommy en essuyant la sueur qui perle à son front. Écoute, Vee, je suis venu te sortir de ce pétrin, et tu oses te méfier de moi ?

— Je sais plus trop ce que tu es venu faire ici. En tout cas, c'était stupide de ne pas venir accompagné de la police. Et ce n'est pas dans ton profil d'être stupide, Tommy. Ni audacieux pour le coup. Par contre, calculateur, oui. Je parie que c'est toi qui as été raconter à ADDICT pourquoi j'étais énervée contre Sydney. Liv et Eulie m'auraient jamais trahie comme ça. Et combien de personnes auraient pu aller leur parler de l'autocollant sur mon autoradio ? Espèce de salaud !

Tommy lâche un petit rire dédaigneux en secouant la tête.

— Comme si c'était moi le plus gros salaud de la soirée.

À ces mots, je vois rouge. Dans un geste d'art martial (répété avec Sydney pour une scène de combat de ninjas), ma jambe fend les airs dans un arc de cercle latéral pour atterrir en plein dans son entrejambe. Tandis qu'il s'écroule au sol, je m'empare de son téléphone : il est bourré de messages d'ADDICT ! J'avais malheureusement vu juste.

— Fils de pute. Tu leur as vendu l'histoire de ma vie contre un écran plat ? !

Il se relève sur un bras, les yeux injectés de sang.

— Rien à foutre de la télé. On en a déjà trois à la maison. T'es pas la seule à en avoir marre de toujours rester en coulisses.

Je me rapproche au maximum des portes et compose le numéro qui va mettre fin à ce cauchemar. Tommy ne bouge pas de son coin tandis que j'explique à la police qu'il y a des armes à feu dans le salon VIP du club.

— Je t'avais dit qu'il racontait que des conneries, me lance Ian une fois que j'ai raccroché.

Tommy tape contre le mur tout en fixant Ian, la bouche hargneuse.

— ADDICT t'a choisi à ma place parce qu'ils savaient que tu pourrais briser le petit cœur de Vee...

— T'as fait un défi préliminaire ? le coupe Syd. Comment se fait-il que personne n'ait mentionné la vidéo que t'as dû envoyer ?

C'est désormais elle que Tommy fusille du regard.

Je me retiens pour ne pas lui cracher dessus. Il m'a mille fois trahie, tout ça parce que Ian a été sélectionné et pas lui ? Il est pathétique.

Ian rappuie sur le bouton et les portes s'ouvrent sur un couloir tout à fait banal. Je penche la tête hors de l'ascenseur et vois deux portes, l'une à proximité qui vibre sous l'effet de basses et la deuxième à l'opposé. Je retire ma tête pour demander à Tommy le permis de l'actionnaire d'ADDICT. Il le jette à mes pieds. Je ramasse la carte et la mets dans ma poche, puis accompagnée de Ian et de Syd, je sors de l'ascenseur.

Tandis que les portes se referment, je lance au traître par-dessus mon épaule :

— Game over, Tommy.

20.

— Q uelle porte ? me demande Ian.
Pour une fois, Sydney, elle aussi, attend ma
décision.

Celle à l'autre bout du couloir pourrait mener directement à une sortie, mais on risque de tomber nez à
nez sur des afficionados d'ADDICT prêts à tout. Et Dieu
seul sait quand la police sera sur place... J'ouvre donc
la porte qui donne sur la musique et débouche sur un
balcon : nous surplombons la piste de danse du club.
Ian et moi échangeons un coup d'œil et cachons rapidement notre pistolet à la ceinture.

Nous descendons un escalier en colimaçon et je
constate avec soulagement que la foule nous ignore
superbement. Nous avons sans doute l'air d'ados mal
fagotés qui sont entrés sans payer, et encore, ils n'ont
pas vu ma main ensanglantée et ma veste de cuir lacérée
dans le dos. Une fois sur la piste, je ramasse une ser-
viette qui traîne sur une table et la presse contre ma
plaie. Les écorchures sur mes cuisses attendront. Nous
nous frayons un chemin à travers des groupes de fêtards
qui dansent, un verre à la main, comme si c'était un

samedi soir semblable aux autres. J'ai repéré la sortie et me focalise dessus sans prêter attention au reste.

Nous avons traversé à peine la moitié de la salle lorsqu'une femme nous pointe du doigt et s'écrie :

— Hé ! Mais c'est les joueurs d'ADDICT !

Le volume de la musique diminue presque instantanément et tous les regards se tournent vers nous. Un type à proximité tapote sur son clavier, puis nous demande :

— Qu'est-ce que vous faites ici ? La finale est terminée ? Ils nous repassent des vieilles images en boucle depuis que vous avez explosé le mur. C'était génial !

Je ne peux m'empêcher d'avoir un mouvement de recul.

— Vous étiez en train de regarder ?

— Ouais, on regardait tous, dit-il en montrant un écran géant qui diffuse des images de Ty et Daniella dans leur salon privé, filmés à la caméra infrarouge si bien qu'ils apparaissent en vert.

Je n'ai même pas envie de les voir en couleurs de toute façon.

Je me retiens de lui coller une paire de gifles.

— Vous nous avez vus emprisonnés là-haut avec des armes au poing ? Et pourquoi vous êtes pas montés nous aider alors ?

— Ils ont une armée de producteurs et de je-ne-sais-quoi qui s'occupent de vous, non ?

Il braque l'objectif de son téléphone sur moi et crie à ses amis :

— Yo, je vous avais bien dit qu'ils étaient dans les salons là-haut, j'ai trop reconnu la table !

Une foule compacte se masse maintenant autour de nous, riant et nous appelant par nos prénoms. Deux filles me demandent un autographe et leurs copains commencent à me soulever dans les airs, mais Ian les arrête.

Un frisson de dégoût me parcourt. Comment peuvent-ils faire comme s'ils nous connaissaient ? J'ai du mal à accepter l'idée que, pendant que je craignais pour ma vie quelques étages au-dessus, tous ces gens nous considéraient tout au plus comme un divertissement sympa.

Ian et Syd tentent de me tirer vers la sortie, mais je les repousse et fends la foule au son des « Hé, Vee ! » jusqu'à parvenir au podium où officie le DJ. Les écrans montrent maintenant des images de Ian dans sa salle de défi qui regarde une vidéo un peu granuleuse. Je distingue sur celle-ci un homme corpulent qui gifle un petit garçon et l'entraîne dans un pick-up. La caméra zoome ensuite sur Ian, seul devant ces images intolérables, les traits décomposés. Qui irait filmer ça comme vidéo familiale ? Je comprends mieux pourquoi tous ses prix étaient en rapport avec l'indépendance et l'évasion. Je me retourne pour regarder le vrai Ian à mon côté qui ravale sa salive et cligne des yeux.

— Ce n'était pas toi le petit garçon, hein ?

— Non, mais ça aurait très bien pu l'être…

Le DJ nous accueille avec un large sourire :

— Nous avons ce soir parmi nous des invités VIP ! annonce-t-il dans son micro.

VIP ? Vraiment Impatients de Partir, oui ! Je lui prends le micro des mains et lui demande de couper la musique. L'avantage d'être célèbre, ne fût-ce que temporairement, c'est qu'il m'obéit sans broncher. Tous les gens sont à présent tournés vers nous, même si certains continuent de danser sur un rythme imaginaire.

Malgré mon expérience de plusieurs années du théâtre, en coulisses, je suis toujours restée et je ne suis pas très à l'aise derrière un micro. Je souffle dessus pour m'assurer qu'il fonctionne puis me lance :

— Bonsoir à tous, moi, c'est Vee.

— Salut Vee ! me crie une vingtaine de clubbeurs.

— Vous venez de me voir jouer à ADDICT et vous pensez probablement que c'est une manière sympa de gagner des super cadeaux. La vérité est tout autre : on a failli mourir là-haut. Le jeu est cent pour cent sans truquages. Quoi que vous pensiez, ne vous inscrivez surtout pas, ne le regardez pas le mois prochain, ni jamais !

Quelques personnes profitent de la pause pour aller au bar ou discuter entre elles, mais la majorité m'écoute. Certains arborent un sourire entendu, d'autres, l'air interloqué, chuchotent à l'oreille de leurs amis. Je reconnais une femme présente sur le parking du bowling à ses boucles rousses de soprano. Elle était de notre côté, peut-être pourra-t-elle faire entendre raison à ses amis. Au lieu de ça, je la vois qui dégaine un appareil photo pour me mitrailler, bientôt imitée par tous ceux qui l'entourent. La piste de danse se transforme en une cohue de bras levés, tous tenant leur portable en l'air pour avoir une meilleure vue.

Je leur révèle que j'aurais pu être tuée, et leur première réaction est de me filmer ? J'hésite entre leur lancer le micro à la figure et fondre en larmes sur le podium. À cet instant, je suis convaincue que le mythe qui veut qu'on nous vole notre âme quand on nous prend en photo est bel et bien vrai. J'ai en effet la sensation que chaque objectif, chaque flash me dérobe une partie de mon être, tout ça pour capturer ma peur, ma colère, mon one woman show d'un soir.

Je peine à tenir sur mes jambes tant je me sens vidée.

Le DJ remet la musique, et lorsque Syd et Ian m'aident à descendre du podium, je me laisse faire. Nous nous frayons un chemin à travers la marée humaine qui veut tout savoir de nos défis, qu'on leur donne nos numéros de téléphone, notre adresse Internet, nos sourires pour une énième photo... Des mains s'agrippent à ma veste, s'accrochent à mes bras, il y en a même qui me tapotent le sommet du crâne comme si j'étais un caniche. Puis tout à coup, mes pieds ne touchent plus le sol, portée que je suis par une vague d'Observateurs. Je me débats de toutes mes forces et leur hurle de me reposer, tant et si bien qu'ils me laissent tomber par terre sans autre forme de cérémonie. Un des types se frotte le menton là où je l'ai apparemment frappé et me traite de salope coincée. Combien de fois ai-je entendu cette insulte ce soir ? Au point où j'en suis, ça ne me fait plus ni chaud ni froid.

Ian réussit à me retrouver dans le chaos ambiant et m'aide à me relever. Nous sommes presque à la sortie lorsque la porte s'ouvre sur deux policiers. Ils demandent à parler au gérant du club. J'ai beau avoir prié pour leur arrivée, l'idée de rester enfermée plus longtemps dans ce zoo m'est insupportable. Ce n'est pas comme s'il restait du monde là-haut... Et s'ils y sont toujours, c'est juste le temps de terminer leur bière. Il vaudrait pourtant mieux que je leur remette le permis de conduire de l'actionnaire d'ADDICT ainsi que mon pistolet. Je porte la main à la poche pour découvrir que ni l'un ni l'autre ne sont plus là. Sont-ils tombés dans la bousculade ou bien un membre d'ADDICT me les a-t-il subtilisés ? Un tremblement incontrôlable me saisit à l'idée que même en ce moment, c'est toujours ADDICT qui mène la danse. De là à ce que ces flics soient également à leur solde, il n'y a qu'un pas...

Ian et Syd doivent penser la même chose que moi car ils s'engouffrent les premiers dans le vent glacial, tête baissée jusqu'à ce que nous arrivions au parking. Je suis agréablement surprise que personne n'ait été crever les pneus de la Volvo de Ian. Le fait que la voiture de Tommy ait disparu est beaucoup moins étonnant.

Comme c'est lui qui a amené Syd, elle n'a guère d'autre choix que de monter avec nous dans la Volvo. Même si elle était venue au volant de sa propre voiture, je doute fort qu'elle aurait été capable de rester toute seule après une telle épreuve.

Un sentiment de solitude absolue m'envahit : des milliers et des milliers de gens nous ont regardés ce soir, et ça ne leur a pas effleuré l'esprit que nous sommes nous aussi des êtres humains.

Un Observateur se précipite sur le véhicule de Ian et tambourine à la vitre pour nous supplier de le laisser prendre un dernier cliché. Je secoue la tête et détourne le regard. Je l'entends qui m'interpelle :

— Non mais, tu te prends pour qui ?

Je n'en ai strictement plus aucune idée...

Ian effectue une manœuvre dont il a le secret pour sortir de la place tout en évitant de justesse deux Observateurs casse-cou, puis il conduit en silence. Sur la banquette arrière, Sydney semble en proie à un conflit intérieur, elle a le regard perdu et les bras croisés comme si elle voulait se réchauffer. S'en veut-elle de s'être laissé convaincre par Tommy de venir à ce défi final ? Pour une fille qui se targue d'être fine psychologue, elle doit enrager d'avoir été bernée. J'aimerais quant à moi être fixée une bonne fois pour toutes sur la personnalité de Ian. Je ne crois plus guère qu'il soit une taupe envoyée par ADDICT ou qu'il s'exhibe sur le Net. Mais puis-je encore avoir confiance en ce que je crois ?

Je tourne légèrement la tête pour l'observer à la dérobée.

— Je peux te demander comment tu réussis à te payer une école privée ?

Il semble pris de court par ma question, puis hoche lentement la tête, comme s'il voyait où je voulais en venir. Ses épaules s'affaissent.

— J'ai une bourse. Et je livre des tonnes de pizzas. C'est cool, hein ?

Je lui caresse le bras.

— Je suis désolée que tu n'aies pas pu gagner ta liberté.

— Laisse tomber. De toute façon, je vois pas comment un jeu qui arme ses candidats peut leur offrir ensuite une vraie liberté.

Sydney se racle la gorge. Je lui jette un regard et elle m'adresse un rapide message en langage des signes : *C'est le bon, ne le laisse pas filer.*

Mon instinct aussi me souffle qu'elle ne se trompe pas. Tout ce que Ian a fait ce soir prouve que c'est un garçon bien, non ? Mais s'il jouait la comédie ? Et si son réel défi, c'était de me briser le cœur comme l'avait dit Tommy ?

Ça me donne la migraine. Je devrais appeler mes parents, mais je n'ai qu'une seule envie : me replier sur moi-même et enfin retrouver un peu de cette intimité qu'on m'a volée. Le reste du trajet se fait sans que personne rompe le silence jusqu'à notre arrivée devant chez Sydney.

Je sors en même temps qu'elle et baisse les yeux.

— Je suis vraiment désolée pour tout ce qui s'est passé ce soir.

Elle exhale un soupir.

— Je pense comprendre pourquoi tu t'es inscrite. Le principal, c'est que tu nous aies sauvés. On est quittes.

Je relève les yeux. Bien que Ian ne puisse sans doute pas nous entendre de l'intérieur de la voiture, Syd me signe le mot *sœur* avec les mains.

Je lui retourne le même signe et attends que la porte de chez elle soit refermée pour monter en voiture.

Ian veut me reconduire chez moi, mais je lui dis de me déposer au bowling afin que j'y récupère ma voiture. Mon petit côté têtu m'ordonne de finir la soirée comme je l'ai commencée : sous mon propre contrôle.

Les néons du bowling ne clignotent plus. Plus d'Amis de la chasteté ni d'Observateurs. Juste un parking presque vide où sont garées ma voiture et une camionnette déglinguée.

Les yeux de Ian ont pris plusieurs années en l'espace de quelques heures.

— Ça te dit que je te suive en voiture jusqu'à chez toi, histoire de m'assurer que tu rentres sans problèmes ?

— C'est super gentil, mais tu es aussi fatigué que moi. Rentre et appelle-moi demain. Enfin, il est si tard que c'est aujourd'hui... Dès qu'on aura dormi un peu.

— J'ai pas ton numéro, me dit-il dans un sourire.

Il y a des tonnes de gens qui m'ont vue terrorisée et connaissent ma taille de soutien-gorge, mais mon partenaire n'a même pas mon téléphone. C'est fou. Nous échangeons nos coordonnées, puis il se penche sur moi et m'embrasse tout en douceur.

— La seule bonne chose qui me soit arrivée ce soir, c'est toi.

Je hoche la tête et sors de la voiture. J'ai envie de le croire, mais l'insidieuse graine que Tommy a semée dans mon esprit me fait douter de la pureté de ses intentions. Peut-être que sa gentillesse vise à lui faire remporter un autre prix, hors finale. Et si ça se trouve, dans cette camionnette, là-bas, quelqu'un est en train de nous filmer... Si c'est ça être paranoïaque, je peux vous dire que c'est épuisant, mais je suis trop fatiguée pour me permettre de faire confiance. J'imagine que j'en saurai plus sur les sentiments de Ian dans un avenir proche.

Quand tous les paris seront clos.

21.

Un mois plus tard

Je ne suis pas du matin, mais j'apprends à le devenir. La sérénité de l'aube offre la promesse quotidienne que tout reviendra à la normale. Mais comme le chat de Schrödinger, encore faudrait-il que je sorte de ma boîte pour pouvoir le prouver. J'attends d'avoir fini mon petit déjeuner et de m'être habillée pour allumer mon téléphone. Je suis à la fois tentée de prolonger ces moments paisibles et impatiente de voir si les choses ont évolué.

Un message en particulier m'accroche l'œil, bien que noyé parmi des centaines de SMS et demandes d'amitié sur des réseaux sociaux. Et ça, c'est une journée typique. Ce qui signifie que ma vie est toujours dingue. Pour l'instant, j'ai réussi à capter l'attention d'une très large audience.

Et je ne vais pas me priver de m'en servir.

J'envoie mon message hebdomadaire à tous les nouveaux numéros de téléphone et pages ThisIsMe que j'ai recueillis dans la semaine écoulée. La plupart des gens ne le liront sans doute pas, mais avec un peu de chance, certains le feront.

CHER MONDE,

J'AI FAILLI MOURIR EN JOUANT À ADDICT, TOUT ÇA POUR QU'ILS S'EN METTENT PLEIN LES POCHES. ILS PENSENT POUVOIR ABUSER DES JOUEURS SANS SE FAIRE INQUIÉTER PARCE QUE PERSONNE N'EN A RIEN À FAIRE ET QUE PERSONNE NE SAIT OÙ LES TROUVER. MAIS ILS ONT TORT.

ILS NE PEUVENT PAS SE CACHER. PAS QUAND NOUS SOMMES SI NOMBREUX. PAS QUAND NOUS SOMMES PARTOUT.

ALORS QUELS QUE SOIENT VOS TALENTS EN INFORMATIQUE, AMATEURS ET HACKERS, TOUS À VOS CLAVIERS POUR TRAQUER CES BÂTARDS.

JE VOUS METS AU DÉFI !

Après avoir envoyé le message, je range mon téléphone et essaie de ne plus le consulter jusqu'au lendemain matin. Ma prof de technologie m'accuse d'être technophobe, moi j'appelle ça garder ma santé mentale.

Je me tresse une queue-de-cheval, puis me dirige vers le garage. J'ai beau être privée de sorties en soirée et les week-ends jusqu'à être en âge de voter, j'ai tout de même le droit d'aller faire de l'exercice trois matins par semaine. Je prends donc ma voiture en direction d'un sentier pédestre à proximité, où m'attend sagement une Volvo grise.

Ian est à côté, en pleine séance d'étirements. Il est vêtu d'un short moulant et d'un T-shirt léger, ce qui fait ressortir ses bras et ses jambes bronzés et sculptés par l'exercice régulier. Moi aussi, j'ai pris des couleurs et un peu de muscle, j'ai décidé que de jolis biceps apporteraient un indéniable plus à mon style. Quand

j'arrive à la hauteur de Ian, nous nous embrassons lon-
guement puis allons prendre nos places habituelles à la
rambarde pour nos étirements de mollets.

— On a une identification, lui annoncé-je en référence au message trouvé plus tôt sur mon téléphone.

— Sur elle ou lui ?

— Sur Gayle, dont le véritable nom est Jordan, si le
logiciel de reconnaissance faciale n'a pas commis d'erreur.

— Sacré Tommy, commente Ian, le sourire aux lèvres.

Après s'être confondu en excuses, Tommy a renoué
avec moi un semblant d'amitié encore maladroite, et il
s'est énormément investi dans ma lutte anti-ADDICT, en
en devenant le fer de lance. Je pense sincèrement qu'il
ne s'était pas rendu compte que les choses pouvaient déra-
per à ce point. Et après tout, il n'a pas été le seul ce
soir-là à agir contre nature et à abdiquer tout sens critique.

Ian et moi poursuivons notre échauffement encore
quelques minutes avant de rejoindre le début du sentier
puis de partir à petites foulées, retrouvant un rythme
désormais familier. La semaine suivant le jeu, notre footing matinal était en permanence perturbé par des
Observateurs à l'affût de vidéos pour progresser dans
leur système bizarre de classements et de crédits.
Tommy a même trouvé un émetteur GPS collé à mon
pare-chocs.

La police n'a pas été d'une grande aide. Manque de
preuves, ont-ils avancé. Les autres joueurs ont soutenu
mordicus que les armes étaient en plastique et que nous
buvions du jus de fruits. Je suis sûre qu'ADDICT a acheté
leur silence. Quant au mec tordu que j'avais pris pour
otage, il n'a pas décroché un mot non plus.

Ça ne nous empêche pas de nous battre. Il y a des tonnes de gens qui sont prêts à nous aider, dont un Observateur qui a récupéré des images montrant furtivement le visage des deux présentateurs à l'entrée du club. Certes, c'est la vidéo d'une vidéo, la qualité de l'image est donc relativement mauvaise, mais Tommy a réussi à si bien la nettoyer qu'il a pu la passer dans un logiciel de reconnaissance faciale. Celui-ci permet de comparer les clichés aux milliards d'images disponibles sur Internet. Bien sûr, Guy et Gayle étaient sans doute payés comme nous pour assurer le spectacle. Mais s'il y a moyen qu'ils nous fournissent une piste sur les gros bonnets cachés derrière le jeu, ils restent notre plus grand espoir.

Ian et moi dépassons un bosquet de chèvrefeuille qui parfume l'air alentour de senteurs estivales. Je respire l'odeur à pleins poumons quand surgit de derrière un arbre un type maigrichon, caméscope à la main.

Ian s'arrête net devant lui.

— Écoute mec ! Pas la peine de nous tendre une embuscade ! Si tu nous avais demandé poliment, on t'aurait laissé nous filmer.

Et il ne ment pas, nous avons en effet appris de notre célébrité subie : ceux qui recherchent la lumière des projecteurs sont ceux dont le public se lasse le plus vite. Alors Ian et moi avons décidé de poser pour des photos à chaque fois qu'on nous le demande. Plus on s'expose et plus on espère voir baisser notre cote de popularité.

Mais ce type n'a pas demandé. Il va falloir qu'il en paye les conséquences. Ian et moi sortons notre téléphone et les braquons sur l'Observateur.

Il se met les mains sur le visage :

— Hé, mais qu'est-ce que vous foutez ?

Ian lui sourit de toutes ses dents.

— C'est pour un nouveau site qui s'appelle « PORTRAITS DE PERVERS ». Allez, un petit sourire pour la caméra !

Le type pivote sur ses talons et part en courant tout en lâchant une bordée d'injures. Ça a encore mieux marché que d'habitude. Ma vidéo est sans doute toute tremblante et pixellisée, vu la qualité de mon objectif. Mais il y a pire dans la vie que ce petit détail matériel.

Après avoir parcouru deux kilomètres, nous nous accordons une pause sur un grand banc de bois au bord du chemin. Ian me prend sur ses genoux et m'attire dans un long et langoureux baiser. Je ne peux malheureusement pas m'empêcher de scruter la forêt aux alentours, en me demandant si nous sommes vraiment seuls.

Nous avons bien essayé de trouver davantage d'intimité pour nos rendez-vous matinaux, mais il est hors de question d'aller chez Ian et a fortiori chez moi. Il nous est arrivé, alors que nous étions garés en pleine cambrousse, qu'un de ces tarés d'Observateurs vienne nous interrompre en frappant à la vitre. Je comprends mieux Abigail, cette autre participante qui était partie se réfugier une semaine au fin fond de la campagne en Virginie. Autant je souhaite de tout mon cœur la fermeture définitive d'ADDICT, autant une petite partie de moi espère qu'ils vont maintenir le round programmé ce samedi. Cela permettrait de mettre de nouveaux candidats sous le feu des projecteurs et de nous faire oublier. C'est un vœu atroce et égoïste, je sais.

Lorsqu'un couple de joggeurs nous dépasse, c'est le signal pour nous de reprendre le sentier dans l'autre sens. La journée s'annonce belle et ensoleillée. On pourra peut-être déjeuner dehors avec Syd et des membres du club photo qui doivent réaliser des portraits d'elle pour son book. Avec toutes les soirées que je passe à la maison, j'ai quant à moi eu le temps de bien étoffer mon propre portfolio. Pas besoin de cette saleté d'ADDICT pour mener nos rêves à bien.

La séance de sport avec Ian se finit bien trop tôt. Nous nous séparons sur un long baiser avant de remonter dans nos voitures respectives. Alors que je démarre, je hume une étrange odeur de friture qui flotte dans l'habitacle, comme si quelqu'un venait de manger du bacon. Est-ce que c'est entré par les bouches de ventilation ? Je me retourne rapidement pour vérifier qu'il n'y a personne caché sur la banquette arrière. Rien, ni personne, mais mon malaise ne se dissipe pas totalement. Ce sentiment d'être constamment épiée disparaîtra-t-il un jour ?

Lorsque j'arrive à la maison, papa et maman m'accueillent avec des sourires soulagés, comme à chaque fois que je reviens de mon footing. Je sais combien ça leur a déjà coûté de me faire confiance là-dessus, alors je tiens à tout faire pour leur prouver que je le mérite. Une des conséquences inattendues de mes aveux intégraux concernant ADDICT est qu'ils ont pu voir à quel point je tenais à la vie. Ils veulent enfin bien croire que cette fameuse nuit dans le garage n'était qu'un accident. Avec un peu de chance, j'aurai même un bon de sortie pour aller avec Ian à un salon d'Habitat pour l'humanité le mois prochain.

— Tu as commandé quelque chose sur Internet ? me demande maman en me montrant un paquet sur la table de l'entrée. J'ai trouvé ça sur le paillasson quand je suis sortie arroser les plantes.

Comme si j'avais de l'argent pour autre chose que mes futures études. Je m'approche du colis. Normalement, il n'y a pas de livraisons de si bonne heure. Peut-être a-t-il été déposé hier soir. L'adresse de retour est inscrite en lettres d'or gaufrées au nom d'un grand magasin new-yorkais. Le cachet de la poste indique également New York, il y a donc peu de chances pour que le paquet contienne une bombe. Eh oui, cette bonne vieille paranoïa ne m'a pas quittée...

J'ouvre le colis, il contient un autre emballage protégé par des billes de polystyrène. À l'intérieur, un sac de velours dont je reconnais immédiatement le logo : c'est la marque devant laquelle j'ai bavé pendant des heures sur Internet. Les mains tremblantes, je sors du sac deux escarpins couleur flamant rose : les chaussures qu'ADDICT m'avait agitées sous le nez pour mon premier défi au C-Com-Café. Étrange. Ils ont pourtant été clairs sur le fait que je perdais le droit à tout cadeau si je ne finissais pas le round du Grand Prix. Auraient-ils fait erreur ?

Je trouve une petite enveloppe argentée dans l'une des chaussures, je l'ouvre et la note que je découvre à l'intérieur me fait tomber à genoux sur le carrelage froid de l'entrée.

Je ne me lasserai jamais de te regarder, j'ai hâte que tu joues à nouveau...

Je reste un instant à genoux, à contempler ces chaussures qui deviennent chaque seconde plus laides. Eh bien, une femme démunie dans un foyer les aura bientôt aux pieds ! Je me relève pour les déposer dans le carton à dons que Maman a institué dans l'entrée. Alors que je traverse le salon, je suis surprise par un son familier qui vient du fond de ma poche. C'est mon téléphone qui sonne. Mais ce n'est pas la mélodie habituelle.

À la place, une horrible voix d'enfant geignard.

BAISSER DE RIDEAU

Remerciements

S ans les innombrables messages d'encouragement que j'ai reçus, ce livre n'aurait pas été possible. Merci du fond du cœur à ma famille et à mes amis, proches ou moins proches, merci d'avoir cru en moi pendant ces longues années où j'ai poursuivi le rêve de devenir romancière. Votre soutien et votre enthousiasme permanents m'ont aidée à traverser de sombres moments de doute.

Merci à mon éditeur chez Dial, Heather Alexander, dont les conseils avisés m'ont aidée à pousser cette histoire encore plus loin que je ne l'aurais cru possible. Merci aussi à Andrew Harwell, sa vision a influencé l'écriture du roman longtemps après qu'il s'est retiré du projet.

Remerciements tout particuliers à mon extraordinaire agent, Ammi-Joan Paquette, dont l'œil expérimenté et les remarques judicieuses m'ont aidée à donner encore plus de consistance au manuscrit, et dont l'énergie iné-puisable ne s'est jamais tarie. Je ne peux que la souhaiter à tous les auteurs !

Toute ma reconnaissance va également à mes parte-naires critiques qui ont vu l'histoire évoluer du stade d'esquisse à celui de manuscrit publiable, à mon cercle d'écrivains locaux qui arrivent à trouver d'excellentes idées au pied levé, et qui me suivent déjà depuis cinq manuscrits : Annika de Groot, Lee Harris, Christine Putnam et Lesley Reece. Je tiens aussi à remercier tous mes critiques virtuels qui m'ont mise au défi de trouver un meilleur début pour l'histoire, d'où mon choix d'avoir placé Vee dans un théâtre, j'ai nommé : Kelly Dyksterhouse, Kristi Helvig (également bêta-lectrice), Joanne Linden, Mary Louise Sanchez, et Niki Schoenfeldt.

Merci à mes sœurs et à ma nièce qui se sont dévouées pour me relire et relancer mon inspiration lorsque j'étais angoissée : Mary Ryan, Rachel Ryan et Madeline Anderson (dont le téléphone en permanence greffé à l'oreille m'a donné l'idée de leur faire jouer un rôle capital dans mon récit). Merci à mon frère-d'une-autre-mère, Tim Beauchamp, disponible 24 h/24 pour me fournir des détails techniques quand j'en avais besoin. J'avoue avoir eu des problèmes avec les armes à feu. Si jamais vous relevez des erreurs ou des incohérences, elles sont de mon fait, pas du sien.

L'un de mes plus grands soutiens, et ce depuis mon premier manuscrit, était ma très chère amie, Lisa Berglund qui SAVAIT que je serais publiée un jour. Le seul nuage dans le ciel bleu de ce qui m'arrive actuellement, c'est qu'elle ne soit pas là pour qu'on fête cet événement ensemble. S'il y a un club de lecture au paradis, je suis sûre que c'est elle qui le dirige.

Et finalement, merci à mon mari et à mes enfants qui m'ont soutenue au cours des multiples soirées où « Maman doit aller au café pour écrire ». Ils m'ont encouragée du début à la fin, apportant leur grain de sel à mon écriture : c'est allé des dessins pour mieux visualiser certaines scènes jusqu'à des débats endiablés pour enrichir encore l'intrigue. Je les aime au-delà des mots. D'après mes calculs, je leur dois 1 509 repas faits maison.

Entrez
dans un
nouvel

R

avec d'autres romans
de la collection

www.facebook.com/collectionr

CONFUSION

Cat Clarke

La vie est un beau mensonge.

Grace, 17 ans se réveille enfermée dans une mystérieuse pièce sans fenêtres, avec une table, des stylos et des feuilles vierges. Pourquoi est-elle là ? Et quel est ce beau jeune homme qui la retient prisonnière ? Elle n'en a aucune idée. Mais à mesure qu'elle couche sur le papier les méandres de sa vie, Grace est frappée de plein fouet par les vagues de souvenirs enfouis au plus profond d'elle-même. Il y a cet amour sans espoir qu'elle voue à Nat, et la lente dégradation de sa relation avec sa meilleure amie Sal. Mais Grace le sent, quelque chose manque encore. Quelque chose qu'elle cache.

**De dangereux et inavouables secrets,
une amitié intense et exclusive, une attirance fatale...
Un roman qui a bouleversé l'Angleterre.**

LES CENDRES DE L'OUBLI

-Phænix-

Livre 1
de Carina Rozenfeld

Elle a 18 ans, il en a 20. À eux deux ils forment le Phœnix, l'oiseau mythique qui renaît de ses cendres. Mais les deux amants ont été séparés et l'oubli de leurs vies antérieures les empêche d'être réunis...

Anaïa a déménagé en Provence avec ses parents et y commence sa première année d'université. Passionnée de musique et de théâtre, elle mène une existence normale. Jusqu'à cette étrange série de rêves troublants dans lesquels un jeune homme lui parle et cette mystérieuse apparition de grains de beauté au creux de sa main gauche. Plus étrange encore : deux beaux garçons se comportent comme s'ils la connaissaient depuis toujours...

Bouleversée par ces événements, Anaïa devra comprendre qui elle est vraiment et souffler sur les braises mourantes de sa mémoire pour retrouver son âme sœur.

La nouvelle série envoûtante de Carina Rozenfeld, auteur jeunesse récompensé par de nombreux prix, dont le prestigieux prix des Incorruptibles en 2010 et 2011.

Second volet à paraître en avril 2013

GLITCH

de Heather Anastasiu

Tome 1

L'amour est une arme

Dans une société souterraine où toute émotion a été éradiquée, Zoe possède un don qu'elle doit à tout prix dissimuler si elle ne veut pas être pourchassée par la dictature en place.
L'amour lui ouvrira-t-il les portes de sa prison ?

Lorsque la puce de Zoe, une adolescente technologiquement modifiée, commence à glitcher (bugger), des vagues de sentiments, de pensées personnelles et même une étrange sensation d'identité menacent de la submerger. Zoe le sait, toute anomalie doit être immédiatement signalée à ses Supérieurs et réparée, mais la jeune fille possède un noir secret qui la mènerait à une désactivation définitive si jamais elle se faisait attraper : ses glitches ont éveillé en elle d'incontrôlables pouvoirs télékinésiques…

Tandis que Zoe lutte pour apprivoiser ce talent dévastateur tout en restant cachée, elle va rencontrer d'autres Glitchers : Max le métamorphe et Adrien, qui a des visions du futur. Ensemble, ils vont devoir trouver un moyen de se libérer de l'omniprésente Communauté et de rejoindre la Résistance à la surface, sous peine d'être désactivés, voire pire…

La trilogie dystopique de l'éditeur américain des séries best-sellers *La Maison de la nuit* et *Éternels*.

Tome 2 à paraître en mars 2013

Kaleb

de Myra Eljundir

SAISON 1

C'est si bon d'être mauvais…

À 19 ans, Kaleb Helgusson se découvre empathe : il se connecte à vos émotions pour vous manipuler. Il vous connaît mieux que vous-même. Et cela le rend irrésistible. Terriblement dangereux. Parce qu'on ne peut s'empêcher de l'aimer. À la folie. À la mort.

Sachez que ce qu'il vous fera, il n'en sera pas désolé. Ce don qu'il tient d'une lignée islandaise millénaire le grise. Même traqué comme une bête, il en veut toujours plus. Jusqu'au jour où sa propre puissance le dépasse et où tout bascule… Mais que peut-on contre le volcan qui vient de se réveiller ?

La première saison d'une trilogie qui, à l'instar de la série Dexter, offre aux jeunes adultes l'un de leurs fantasmes : être dans la peau du méchant.

Déconseillé aux âmes sensibles et aux moins de 15 ans.

Saison 2 à paraître en février 2013

LA COULEUR DE L'AME DES ANGES

de Sophie Audouin-Mamikonian

Laissez-vous porter par les ailes du désir...

Sauvagement assassiné à 23 ans, Jeremy devient un Ange... et réalise avec effroi que l'on peut mourir aussi dans l'au-delà. Pour ne pas disparaître, en effet, tout Ange doit se nourrir des sentiments humains et même... les provoquer ! Invisible et immatériel, Jeremy décide d'enquêter sur sa mort et tombe amoureux de la ravissante Allison, une vivante de 20 ans, témoin de son meurtre. Or l'assassin de Jeremy traque la jeune fille... Jeremy parviendra-t-il à sauver Allison ? Sera-t-il capable de sacrifier ses sentiments et de vivre à jamais séparé d'elle ?

Le premier volet de la duologie événement de Sophie Audouin-Mamikonian.

Second volet à paraître en janvier 2014

LA
SÉLECTION
de Kiera Cass

Tome 1

35 candidates, 1 couronne, la compétition de leur vie.

Elles sont trente-cinq jeunes filles : la « Sélection » s'annonce comme l'opportunité de leur vie. L'unique chance pour elles de troquer un destin misérable contre un monde de paillettes. L'unique occasion d'habiter dans un palais et de conquérir le cœur du prince Maxon, l'héritier du trône. Mais pour America Singer, cette sélection relève plutôt du cauchemar. Cela signifie renoncer à son amour interdit avec Aspen, un soldat de la caste inférieure. Quitter sa famille. Entrer dans une compétition sans merci. Vivre jour et nuit sous l'œil des caméras… Puis America rencontre le Prince. Et tous les plans qu'elle avait échafaudés s'en trouvent bouleversés…

Le premier tome d'une trilogie pétillante, mêlant dystopie, télé-réalité et conte de fées moderne.

Bientôt adaptée en série TV par les réalisateurs de *The Vampire Diaries* !

Tome 2 à paraître en avril 2013

STARTERS

de Lissa Price

Vous rêvez d'une nouvelle jeunesse ?
Devenez quelqu'un d'autre !

Dans un futur proche : après les ravages d'un virus mortel, seules ont survécu les populations très jeunes ou très âgées : les Starters et les Enders. Réduite à la misère, la jeune Callie, du haut de ses seize ans, tente de survivre dans la rue avec son petit frère. Elle prend alors une décision inimaginable : louer son corps à un mystérieux institut scientifique, la Banque des Corps. L'esprit d'une vieille femme en prend possession pour retrouver sa jeunesse perdue. Malheureusement, rien ne se déroule comme prévu… Et Callie prend bientôt conscience que son corps n'a été loué que dans un seul but : exécuter un sinistre plan qu'elle devra contrecarrer à tout prix !

Le premier volet du thriller dystopique phénomène aux États-Unis.

« Les lecteurs de *Hunger Games* vont adorer ! », Kami Garcia, auteur de la série best-seller, *16 Lunes*.

Second volet à paraître en mai 2013

Night School

de C.J. Daugherty

Tome 1

Qui croire quand tout le monde vous ment ?

Allie Sheridan déteste son lycée. Son grand frère a disparu. Et elle vient d'être arrêtée. Une énième fois. C'en est trop pour ses parents, qui l'envoient dans un internat au règlement quasi militaire. Contre toute attente, Allie s'y plaît. Elle se fait des amis et rencontre Carter, un garçon solitaire, aussi fascinant que difficile à apprivoiser… Mais l'école privée Cimmeria n'a vraiment rien d'ordinaire. L'établissement est fréquenté par un fascinant mélange de surdoués, de rebelles et d'enfants de millionnaires. Plus étrange, certains élèves sont recrutés par la très discrète « Night School », dont les dangereuses activités et les rituels nocturnes demeurent un mystère pour qui n'y participe pas. Allie en est convaincue : ses camarades, ses professeurs, et peut-être ses parents, lui cachent d'inavouables secrets. Elle devra vite choisir à qui se fier, et surtout qui aimer…

Le premier tome de la série découverte par le prestigieux éditeur de *Twilight*, *La Maison de la nuit*, *Nightshade* et Scott Westerfeld en Angleterre.

Tome 2 : *Héritage*

Tome 3 à paraître à partir de mi-2013

Retrouvez tout l'univers de
Addict
sur la page Facebook de la collection R :
www.facebook.com/collectionr

Vous souhaitez être tenu(e) informé(e)
des prochaines parutions de la collection R
et recevoir notre newsletter ?

Écrivez-nous à l'adresse suivante,
en nous indiquant votre adresse e-mail :
servicepresse@robert-laffont.fr

Composé par Nord Compo Multimédia
7, rue de Fives, 59650 Villeneuve-d'Ascq

Dépôt légal : février 2013
N° d'édition : –
Imprimé au Canada